# Fauteur de troubles

### RHYS FORD

# Fauteur de troubles

## RHYS FORD

DREAMSPINNER
PRESS

Publié par
DREAMSPINNER PRESS

5032 Capital Circle SW, Suite 2, PMB# 279, Tallahassee, FL 32305-7886 USA
www.dreamspinnerpress.com

Fauteur de troubles
Copyright de l'édition française © 2021 Dreamspinner Press.
Titre original : Hellion
© 2019 Rhys Ford.
Première édition : septembre 2019
Traduit de l'anglais par Enzo Daumier.

Illustration de la couverture :
© 2019 Reece Notley.
reece@vitaenoir.com
Conception graphique :
© 2021 L.C. Chase.
http://www.lcchase.com
Les éléments de la couverture ne sont utilisés qu'à des fins d'illustration et toute personne qui y est représentée est un modèle

Édition e-book en français : 978-1-64108-368-3
Édition imprimée en français : 978-1-64108-369-0
Première édition française : décembre 2021
v 1.0

Édité aux États-Unis d'Amérique.

Ce livre est dédié à Jordan L. Hawk, que j'ai le plaisir de connaître depuis plusieurs années, et qui non seulement sort des sentiers battus, mais semble en plus recevoir le soutien d'une fanfare de mariachi quand elle le fait. Jordan, puissent tes chapeaux en forme de calamar t'aller parfaitement et tes arcs-en-ciel n'être faits que de magie.
Mais aussi à Maite, qui me fait rire et qui accepte d'aller me chercher des tranches de citron *li hing mui* au Family Grocer de Kane'ohe. Partage tes bretzels. T'as pas le choix. Il faut être gentille. Ou alors, donne quelques miettes à Mike. Bisous.

# REMERCIEMENTS

À MON club des cinq bien-aimées – Penn, Tamm, Lea et Jenn. Nous avons été ensemble contre vents et marées et les pénuries de Pringles. Je ne peux imaginer meilleur cadeau de la Vie que vous toutes.

Et à mes autres sœurs, que j'aime assez pour envisager (une minute) d'abandonner le café – Lisa, Ree, Ren et Mary.

Merci comme toujours à Dreamspinner – Elizabeth, Lynn, Liz et son équipe, Naomi (que j'appâte avec des cookies et du thé), et tous les autres qui prennent ce que mon cerveau vomit, gèrent mon chaos et emballent ma folie.

Et, enfin, à tous ceux et celles qui pensent un peu bizarrement et voient le monde avec des couleurs différentes, ne laissez personne vous interdire de porter ces talons. Soyez vous-mêmes. Soyez gentils. Aimez bien. Et soyez aimés.

# I

LE SANG recouvrait les doigts d'Ivo ; des lambeaux de peau se détachaient de ses articulations douloureuses. Son annulaire gauche lui faisait mal chaque fois qu'il essayait de le plier, ce qui était la preuve qu'il se l'était disloqué ou cassé. Il n'osa pas vérifier les lanières de ses talons rouges à paillettes. Détourner les yeux de l'homme baraqué qu'il avait roué de coups quelques instants plus tôt était une mauvaise idée, d'autant plus que ce dernier avait certainement envie de recommencer à se battre.

Mais bon, toute la soirée avait été une succession de mauvaises idées, et à en juger par les regards que lui jetaient les policiers, ça n'allait pas s'arranger.

— Qu'ils aillent au Diable.

C'était agréable de lancer cette malédiction aux policiers, même s'il n'avait fait que la murmurer. À ses yeux, la police valait à peine mieux que les services de protection de l'enfance. Elle n'était composée que de robots incapables de réfléchir, qui se souciaient seulement de suivre les règles sans tenir compte de ce qui était juste et de ce qui ne l'était pas. Bear ne partageait pas son opinion. Son frère aîné…

— Merde. Putain. *Bear*.

Barrett Jackson, que l'on surnommait « Bear », était un des hommes les plus doux qu'Ivo connaissait. Il avait beaucoup sacrifié dans sa vie pour lui offrir une maison, à lui ainsi qu'à ses autres frères. Tout en montant son salon de tatouage, il s'était battu avec les cours de justice pour que tous restent sous le même toit et leur avait inculqué comment devenir une meilleure version d'eux-mêmes.

À dix-sept ans, Ivo *savait* qu'il allait suivre l'exemple de Bear et qu'un jour, il serait assis dans une des cabines du salon, occupé à tatouer son art sur la peau d'un client. C'était lui qu'on demanderait, c'était son art qu'on *voudrait* sur soi, et on le paierait pour ça. Il respecterait tous ceux qui passeraient la porte du salon. Peu importait ce qu'ils voudraient – un petit cœur sur la cheville ou un tatouage qui recouvrirait tout le dos – car chaque goutte d'encre avait de l'importance aux yeux de la personne qui se faisait tatouer. Ce qu'en pensait Ivo n'aurait aucune valeur. C'était la règle numéro un à 415 Ink. La seule qui n'était pas négociable parmi toutes celles qui existaient. Tout tatoueur qui prenait possession d'une des cabines devait la respecter.

Cette règle était importante, mais l'interdiction de se comporter en connard était tout aussi capitale. Ivo éprouvait beaucoup de difficulté à respecter celle-là, mais comme c'était aussi le cas de ses frères, Gus et Mace, il en avait conclu qu'il disposait d'une petite marge de manœuvre à ce sujet.

Mais voilà que cette dernière s'était réduite de façon spectaculaire à l'arrivée des flics. Ivo doutait qu'ils finissent par prendre son parti.

D'autant plus qu'il portait des putains de talons rouges à paillettes, une jupe écossaise d'écolière et un chemisier blanc qu'il avait récupéré dans le placard de Mace.

Un flic, qui ressemblait beaucoup au gars qu'il avait tabassé, l'avait laissé à côté d'une des voitures de police et lui avait ordonné de ne pas bouger. Il n'y avait pas eu de questions, juste des ordres lancés par cet homme grisonnant au ventre protubérant et au badge brillant. Du coup, il s'était assis, furieux, les mains tremblantes, se demandant combien de temps durerait le silence de Bear, avant que celui-ci ne trouve les mots justes pour aiguillonner le sentiment de culpabilité d'Ivo et le torturer.

Pas besoin d'être un génie pour savoir que ça serait aussi agréable que marcher pieds nus dans de la merde chaude et fumante. Pour être honnête, Ivo se sentait déjà bien dans la merde – mais il n'allait pas donner aux flics le plaisir de le reconnaître.

Se battre était la dernière chose qu'il avait prévu de faire quand il était passé par la fenêtre de la chambre de Lucas. Maintenant qu'il y pensait, il aurait probablement pu se contenter d'emprunter discrètement la porte d'entrée, mais il y avait quelque chose d'excitant à sortir en douce, surtout quand on portait les vêtements qui étaient les siens ce soir-là. De ses quatre frères, Luke était le plus respectueux des règles. Du coup, faire le mur en passant par sa fenêtre, c'était un peu la cerise sur le gâteau.

Le quartier dans lequel ils vivaient avait commencé à s'embourgeoiser, mais il y avait encore des coins de rue sombres qu'un garçon de dix-sept ans portant des talons hauts aurait mieux fait d'éviter... ou en tout cas, c'était ce qu'on n'avait cessé de lui répéter. Ivo n'avait jamais partagé cet avis, du moins jusqu'à ce soir-là. Il était sorti pour aller danser, pour se perdre dans le martèlement d'une musique trop forte pour être entendue, mais assez puissante pour qu'il la sente jusque dans ses os.

Il connaissait son quartier dans les moindres détails. Il y avait des endroits cachés, des chambres fermées à clé dans lesquelles des hommes s'adonnaient à des pratiques intimes qu'il avait pu voir de près dans certaines familles d'accueil où on l'avait placé. Il n'avait pas voulu qu'on lui fasse ça à l'époque ; il ne le voulait pas plus maintenant. Certaines personnes avec qui il faisait la fête aimaient que leurs parties de jambes en l'air soient aussi brutales et violentes que possible, et ça ne le dérangeait pas. C'était tous des adultes consentants, libres de leurs actions.

Mais là n'était pas le propos.

Ce soir-là, il s'était trop approché du précipice : à genoux, la peau écrasée contre du verre brisé, la mâchoire forcée de s'ouvrir entièrement pour avaler la queue d'un autre homme.

Et ce n'était même pas son idée de finir comme ça.

Les talons étaient un peu lâches, mais c'était la première fois qu'ils lui allaient assez bien pour qu'Ivo sorte avec. Sachant que ce n'était pas ce qu'il portait qui lui causerait des ennuis auprès de sa famille, mais plutôt le fait qu'il sorte si tard, il avait garé la vieille Craftsman que Bear avait achetée pour quelques dollars à une vente aux enchères et il était parti à l'aventure. Il avait eu besoin de noyer la semaine qui s'était écoulée dans un peu de bière et beaucoup de musique.

La plupart de ses lieux de prédilection étaient faciles à trouver, mais il y en avait un en particulier – Rosie's – devant lequel des milliers de gens pouvaient passer sans jamais se douter qu'il y avait là une des boîtes de nuit les plus mal famées de San Francisco. Une porte blindée noire avec fente vitrée empêchait le monde d'entrer durant la semaine, mais le vendredi et le samedi soir, un homme imposant et silencieux se tenait derrière cette même vitre. Chaque fois que quelqu'un frappait, il faisait coulisser la petite porte. Pour autant qu'Ivo sache, il ne refusait personne, ou peut-être que cela ne s'appliquait qu'à lui. Depuis cette première fois, où un camarade de classe l'avait amené au Rosie's, cette porte en métal noir usé s'était toujours ouverte quand il avait demandé à entrer.

C'était ce qui était arrivé ce soir-là.

Il avait dansé plus longtemps qu'il ne l'avait prévu. Quand il était finalement sorti, les avenues détrempées par la pluie étaient désertes et le vent balayait les ruelles, tout en faisant tourbillonner des morceaux de papier et d'ordures au-dessus de l'asphalte mouillé. Non loin, un restau de tacos était ouvert. Son estomac s'était mis à grogner quand il avait décelé l'odeur du bœuf grillé, mariné dans du citron vert, au milieu de la puanteur que la

3

pluie sale exsudait. Faisant confiance à son nez pour l'amener jusqu'à cette nourriture, il avait tourné au mauvais endroit et s'était trouvé face à un de ses pires cauchemars – un homme qui n'acceptait pas qu'on lui dise non.

Ivo était en train d'envisager de prendre la fuite quand un des flics se détacha de la foule qui grossissait au coin de la rue. Son uniforme faisait ressortir ses épaules et son torse. Quand il marchait, son pantalon moulait ses cuisses – le tissu sombre absorbant la lumière des lampadaires qui bordaient la rue. Il devait avoir seulement dix ans de plus qu'Ivo, mais ses cheveux noirs brillants étaient parsemés d'éclats d'argent. Il s'approcha avec détermination, son regard immobilisant Ivo sur place. Personne ne prendrait la fuite. Pas maintenant. Cet homme qui s'approchait de la voiture de police contre laquelle Ivo se tenait n'était pas du genre à supporter qu'on le mène en bateau.

Il possédait aussi un charme sauvage – aussitôt, Ivo se détesta de l'avoir remarqué. C'était une chose de reconnaître qu'un flic était séduisant, mais ça en était une autre de se demander quel goût il pouvait bien avoir.

D'autant plus qu'il venait de flirter dangereusement avec la légalité et que le flic n'était probablement pas intéressé par les mecs qui portaient des talons et du maquillage.

— Ivo ?

Le policier jeta un coup d'œil à son carnet de notes au moment de l'appeler. Félicitations : il avait prononcé son nom comme il fallait.

— C'est comme ça qu'on prononce ?

— Ouais, c'est ça.

Un hochement de tête, c'était tout ce que ce flic allait obtenir, mais Ivo se redressa, principalement pour soulager la pression sur sa cheville foulée. Comme sa jupe remontait un peu, il la rabaissa, en essayant de ne pas trop dévoiler sa cuisse. C'était peine perdue. La fille qui l'avait portée à l'origine ne s'était pas souciée du règlement scolaire et avait placé l'ourlet aussi haut que possible. Et comme les jambes d'Ivo étaient vraisemblablement plus longues que les siennes, s'asseoir revenait à commettre un attentat à la pudeur s'il n'arrangeait pas les plis correctement.

Le flic demeura imperturbable. Il se contenta d'attendre qu'Ivo ait terminé son manège avant de poursuivre.

— Je suis l'Officier Nicholls. Je vais prendre ta déposition. Est-ce que tu as besoin que quelqu'un s'occupe de tes mains ?

Ivo ne s'était pas attendu à ce que ces mots sortent de la bouche du flic. La nuit enveloppait ce dernier, diluant la couleur de ses yeux et de ses

4

cheveux, mais elle ne pouvait pas faire disparaître la chaleur de sa voix suave ou la ligne légèrement crochue de son nez. Cette imperfection rendait magnifique ce visage d'une beauté classique – des lèvres charnues et de longs cils venaient adoucir son charme mâle. Une certaine lassitude pesait sur ses épaules, ce qui semblait lui aller aussi bien que son uniforme de police.

— Les secours seront là dans quelques minutes. Je veux qu'ils t'examinent dès leur arrivée.

— Mes mains vont bien, grogna Ivo, tout en changeant de position sur le capot de la voiture. Je n'ai pas besoin qu'on vienne me tripoter.

— Je ne parlais pas de tes mains, mais plutôt de ton visage. Il t'a bien amoché la mâchoire.

Il fit un signe en direction des genoux d'Ivo, et poursuivit :

— Je vais prendre une photo de tes blessures avant que les secours ne te prennent en main et ne les nettoient.

— J'vous ai dit que je voulais pas…

— Ils doivent inspecter tes blessures pour mon rapport. Tu n'as pas le choix. Autant qu'ils s'occupent de toi pendant qu'ils y sont.

Son pouce indiqua l'autre côté de la rue.

— Ils vont aussi l'examiner. J'ai besoin des deux versions des faits, mais comme il a quelques difficultés à parler avec sa gueule cassée, je veux entendre ce que tu as à dire d'abord. Commence par le début. D'où est-ce que tu venais ?

Ivo s'efforça de ne pas regarder la porte blindée noire à sa droite, mais Nicholls sembla remarquer son effort, car il lança immédiatement un coup d'œil en direction de la boîte de nuit et de son entrée discrète.

— Rosie's ?

Son attention retourna à son carnet de notes, mais l'ombre d'un sourire flotta sur ses lèvres.

— T'es un peu jeune pour ce genre d'endroits. Et pour ce qu'ils y servent aussi.

— Je n'ai pas bu, déclara Ivo en se penchant vers le policier.

Il se mit à souffler sur la joue de Nicholls.

— Sentez donc. Rien d'autre que de l'eau. Besoin que je souffle dans un ballon ? Pas de problème.

— Fais-moi confiance. J'ai déjà demandé un éthylotest. À quelle heure est-ce que tu es parti ?

— Il y a quarante minutes. Comme j'avais besoin d'attraper le dernier bus, je surveillais l'heure.

L'horloge d'une banque retentit dans le lointain. Ivo se mit à grogner. Il était trop tard maintenant pour attraper quoi que ce soit. Bear allait méchamment lui remonter les bretelles.

— Tes parents savent que tu es dehors ?

Il releva la tête de nouveau, mais cette fois son regard s'était fait plus doux, trahissant un début d'inquiétude.

— Est-ce que tu as seulement un domicile ? Un endroit sûr où passer la nuit ? Quand nous aurons terminé, est-ce que je peux t'y amener ? Car si tu n'as rien, je peux te trouver quelque chose.

C'était une question pertinente. Même dans une ville aussi libérale que San Francisco, Ivo aurait demandé la même chose à n'importe quel garçon portant des talons et une jupe qu'il aurait rencontré dans la rue à cette heure indue. Il connaissait de nombreuses personnes qui avaient fui leur maison, avec des ecchymoses sur le corps de la taille d'un poing – ces mêmes poings qui avaient jadis essuyé le chocolat de leurs joues et les avaient bordées jusqu'au menton pour qu'ils s'endorment paisiblement. Pour certaines familles, il n'en fallait pas beaucoup – une seule confession, murmurée depuis l'autre bout de la table, et quelques moments plus tard, le sang et les crachats remplaçaient les côtelettes de porc dans les assiettes. Beaucoup trop de connaissances à lui avaient dû, du jour au lendemain, se démener pour gagner de l'argent, au lieu de s'inquiéter des résultats d'un contrôle de chimie. Ils avaient perdu leur virginité ; ils ne ressentaient plus rien. Ils n'incarnaient que le désespoir de trouver un endroit chaud où passer une nuit pluvieuse et assez de cash pour remplir leur ventre.

Et parfois même leurs veines.

Ce n'était pas un mode de vie. Peu importaient les efforts de certaines personnes pour présenter ça sous un jour favorable, lutter pour survivre n'était pas un choix, et engourdir son cerveau était parfois le seul moyen de vivre un autre jour.

Ivo savait tout cela, et il n'oubliait jamais la chance incroyable qui était la sienne d'avoir Bear, Mace, Luke et Gus à ses côtés.

Même s'il lui semblait qu'il ne pouvait pas s'empêcher de faire des choix de vie foireux pendant qu'il s'efforçait de découvrir qui il était.

— Non, ça va. Je vis avec mes frères. Ils savent que je m'habille comme ça.

6

Il arbora un large sourire quand il remarqua la grimace sceptique du policier.

— Mais quand vous me déposerez à la maison, est-ce que vous pourriez me laisser sur le trottoir ? Je ne veux pas qu'ils sachent ce qui est arrivé ce soir.

— Ce n'est pas ainsi que tu vas me convaincre que tu as un endroit sûr où passer la nuit, l'avertit le flic dans un grognement de voix suave, qui apaisa l'humeur irritable d'Ivo et sa fierté blessée. Dis-moi, pourquoi tu ne veux pas que je parle à ta famille ? Est-ce que quelqu'un va s'en prendre à toi ?

— Me faire du mal ? Vous plaisantez, répondit Ivo en secouant la tête. Je suis en sécurité. Je m'inquiète juste pour le gars qui a essayé d'enfoncer sa queue dans ma bouche. Parce que si mes frères apprennent ce qu'il a essayé de me faire, ils vont le tuer. Très lentement. Et ils vont y prendre beaucoup de plaisir.

LE GAMIN était dangereux.

Ivo Rogers était le type de problèmes que Dieu lui mettait entre les pattes pour tester sa détermination. C'était en tout cas ce que pensait Ruan. Avec cette tignasse de cheveux blond foncé, ce visage angélique et ce corps musclé, mais juvénile, le gamin ressemblait exactement à l'image que se faisait Ruan de Lucifer, les ailes en moins. Non seulement il était encore mineur – sa carte d'identité affirmait qu'il aurait dix-huit ans dans quelques semaines – mais il se jouait allègrement de ce qui différenciait les femmes des hommes, aux yeux de Ruan, revêtant l'uniforme d'une écolière coquine par-dessus un corps masculin sculpté, le tout rehaussé d'une paire de chaussures rouges à paillettes, qui allongeaient encore ses jambes nues déjà trop longues et trop bronzées.

Il valait mieux ramener cette version masculine de Lolita à la maison et fermer aussitôt la porte derrière lui. Mais, bon sang, avec ce gamin dans les parages, Ruan se sentait… *vieux*.

Il n'avait jamais su ce qu'on ressentait quand on ne cachait pas son attirance pour les hommes. Le monde avait changé autour de lui, lui promettant que tout irait bien s'il sortait de l'ombre, que personne ne le frapperait ou ne le condamnerait à la damnation éternelle pour aimer un autre homme. Mais il y avait des nuits comme celle-ci où Ruan semblait devoir apprendre à nouveau que ces déclarations de tolérance avaient la consistance d'un papier cadeau scintillant qui masquait un tissu de mensonges.

L'appel était arrivé dans un grésillement. Le répartiteur, inquiet, avait alerté l'équipe de nuit d'un tapage nocturne près d'une boîte de nuit underground que Ruan avait visitée une ou deux fois. C'était une zone à problèmes, où des hommes tournaient autour de la sortie dans l'espoir d'obtenir une pipe, ou mieux, de la part de gars soûls, lorsque ceux-ci sortaient du club en titubant aux petites heures de la nuit. La ruelle à quelques mètres de là était un refuge d'ombres et de silence, où quelques gamins pouvaient se faire de l'argent facilement, mais il avait dû s'y rendre à de nombreuses reprises suite au signalement d'une agression, voire parfois même quelque chose de pire.

Quand il avait entendu à la radio la description d'un homme presque battu à mort près de Rosie's, son cœur s'était serré. La dernière chose qu'il voulait voir ce soir-là était l'intérieur des Urgences après y avoir amené un énième jeune homme se faire rafistoler. Quand il avait répondu à l'appel, il s'était préparé à endurer une autre visite qui lui briserait le cœur auprès des médecins insensibles après avoir traîné hors des rues sales un jeune vétéran épuisé.

À la place, il avait trouvé Lucifer, habillé d'une jupe écossaise, avec des yeux gris clair et un sourire à vous damner sur-le-champ.

— OK, occupons-nous de tes frères plus tard. Et si tu me disais plutôt ce que le mec là-bas t'a fait ? Commençons par ça, déclara Ruan en jetant par-dessus son épaule un coup d'œil en direction de l'ambulance qui traversait la ligne de voitures de police qui bloquait la rue. Ensuite, je prendrai quelques photos de tes mains et de ton visage, puis les ambulanciers s'occuperont de toi pour que je puisse te ramener à la maison.

— Vous n'allez pas m'arrêter pour avoir défoncé ce gars ?

Le gamin pencha la tête sur le côté, tout en rabaissant l'ourlet de sa mini-jupe afin de couvrir ses fines cuisses.

— Comment est-ce que vous savez que ce n'est pas moi qui ai commencé ?

— Parce que celui qui nous a appelés a vu le gars t'attraper par les cheveux et te tirer jusqu'à la ruelle. Bon, il est fort possible que M. Watanabe se fiche de connaître les détails de votre histoire à tous les deux. Ce qui lui importe, c'est d'empêcher que du sang ne finisse sur son trottoir. Il paraît que c'est super chiant à nettoyer, même avec toute cette pluie. Dépêche-toi de tout me raconter, gamin, que je puisse te ramener chez toi avant que ton prince charmant ne vienne voir si une pantoufle de vair va à ce sabot que tu appelles un pied.

L'histoire qu'Ivo débita alors ne fut pas remplie de vantardises ou d'interminables détails sur sa manière de se battre. Il la garda aussi simple que possible, obligeant Ruan à lui tirer les vers du nez et à prolonger leur conversation. Quand il eut enfin toute l'histoire, les articulations d'Ivo étaient recouvertes d'une croûte de sang séché, l'ecchymose sur sa joue et sa mâchoire était mauve foncé et l'attache d'un de ses talons peinait à contenir sa cheville gonflée. D'ailleurs, lorsque le jeune homme balança sa jambe et heurta son pied contre le pneu de la voiture, il grimaça visiblement de douleur.

— Résumons donc. Il est arrivé derrière toi et t'a attrapé par les cheveux. Est-ce que tu l'as vu dans la boîte de nuit auparavant ? As-tu eu une quelconque interaction avec lui plus tôt dans la soirée ?

Une nouvelle ambulance était en train d'arriver. Dans le coin de l'œil, Ruan remarqua qu'un ambulancier sortait un brancard à roulettes de l'arrière du véhicule.

— Et souviens-toi que je n'accuse personne ici. J'essaye juste de me faire une idée de ce qui est arrivé et de la façon dont tu as fini ici.

— Oui, il était à l'intérieur, mais il ne m'a pas approché. La seule raison pour laquelle je connaissais son visage, c'était parce qu'il avait dit au barman qu'il me paierait un verre. Comme je ne bois pas… indiqua le gamin en haussant les épaules. Ça n'a pas semblé l'énerver. Je m'en fichais, de toute manière. Je n'étais là que pour prendre de l'eau avant de retourner danser.

— Mais tu te souviens de lui ?

— Voyons, je fais plus d'un mètre quatre-vingt sans les talons. Vous ne pensez pas que je me souviendrais d'un gars plus grand que moi, qui me collait au bar ?

Ivo lui fit un sourire espiègle, avant de poursuivre :

— Il était plus grand que tous les gens autour de lui, donc j'ai bien vu son visage.

— Et tu es physionomiste ? insista Ruan.

Il savait à quel point il était difficile de voir dans une boîte de nuit, malgré le flot des lumières qui brillaient autour de soi. Reconnaître quelqu'un en dehors de cet environnement était difficile. C'était la raison pour laquelle il se permettait de toujours remettre en question de tels témoignages.

— Je suis un artiste et je fais mon apprentissage dans la boutique familiale. Le portrait, c'est dans mes cordes. Évidemment, je ne suis pas aussi bon que mon frère Gus, mais je me débrouille pas mal. Je sais comment c'est fait, un visage. Avec ses angles à tel endroit. Tout le monde est différent. C'est pas difficile de remarquer ces différences quand on sait où chercher.

Le gamin se raidit. Ruan vit un ambulancier sortir de la seconde ambulance pour venir dans leur direction.

— Je ne veux pas que ces gars me touchent, OK ? dit-il. Je peux me démerder à la maison.

— Tant que tu me laisses répertorier tes blessures et que tu signes une décharge, tout ira bien, lança Ruan. En fait, non… Il faut que ton responsable légal signe le document. T'es toujours un gamin. La loi est claire sur le sujet.

— Génial, donc vous devrez réveiller Bear ? soupira Ivo. Moi qui voulais être discret… Il va me faire passer la serpillière cinq fois par jour pour avoir fait le mur.

— Fallait y penser avant de mettre ces talons, le sermonna Ruan, avant d'étouffer un rire lorsqu'Ivo lui fit un doigt d'honneur avec désinvolture. Laisse-moi au moins attraper un pack de glace pour cette cheville. Pourquoi est-ce que tu portes ces chaussures si tu ne sais pas marcher avec ?

Ruan était souvent allé à l'église, mais jamais une seule fois il n'avait pensé qu'il se trouvait en présence de quelqu'un touché par la grâce. À ce moment-là, sous les lumières clignotantes des ambulances, il entrevit le paradis sur le visage de ce jeune homme compliqué, qui était assis sur le capot d'une voiture de la police de San Francisco. Sa beauté était manifeste – assez pure pour être capturée dans le marbre ou immortalisée sur les vitraux d'une ancienne cathédrale. Intrigué, Ruan se retrouva captivé par l'expression d'Ivo, un curieux mélange d'innocence, de sagesse et de force inébranlable.

Si la situation n'avait pas été à ce point ironique, il aurait rigolé à l'idée qu'un gamin puisse lui apprendre des choses sur la marche du monde, mais pourtant ils étaient bien là, côte à côte, dans une rue où le sang avait coulé, pendant qu'une foule fourmillait non loin sous une pluie fine. Il aurait dû assister à ce moment dans un lieu sacré, une grotte ou une nef parcourue jadis par des saints. À moins qu'il ne fût en train de voir un gamin tomber en disgrâce, juste avant que ce dernier ne guide Ruan jusqu'à son enfer personnel.

Dans les deux cas, Ivo Rogers avait une force intérieure, qui le poussait à être davantage que ce que Ruan pouvait voir, et elle brillait en lui – une lumière vive, dure, qui jaillissait de son âme.

— Parce que j'ai promis un jour à quelqu'un que je danserais pour lui avec des talons, murmura Ivo, son visage pâlissant sous la lueur étrange du lampadaire. C'est ce que j'ai fait ce soir, et je n'allais pas laisser un enculé qui pense que sa queue est un cadeau de Dieu m'arrêter. Ni ce soir. Ni jamais.

# II

— Toutes mes plus sincères condoléances.

Les mots semblaient automatiques, mais l'homme qui les disait était vraiment sincère.

— J'espère au moins que ceci vous apportera un peu de paix.

C'était son flic sur le pas de la porte.

Il y avait deux personnes – policiers tous les deux, supposa Ivo, mais un seul d'entre eux importait.

Celui qui l'avait ramené à la maison aux premières lueurs de l'aube, il y avait très longtemps, et qui avait peut-être dérobé un morceau de son cœur quand ils s'étaient quittés.

Ivo savait à quel point il était stupide d'avoir des sentiments pour quelqu'un à qui il n'avait adressé la parole que pendant quelques heures. C'était le genre d'inepties romantiques qu'il adorait trouver dans les livres et les films. Planqué dans l'obscurité de sa chambre, recroquevillé sur une causeuse aussi hideuse que confortable, il aimait assister, sur la page ou sur l'écran, à l'éclosion de l'amour entre deux protagonistes. Il préférait les fins heureuses. Il n'y avait rien de mieux à ses yeux que de voir un vieux couple se promener dans un marché fermier, les mains enlacées, prêt à se chamailler au sujet de la maturité d'un melon.

Il était alors trop jeune et, même s'il était un vrai romantique, Ivo savait que ce flic faisait partie de son passé – une présence chatoyante dans sa mémoire, légèrement sarcastique, ferme et masculine ; une présence qui faisait battre son cœur plus vite quand il y pensait.

Le policier – maintenant Inspecteur Ruan Nicholls – était plus âgé, mais toujours aussi sexy. Presque sept ans de plus aujourd'hui. Il avait quelques pattes d'oies autour de ses yeux vert clair et davantage d'argent dans ses cheveux brun foncé. Le temps qui passe avait érodé un peu de cette innocence qui se lisait jadis sur son visage. Ses magnifiques traits étaient électrisés par une intensité brute qu'Ivo ressentait jusque dans ses os.

Le flic ne semblait pas se souvenir du tout de lui. Il n'y avait aucune lueur de reconnaissance dans son regard trop aiguisé. Quand Mace se présenta, l'attention de Nicholls se porta seulement sur son frère aîné. Ce dernier attrapa le poignet d'Ivo et l'obligea à reculer d'un pas.

— Je ne sais pas si vous voulez avoir cette conversation devant votre petit ami, déclara Nicholls de façon bourrue, ses yeux passant rapidement sur Ivo. Quand j'ai appelé votre caserne pour voir si vous travailliez, j'ai parlé à quelqu'un du nom de Montenegro, qui m'a dit que vous vous trouviez ici, mais il ne m'a pas dit que vous aviez de la compagnie. Je ne veux pas vous importuner, mais si vous voulez que nous fassions cela en privé…

— Mon petit ami ?

Mace parut confus, puis secoua sa tête quand il comprit ce que voulait dire l'inspecteur.

— Non, c'est mon frère Ivo. Vous voulez entrer ? Est-ce que tout va bien ? Mes autres frères sont dans la boutique. Enfin… deux d'entre eux y sont, mais Luke… Merde, est-ce que quelque chose est arrivé à Luke ?

Le cœur d'Ivo se serra, ramené soudainement à la réalité. Un flic qui se pointe sur le pas de la porte n'annonçait rien de bon, et il aurait dû s'en souvenir.

— Allons-y. Je vais chercher les clés de la voiture, dit-il.

Il s'arrêta quand le policier secoua la tête et indiqua dans un murmure qu'il préférait entrer pour un moment. Mace se décala afin que l'inspecteur pénètre à l'intérieur, mais Nicholls seul franchit le seuil et demeura près de la porte ouverte. Leur chien, Earl, se faufila dans le vestibule, la gueule au sol, afin de sentir les jambes de l'inspecteur. Il heurta celles d'Ivo au passage. Quand il eut décidé que le policier était un ami, il se mit à remuer sa queue avec frénésie. L'autre flic, qui était resté sur le perron, s'excusa et retourna à la berline banalisée, garée contre le trottoir. Il avait entendu le craquement de la radio à travers la vitre ouverte.

— Tout ce que vous avez à déclarer, vous pouvez le dire devant mon frère, indiqua finalement Mace, en fermant la porte d'entrée.

Quand le bruit sec du loquet se fit entendre, l'air du vestibule, soudainement plus chaud, se mit à comprimer les poumons d'Ivo. Il éprouva le besoin de reculer, de mettre un peu de distance entre lui et la présence écrasante de l'inspecteur.

— Vos frères vont bien. C'est au sujet de votre père. Votre dossier vient de m'être remis il y a deux heures. Je suis chargé des homicides, indiqua Nicholls d'une voix compatissante. Je sais que votre situation est compliquée, c'est pourquoi je souhaitais vous rencontrer personnellement, par politesse, vu que vous êtes dans un corps de métier similaire au mien.

Il y eut d'autres mots qui sortirent de sa bouche, mais Ivo eut des difficultés à se concentrer sur ce qu'il disait. Peut-être était-ce le temps maussade à l'extérieur qui s'accrochait à lui, mais cette nuit lui revint en mémoire, et il se souvint du sang qui était resté sur le bout de sa langue, ainsi que des tremblements causés par l'adrénaline et la peur difficilement contenue. Il aurait pu croire que c'était la veille qu'il s'était assis contre l'aile de la voiture et qu'il avait laissé la voix suave de cet homme brusque le submerger. Il se rappelait ces beaux yeux verts aux longs cils, qui avaient glissé jusqu'à ses chaussures à paillettes avant de remonter vers son visage ; il n'avait pas oublié cette expression : nul jugement, seulement de l'inquiétude.

La force de son corps mince transparaissait dans sa manière confiante de bouger. Il portait par-dessus sa musculature un caban de qualité et un Levi's usé. À ses pieds, une vieille paire de santiags semblait avoir été choisie par une personnalité irrévérencieuse. Même sans le badge qu'il leur avait montré, Ruan Nicholls était un policier ; on ne lui aurait attribué aucun autre métier. Il remarquait tout. Quand il avait sauté à la conclusion qu'Ivo était le petit ami de Mace, il s'était immédiatement corrigé dès que l'intéressé l'avait repris.

Le vestibule semblait trop petit pour le policier, ce qui était absurde, car il était immense, assez large pour que les cinq frères travaillent sur la rampe de l'escalier et sur les moulures du plafond en même temps. Ou peut-être l'air était-il simplement trop chaud, trop rempli de tension. Mace semblait figé, venant d'apprendre que la mort avait finalement visité le monstre qui l'avait élevé.

— Si vous avez besoin de quoi que ce soit ou si vous avez des questions, voici ma carte.

L'inspecteur tendit une carte de visite, avec l'écusson du département de police en relief et ses coordonnées.

— Je doute que son complice reste dans les environs, mais si vous le voyez, appelez-moi tout de suite. J'ai votre numéro de téléphone, donc je vous tiendrai au courant de l'avancée de l'enquête dans quelques jours. Jusque-là, n'hésitez pas à m'appeler. Avec un peu de chance, la prochaine fois que nous nous parlerons, ce sera parce que je l'ai attrapé.

— Merci, je… commença Mace avant de frotter son visage et de soupirer. Merde, je ne sais même pas quoi penser.

— Je suis sérieux. J'aimerais que vous m'appeliez dès que vous avez besoin de moi, dit-il d'une voix grave en mettant sa carte de visite dans la main de Mace. Et si vous souhaitez vous rendre à la morgue, faites-le-moi savoir. Je vous accompagnerai.

— Je ne suis pas sûr de ce que je devrais ressentir.

Son frère, qui était un pompier baraqué, semblait en état de choc. Il sursauta quand Ivo plaça une main dans son dos.

— J'ai l'estomac retourné, indiqua-t-il.

— Ton père t'a tiré dessus, Mace. Et maintenant, les flics sont venus te dire qu'il a été tué. C'est normal de se sentir nauséeux, fit remarquer Ivo d'une voix douce en massant l'épaule de son frère.

Mace semblait tellement fort à première vue, un morceau de granit inébranlable dans l'existence d'Ivo, mais ce dernier n'était pas dupe. Mace, qui était le plus âgé après Bear, avait passé toute sa vie à ériger un mur impénétrable autour de son âme, se confectionnant une armure pour se protéger des flèches et des balles d'un monde cruel.

— Je vais appeler les autres, ajouta Ivo. Nous devrions…

— Laisse-moi faire. Je crois que j'ai besoin d'entendre Bear, murmura Mace, tout en grattant le bord de la carte avec son ongle. Ivo, est-ce que tu peux… ?

— Ouais, je m'en occupe. Va appeler Bear, dit-il avant de retirer la carte abîmée des mains de son frère. Je contacterai Gus et Luke. Vas-y.

Nicholls patienta jusqu'à ce que Mace ait marmonné un merci et se soit dirigé à pas feutrés vers le salon.

On n'hésiterait pas une seconde à fermer 415 Ink ou à trouver quelqu'un pour les remplacer. Un des leurs venait d'encaisser un coup dur. Leur famille de cinq – six maintenant, puisque Gus et Rey Montenegro étaient ensemble – allait se réunir pour le soutenir. Alors qu'il se demandait s'il devait appeler Rob, le jeune tatoueur dont Mace était en train de tomber amoureux, Ivo prit conscience que le policier était toujours là.

On aurait pu croire qu'il était difficile de convoiter un homme tout en étant attristé pour son frère aîné, mais apparemment les désirs d'Ivo semblaient capables d'être sur plusieurs fronts en même temps. Son désir d'embrasser la bouche de Nicholls, d'étancher sa soif, faillit lui faire perdre la raison.

— Contrôle tes envies, Ivo. C'est pas le moment, murmura-t-il à son attention.

Il dut contourner Nicholls pour accéder à la porte d'entrée. Comme les doigts d'Ivo se refermaient sur le bouton de porte, le policier s'adossa contre cette dernière, la maintenant fermée.

— Hmm, merci d'être venu. Je...

— Je me souviens de toi... Je veux dire... de *vous*, dit l'inspecteur d'une voix traînante. On dirait que vous allez bien. Qu'en est-il de votre frère ? Il va tenir le coup ?

— Il ira bien. Ma famille va prendre soin de lui, répondit Ivo d'une voix douce. On restera à ses côtés contre vents et marées.

— Bien. C'est ce que mon instinct m'a soufflé cette nuit-là. Le gars costaud, celui qui avait ouvert la porte, vous a serré dans ses bras comme si sa vie en dépendait. Mais je crois me souvenir que cela ne l'a pas empêché de vous passer un beau savon.

De près, l'odeur de Nicholls était incroyable – c'était celle d'une nuit froide de San Francisco mêlée à des senteurs d'agrumes. Son caban était humide, quelques auréoles luisaient sous la lumière du chandelier. Les mèches brunes de sa chevelure se paraient de reflets métalliques. Il fit apparaître une carte de visite entre eux, frôlant presque le menton d'Ivo.

— Prenez-la. Et appelez-moi si vous le voulez ou si vous avez besoin de quoi que ce soit.

— Est-ce que vous pensez qu'il va arriver quelque chose à Mace ?

Et même s'il désirait que l'inspecteur récite l'annuaire entier pour le seul plaisir d'entendre cette voix aussi enivrante qu'un verre de bourbon fumé, Ivo ne put s'empêcher d'éprouver une légère inquiétude.

— Si vous avez peur qu'il déraille à cause de son père, ajouta-t-il, n'ayez crainte. Nous saurons le soutenir.

— Je le sais, murmura Nicholls en faisant glisser sa carte entre les doigts d'Ivo. Vous me devez encore une explication pour ces chaussures. J'ai déjà fait preuve de beaucoup de patience, vous savez. Quand vous aurez du temps et que les choses se seront un peu tassées, appelez-moi. Je vous attendrai.


— EH, MATT, je crois que tu as mon sandwich au pastrami.

Ruan examina le contenu du sachet en papier kraft, que sa partenaire venait de lui remettre à travers la vitre de leur berline banalisée.

— On dirait qu'un lapin a vomi dans un pain à hot-dog.

— Pour commencer, je jure devant Dieu que la prochaine fois que tu m'appelleras Matt, je t'en mets une dans la figure, déclara Maite Suppes en le menaçant de son poing. Ensuite, si tu continues à manger autant de charcuterie, tu vas mourir avant d'arriver à la retraite.

Depuis qu'on lui avait assigné cette jeune inspectrice, Ruan prenait un malin plaisir à l'appeler par le prénom qu'il avait trouvé sur la page de garde de son dossier. S'il s'était donné la peine d'aller plus loin que la première page, il se serait rendu compte que le prénom de sa nouvelle partenaire n'était pas Matt. Pourtant, quand il l'avait appelée ainsi, elle avait quitté le groupe de collègues avec qui elle discutait pour le rejoindre. Elle avait aussi levé les yeux au ciel.

Apparemment, Matt était l'un des noms les plus communs que les gens utilisaient quand ils étaient confrontés à son prénom.

— Petit rappel. Maï-Tay. Et pas Matt, ni Mé Té. Maite.

Elle ouvrit le sachet, plongea sa main à l'intérieur et en ressortit un long sandwich.

— Bon sang, c'est dégoûtant. C'est chaud et ça pue la mort.

— C'est la choucroute, fit remarquer Ruan, tout en échangeant leurs sandwiches. Ce sont tes frites, là ? On dirait les miennes. Extracroustillantes.

— Ton régime alimentaire va te tuer, réitéra-t-elle. Puis, avec ma veine, ils vont me choisir comme nouveau partenaire un des gamins du commandant. Et avant que tu ne dises quoi que ce soit, la choucroute, ce n'est pas de la salade.

Maite était la fille d'un flic ayant eu une excellente carrière. Ruan était persuadé qu'elle avait fait ses dents en mâchonnant le badge de son père. Avec son mètre quatre-vingt et son corps finement musclé, c'était une excellente partenaire – le genre de femme que les hommes regardent une seconde fois, parce que son visage est intéressant et que ses lèvres pulpeuses ont une affinité pour les gros mots. Elle pouvait briller sur le terrain de baseball, puis, une fois changée, se faire siffler dans la rue. Ses cheveux noirs étaient coupés en carré long. Elle préférait porter un jean, un t-shirt et une veste en cuir – un style similaire à celui de Ruan. Elle avait des taches de rousseur sur son nez mutin et des pommettes hautes, qui trahissaient son ascendance irlandaise, mais elle avait hérité ses yeux d'un marron profond et expressif et sa peau dorée de sa mère mexicaine.

Ce qu'il aimait le plus chez elle, c'était sa capacité à lui tenir tête, certainement le résultat d'une jeunesse passée à l'ombre de trois grands frères. Mais ils se complétaient parfaitement. Elle était la première partenaire avec qui Ruan sentait qu'il pouvait être honnête au sujet de qui il était et de son mode de vie.

Et c'était ainsi qu'il avait découvert qu'ils n'avaient pas les mêmes goûts en matière d'hommes.

Elle avait aussi cette particularité de ne pas souvent manger de la viande, une habitude que Ruan se sentait incapable d'adopter. Ils se prenaient la tête au sujet de petits trucs, comme les tacos, qu'il aimait acheter à trois heures du matin dans un fast-food californien, alors qu'elle essayait de le convaincre de s'arrêter à un café-restaurant ouvert toute la nuit pour prendre une soupe végétarienne et un smoothie à l'agropyre. Ils étaient tous les deux fans des Cubs, l'équipe de baseball de Chicago, mais n'arrivaient pas à se mettre d'accord sur les Raiders d'Oakland et les Seahawks de Seattle. Ruan préférait les premiers, tandis qu'elle aurait suivi les seconds jusque dans la tombe.

Ruan avait promis à son père qu'il assurerait ses arrières et que rien n'arriverait à sa fille. Ils avaient tous les deux juré sur les tombes de leurs mères que Maite n'entendrait jamais parler de cette promesse, car ils se feraient aussitôt éviscérer pour avoir osé la traiter comme une petite fille. Même si elle affirmait le contraire, Ruan pouvait voir qu'elle était la prunelle des yeux de son père et une excellente policière. Non seulement il appréciait sa partenaire, mais, mieux encore, il éprouvait un énorme respect pour elle.

Si seulement elle avait pu avoir une épiphanie et vouer un culte aux Raiders, elle aurait été la partenaire idéale, mais il savait qu'il ne pouvait pas tout avoir dans la vie.

— Bon, parle-moi du joli garçon que tu as ramené chez lui il y a quelques années et que tu as retrouvé la nuit dernière. Et ne me dis pas que rien n'est arrivé, car j'ai entendu quelque chose dans ta voix quand tu en as parlé.

Maite mordit dans son sandwich, puis se mit à mâcher vigoureusement. Marmonnant la bouche pleine, elle poursuivit :

— Decker m'a dit qu'il avait reconnu le visage et le nom du gars, car il s'est fait tatouer au salon où le gamin travaille. Il a aussi dit que tu étais resté longtemps dans la maison – assez longtemps pour qu'il finisse de répondre à la radio et remplisse toute la paperasse. Qu'est-ce qui s'est passé ?

— Ce gamin, comme tu dis, n'a que deux ans de moins que toi.

Il sortit un morceau de pastrami de son sandwich et le mit dans sa bouche. Il ne quitta pas des yeux un homme habillé de plusieurs couches de vêtements qui traversait la rue avec un caddie. Après minuit, même s'il n'y avait presque plus de trafic, il suffirait qu'un imbécile se mette à hurler au coin de la rue pour distraire ce gars. Quelques secondes d'inattention, et il se ferait percuter par une voiture. Ruan ne reporta son attention sur son sandwich que lorsque l'homme eut terminé de pousser le caddie sur le trottoir opposé.

— Et d'après ce que le dossier dit à son sujet, il n'est pas employé au salon, mais co-propriétaire avec ses frères.

— Pourquoi est-ce qu'un dossier d'homicide qui ne concerne en rien le frère adoptif du fils de la victime donnerait ce genre de détails sur son métier ? se demanda Maite. À moins, évidemment, que tu n'aies toi-même enquêté sur le sujet.

— Un petit peu, confessa-t-il. Je lui ai aussi remis ma carte et je lui ai dit de m'appeler.

Maite s'étouffa presque en avalant de travers. Tout en continuant à parler, elle se mit à rire.

— J'ignore vraiment dans quel monde parallèle je viens de tomber. Le Nicholls que je connais ne se permettrait jamais de flirter avec un gars alors qu'il vient présenter ses condoléances. Non, oublie, il n'oserait pas flirter avec un gars, tout court. Qu'est-ce qui t'a pris ?

— Je n'ai pas flirté avec lui. En gros – je sais pas – j'ai senti quelque chose. Mais c'est idiot. En plus, il ne va certainement pas m'appeler, vu qu'il n'y a rien de pire que de sortir avec un flic, lui rappela Ruan. Je te parie que lui n'est pas assis dans une voiture à regarder des gens jouer à Frogger [1] au milieu d'une quatre-voies la nuit.

— Ouais, c'est vrai que nos journées sont longues, murmura Maite. Mais regardons la vérité en face, toi et moi n'avons aucune vie en dehors de notre travail. Quand on rentre à la maison, il n'y a personne. Même mon chat a un distributeur automatique de nourriture. Ce bâtard n'a pas besoin de moi pour lui servir sa pâtée.

— Et nous voilà, longtemps après la fin de notre service, en train de manger notre sandwich sur le bord de la route, déclara Ruan, tout en la saluant avec une frite molle. Peut-être qu'il est temps que nous rentrions à la maison.

— Je vais manger ça tant que le fromage est fondu, protesta-t-elle. Tu me laisses rarement conduire et on mange toujours sur le pouce. Je crois que tu essayes d'éviter de parler de ton tatoueur. Decker dit que tu es aussi timide qu'un collégien qui invite une fille à danser.

— Decker mériterait qu'on lui pète le nez.

_____

1 *Frogger* est un jeu vidéo d'arcade sorti en 1981 (NdT).

Il mâcha une bouchée de son sandwich, le goût de la moutarde brune envahissant son palais.

— Decker a aussi dit qu'il était mignon.

Les mots de Maite appuyèrent sur une corde sensible que Ruan ignorait posséder.

— Et tu sais que Decker trouve Joyce, de la compta, sexy. Alors, dis-moi, est-ce que ce gars est sexy-seulement-pour-Decker ou vraiment appétissant, du genre "je ne le ramènerai pas à la maison de peur que Maman essaye de me le piquer" ?

— Il s'appelle Ivo, et pourquoi est-ce que nous discutons de lui ? Je lui ai donné ma carte, lui ai dit de m'appeler, et il y a maintenant de fortes chances qu'elle ait fini en petits morceaux au fond de la poubelle.

Il lui jeta un coup d'œil depuis l'autre côté de l'habitacle, avant de continuer :

— En plus, les jolis garçons ne t'intéressent pas. Tu les préfères énormes et armés jusqu'aux dents.

— C'est vrai, mais celui qui m'intéresse est marié et trop bien pour moi, dit-elle avec un haussement d'épaules, avant de piocher une carotte dans son sachet. Et son mec est à tomber – une rock star absolument adorable – donc mes chances de parvenir à mes fins sont nulles.

— Comme si tu étais du genre à courir après un homme marié, dit-il, amusé. Tu as déjà bien assez souffert de te faire cocufier.

— Tout comme toi, remarqua-t-elle en le saluant à son tour, mais avec une petite carotte déjà grignotée. Il faut qu'on sorte avec des hommes qui se comportent mieux. Non, correction : je sors avec des gars plus classes. Toi, tu te contentes d'avoir un mec.

— Tu sais avec qui je suis sorti. Ce sont des connards dans un premier temps, puis ils s'avèrent être des criminels.

Il enveloppa les restes de son sandwich, sentant son appétit disparaître. Il le fourra dans son sac avec ses frites froides, puis récupéra sa bouteille d'eau.

— Soyons sérieux une minute. Il ne va pas appeler, et je ne peux pas lui en vouloir. J'ai juste dit à son frère que son connard de père, qui avait essayé de le tuer, s'est fait assassiner, et tout ce à quoi je pensais, c'était à Ivo et à ce qu'il était devenu depuis notre dernière rencontre.

— Tu lui as donné ta carte dans l'espoir qu'il t'appelle. Vous n'êtes pas totalement des inconnus, donc ce n'est pas entièrement inapproprié, indiqua Maite, avant de ricaner. Je te connais. Tu t'inquiètes pour les gens.

Tu donnes cette impression d'être tout bourru et austère, mais tu es une vraie guimauve. Je t'ai vu pleurer devant un film. Tu ne peux pas me cacher ta sensibilité de midinette, Nicholls. Je ne suis pas dupe.

— La vérité ? Cette nuit-là, j'étais vraiment inquiet à son sujet. Il y a sept ans, j'ai ramassé un gamin lourdement maquillé, qui portait des talons et l'uniforme d'une écolière coquine. Et même s'il avait des bleus sur le visage, il venait de tabasser un gars qui faisait presque deux fois sa taille. Tu aurais dû voir la résignation dans son regard quand j'ai commencé à l'interroger. Je ne l'ai pas cru quand il m'a affirmé qu'il était en sécurité chez lui. Je me suis même demandé si certains de ces bleus n'avaient pas déjà été là quand il avait quitté la maison ce soir-là.

Ruan but une gorgée d'eau, puis serra le bouchon quand il eut terminé.

— Mais tu aurais dû voir le soulagement de son frère quand je l'ai ramené chez lui. On se serait cru dans un de ces films médiocres où tout le monde se lève le dimanche matin et se met à chanter et à faire des crêpes pour le petit-déj. Je pense qu'une partie de moi voulait seulement découvrir ce qu'il était devenu.

— Est-ce qu'il portait des talons ? La nuit dernière, je veux dire.

— Je ne sais pas. Je n'ai pas regardé, confessa-t-il. Je ne sais même pas ce que je pensais. Je ne veux pas sortir avec quelqu'un. Et non seulement je ne suis pas assez bien pour lui, mais nous n'évoluons pas dans la même époque. Fort probable qu'il ne sait pas ce qu'est un placard, et encore moins ce que c'est que de devoir y vivre caché.

— Est-ce que tu as déjà envisagé qu'il serait peut-être temps pour toi de chercher quelque chose de mieux qu'un coup d'un soir avec un gars que tu as levé dans une boîte ?

Elle soutint le regard furieux qu'il lui lança sans sourciller.

— Je suis sérieuse. Si ce joli tatoueur a remué quelque chose en toi, peut-être que tu devrais te donner la peine de vérifier s'il est intéressé. Que peut-il t'arriver de pire ? Ce n'est pas comme si tu avais des centaines de prétendants qui t'attendent.

— Être en couple ne m'intéresse pas, affirma Ruan, tout en secouant la tête. J'ai été fou de lui donner ma carte. Je suis trop de la vieille école pour lui. Il y a des jours où j'ai l'impression que je suis un membre honoraire de la communauté gay. Un gamin comme lui a grandi dans un monde entièrement différent.

— Peut-être qu'il te met mal à l'aise, car il ne se soucie pas de ce que les gens pensent de lui, alors que tu as grandi en t'assurant que personne ne puisse soupçonner que tu es gay, fit remarquer Maite en appuyant une nouvelle fois sur un point sensible.

C'était un sujet qu'il préférait ne pas aborder et qu'il s'était efforcé d'ensevelir depuis longtemps.

— Il est peut-être ce dont tu as besoin, Nicholls. Quelqu'un qui te dérouille un peu et te mette les deux pieds dans notre époque. La situation a beaucoup évolué depuis que tu es rentré dans la police. N'est-il pas temps de changer à ton tour ?

— Ouais… La dernière fois que j'ai fait quelque chose de différent, quelqu'un en est mort, lui rappela-t-il. Pourquoi est-ce que tu ne finis pas ton sandwich, qu'on rentre à la maison ? Aujourd'hui a été une longue journée, et demain ne sera pas plus court.

# III

ON N'ÉTAIT vraiment bien que chez soi.

Et pour Ivo, chez soi ne voulait pas seulement dire la maison que ses frères et lui avaient retapée pendant plusieurs années.

La première fois qu'il avait franchi la porte d'entrée de ce magasin en coin de rue, face à Fisherman's Wharf, un frisson avait parcouru ses bras. L'espace était moche – ses murs écaillés étaient d'une couleur vert petit-pois agrémentés d'auréoles causées par des infiltrations d'eau et ponctués de trous, résultat probable d'un poing un peu trop colérique. L'intérieur était tout en longueur, en forme de fusil. À cause du bar à champagne qui le jouxtait, il avait un angle curieux. Le mur mitoyen s'inclinait de leur côté, en fond de boutique, afin de permettre au magasin adjacent d'avoir des toilettes. Les sols se résumaient à de larges morceaux de lino collés par-dessus un carrelage, joints par une chape de ciment irrégulière, criblée de fissures et de tuyaux qui fuyaient. Une énorme image occupait presque tout le mur de devant, et la pluie ayant pénétré les bordures du cadre avait ramolli les angles.

À l'époque, il n'était encore qu'un gamin et le nouveau membre de la famille. Il avait enfin réussi à se libérer du joug des services sociaux. Quand il avait pénétré dans cet espace sordide, il avait su instantanément qu'il était chez lui et qu'il deviendrait le meilleur tatoueur de son petit clan.

En plus de ses frères, le vrai amour de sa vie était 415 Ink. Il avait passé une bonne partie de son existence à perfectionner son art, aussi bien sur le papier que sur la peau, et le salon servait de galerie idéale à ce qu'il aimait faire. Il n'y avait rien qui ne le passionnait davantage qu'appliquer de l'encre, le vrombissement d'un dermographe de bonne qualité et la forte odeur du savon vert sur le corps d'un client quand il essuyait la peau pour révéler ce sur quoi il avait parfois travaillé plusieurs jours.

415 Ink n'était pas seulement son héritage, c'était aussi sa galerie et là où son clan se rassemblait – même Mace, qui était incapable de tatouer une ligne droite dans ses meilleurs jours.

Ils savaient tous que Bear avait eu une chance incroyable de trouver cette devanture qui faisait face à la jetée. Le propriétaire du bâtiment était un

23

ami et lui avait proposé un accord sur le long terme, avec un loyer très bas, qui garantissait que le salon des frères serait là pour de nombreuses années. Situé en coin de rue, entre une boutique de souvenirs kitsch et un bar à champagne ringard, mais populaire, l'espace avait été rénové à la sueur de leur front. Ils avaient poli les sols en béton coulé pour les faire briller et peint les hauts plafonds en noir, principalement pour cacher le réseau de canalisations. Les murs crème de la boutique étaient parfaits pour accueillir leur art – des dessins à l'encre encadrés ou des photos professionnelles de leurs meilleurs travaux. Leurs espaces individuels ressemblaient à des cabines, avec des murets solides et des tringles à rideaux accrochées aux poutres afin de pouvoir offrir une totale intimité aux clients qui le désiraient.

Il avait été fier comme un pou le jour où Bear avait accroché son nom à sa cabine préférée, consolidant sa place au salon, non seulement en tant que propriétaire, mais aussi en tant qu'artiste mis en avant. D'autres cabines portaient le nom de Gus, Bear, et maintenant Rob, le futur époux de Mace, tandis que les autres étaient réservées aux tatoueurs célèbres qu'ils invitaient et aux autres employés du salon.

Leur sang, leur sueur et leurs larmes avaient contribué à la création de cette boutique. Leurs liens avaient été testés durant les mois difficiles. Ses quatre frères et lui s'étaient presque tués à la tâche, s'endormant dans l'arrière-boutique tellement souvent qu'il en avait perdu le compte et faisant des journées de douze heures quand ils galéraient pour lancer leur commerce. Leur réputation était le résultat de leur talent et de leur obstination : ils avaient refusé de rogner les coins ou de faire payer plus cher des tatouages faits rapidement et sans difficulté. Ils s'étaient tous mis d'accord : chaque client de 415 Ink recevrait le meilleur service possible, même s'il ne s'agissait que d'une étoile nautique sur la cheville.

(Il ne pouvait pas en dire autant de celle que les cinq frères avaient dessinée ensemble – une création un peu de travers qu'Ivo était fier de considérer comme son premier tatouage, même si à l'époque il n'était pas encore majeur quand ils l'avaient tatouée sur son épaule.)

Il avait prévu de venir tôt pour profiter de la paix des lieux pendant qu'il travaillerait sur le motif d'un tatouage fait sur mesure. Les premières heures du matin sur les quais étaient la plupart du temps réservées aux gens du coin, soit pour se préparer à la longue journée en compagnie des touristes, soit pour courir ou faire du vélo le long du littoral. Habituellement, il se serait arrêté prendre un café, mais ce jour-là, il avait apporté un paquet de grains moulus qui provenaient d'une plantation de café d'Hawaï, avec pour intention de se préparer une grosse cafetière et de s'enfermer à l'arrière de la boutique pour travailler tranquillement à son tatouage.

C'était ce qu'il avait prévu, mais il découvrit que la personne qui avait fermé la boutique la nuit précédente n'avait pas assez bien nettoyé le sol. Quand il vérifia le planning, il trouva les excuses de Missy écrites sur un post-it, qui informait les frères qu'un autre employé avait démissionné, frustré de ne pas pouvoir tatouer après avoir passé des semaines à faire le café et à nettoyer derrière ses collègues. S'étant retrouvée toute seule, elle avait fait du mieux qu'elle pouvait, mais avait dû partir vers deux heures du matin, afin d'être suffisamment reposée pour ses cours.

— Bon sang, un de plus. Si ce n'est pas des cons finis, ce sont des flemmards, ronchonna Ivo. C'est trop demandé de pouvoir trouver quelqu'un qui veuille travailler ? Ce n'est quand même pas un boulot super difficile.

Balayer la boutique entière lui prit une bonne demi-heure. Quand il eut rangé le balai et lancé la cafetière, Ivo sortit de la pièce principale. C'est alors qu'il repéra une touffe de poils blonds à l'entrée du salon.

— Mince, j'ai oublié de nettoyer les poils qu'Earl a laissés sur ce tapis.

Il se baissa et se tordit le cou pour regarder sous la table basse. Elle avait été posée sur un vieux tapis persan que Luke avait trouvé au marché aux puces. S'accroupissant, il parvint à retirer les boules de poil du tapis.

— Ce chien en met partout. Il faut que nous le brossions plus souvent. On dirait un salon de toilettage pour chiens, ici.

— Ma foi, je te dirais bien de ne pas t'ennuyer à ramasser tout ça, car j'ai amené le monstre avec moi, annonça Gus d'une voix forte depuis la porte arrière.

Leur énorme cabot hirsute gambada jusqu'à Ivo à toute vitesse, ses longues pattes parcourant la distance qui les séparait en moins de deux. Quand Earl eut rejoint le plus jeune de ses maîtres, Gus avait verrouillé la porte derrière lui et se dirigeait vers la machine à café pour se servir sa première tasse de la journée.

— Oh ! Qu'est-ce que tu as préparé, aujourd'hui ? Ça sent le chocolat.

Ivo attrapa Earl avant que sa large tête ne vienne le percuter. Quand il se mit à lui gratter le dos, le chien trembla d'extase. À chaque mouvement de gueule, davantage de bave coulait de sa longue langue rose. Ivo soupira, se résignant à nettoyer de nouveau le sol.

25

— Pumehana. C'est arrivé hier, répondit-il en adressant un large sourire à son frère, qui arrivait avec deux tasses de café. Merci de m'en avoir préparé une.

— Aucun problème, répondit Gus.

Il posa le mug favori d'Ivo sur sa table de travail. C'était une monstruosité en porcelaine, pesant dans les cinq cents grammes environ, qui avait la forme d'une pile de tasses de thé de guingois. Le tout était orné d'un Chat du Cheshire et d'un haut-de-forme. Il s'agissait d'un cadeau de Rob et de Mace, qu'ils avaient ramené de Los Angeles après l'un de leurs week-ends en amoureux.

— Pour la crème, j'ai dû faire en fonction de la couleur, donc s'il y a trop de lait, tu peux aller te faire mettre.

— Merci, c'est exactement ce que je ferai, plaisanta Ivo, avant de caresser Earl une dernière fois et d'aller récupérer le petit balai qui se trouvait sous le comptoir d'accueil. Sérieusement, nous devons faire quelque chose au sujet de ses poils. Quelqu'un va finir par se rompre le cou en glissant dessus.

— Vraisemblablement toi, avec ces fichues chaussures que tu portes, rétorqua son frère. Rappelle-moi de prendre une assurance vie sur tes fesses. Comme ça, le jour où ça arrivera, j'aurai de quoi payer les frais d'université de mon gamin.

— Si tu savais mieux tatouer, tu n'aurais pas besoin de t'inquiéter pour les études supérieures de Chris, vu que les gens voudraient vraiment ta merde sur leur peau, répondit Ivo du tac au tac, tout en essayant de rassembler les poils de chien avec le petit balai. Bon sang, j'aurais plus de chance de trouver une ligne droite dans un de tes tatouages que de balayer avec cette nullité. Je sais même pas pourquoi je me fatigue.

Quelques années à peine séparaient Ivo de Gus et de son jumeau décédé, Puck. La folie de leur mère avait coûté la vie à leur frère aîné quand Ivo était encore petit. À part quelques souvenirs précis et cauchemardesques, il ne se souvenait guère de Puck. Séparés par les services sociaux, Gus et Ivo avaient été placés dans des maisons d'accueil sans leur cousin, Bear, qui était venu vivre avec eux à la mort de ses parents. Ils s'étaient battus pour être réunis presque dès le moment où on les avait éloignés. Même s'il avait passé une grosse partie de son enfance loin de ses frères – de sang et d'adoption – Ivo avait eu suffisamment de temps pour bien connaître Gus.

Sur de nombreux points, ils étaient semblables. Ils avaient la même passion pour l'art, étaient tous deux fascinés par les possibilités qu'offrait la peau. Ils se ressemblaient physiquement, même si Ivo était plus grand, principalement parce qu'il avait de plus longues jambes. Quand ses cheveux avaient leur couleur naturelle, ils étaient du même blond foncé que la crinière ébouriffée de Gus, qui lui descendait jusqu'aux épaules. Ils ne savaient pas qui était leur père, même si parfois Ivo suspectait qu'ils avaient le même ou que les gènes de leur mère avaient été assez forts pour l'emporter. Cette seconde théorie s'était effondrée dès qu'il avait regardé Bear, leur cousin maternel, et sa musculature impressionnante.

Ils ne partageaient pas la même vision de la vie, ni leur manière de se présenter au monde. Jusqu'à l'année précédente, Gus avait passé chaque heure du jour à fuir les horreurs que leur mère avait gravées dans sa mémoire, et Ivo avait saisi chacune des opportunités qui l'avaient rapproché davantage de sa famille de fortune. Gus avait une personnalité plus douce. Malgré sa nature acerbe, August Scott était le plus gentil de leur clan, même davantage que Bear. Il était toujours présent dès que l'un d'entre eux avait besoin d'être protégé.

Malheureusement pour Ivo, tous considéraient qu'il était celui qui en avait le plus besoin.

Du coup, quand son frère aîné se tourna vers lui avec, à la main, la carte de visite qu'Ivo avait laissée sur son poste de travail, il sut que les ennuis étaient sur le point de commencer… ou du moins, les complications, car il connaissait bien cette expression sur le visage de Gus. Il l'avait vue une centaine de fois chez Bear, chez Mace et même parfois chez Luke. La meilleure défense dans ce genre de situation était encore de passer à l'attaque et de couper court à la dispute avant qu'elle ne commence.

Malheureusement, Gus fut le plus rapide.

— Qu'est-ce que c'est que ça ? Qui est ce fichu Inspecteur Ruan Nicholls ? demanda Gus en grattant le bord de la carte avec son ongle, ce qui attira l'attention d'Earl. Est-ce que tu as des problèmes ?

— Non, tout va bien.

Il regretta d'avoir mis ses Converses. Elles ne produisaient pas le même effet que le claquement des talons aiguilles sur le sol en béton, mais cela n'empêcha pas Ivo d'essayer quand il se précipita vers son frère.

— C'est juste quelqu'un que j'ai rencontré deux fois.

Voilà le souci d'être presque du même âge et semblables sur de nombreux points. Gus était toujours le premier à repérer anguille sous roche. Il échappa de justesse à Ivo quand celui-ci essaya d'attraper la carte. Gus détourna ses épaules et garda le morceau de papier contre sa poitrine.

Voir sa propre expression sur le visage de son frère avait de quoi surprendre, mais cela lui permettait aussi de deviner à quoi Gus pensait.

— Euh.

La réponse de Gus fut certes brève, mais montra clairement à quel point il était dubitatif.

— Ça ne veut rien dire. C'est juste un gars, se défendit Ivo, tout en contournant son frère pour attraper la carte.

Mais Gus fut plus rapide.

— Arrête de faire le con, se plaignit Ivo. Rends-la-moi. T'es un père maintenant. T'es plus censé jouer à ce genre de jeux.

— Je ne joue pas, répondit Gus. Je me demande simplement à quel jeu *tu* es en train de jouer. Tu penses sortir avec lui ?

— Je pense surtout que tu devrais te mêler de tes affaires, grogna Ivo.

Il se détourna de son frère. Earl heurta l'arrière de ses genoux, certainement pour lui rappeler que son estomac ne gardait qu'un souvenir ancien du petit déjeuner et qu'un petit snack serait le bienvenu.

— Va te coucher, Earl. Arrête de me bousculer.

— Tu parles au chien ou à moi ? voulut savoir Gus en s'appuyant contre les étagères de la cabine d'Ivo. Ça fait deux jours que tu me sembles agité. Du coup, je me demande si ce flic est la raison de ton changement d'humeur. Nous ouvrons dans deux heures, donc j'ai le temps. Plus tôt tu me diras tout, plus tôt je te laisserai tranquille.

Ivo ne sut pas quoi faire. Des cinq frères, Gus était le plus responsable et le plus obtus, mais sa personnalité semblait avoir changé depuis qu'il avait découvert qu'il avait un fils de trois ans et qu'il avait dû endosser le rôle de père. Comme Bear était la seule figure paternelle qu'ils connaissaient, Ivo n'était pas surpris que le développement émotionnel de Gus ressemble davantage à un grand frère barbu à la voix douce.

Sauf que Gus était toujours un enfoiré, mais ce n'était pas surprenant – la plupart de ses frères l'étaient aussi.

Le café d'Ivo était encore chaud, mais le tabouret en cuir qu'il utilisait quand il travaillait était froid, même à travers son jean. Il avala une gorgée, essayant de faire le ménage dans sa tête. Puis il céda aux réclamations pathétiques d'Earl et lui lança un biscuit qu'il prit dans le pot en grès qu'il gardait à son poste de travail. Gus, qui attendait non loin de lui, se pencha pour gratter la tête du chien pendant que ce dernier mâchait bruyamment le gros cookie.

Son frère entendait très rarement les confessions d'Ivo. Chacun avait son rôle dans la famille. Bear était toujours celui qui avait la tête sur les épaules et qu'Ivo allait voir quand le monde devenait compliqué. Parfois, Luke intervenait, seul capable de retirer une à une les différentes couches de sa colère et d'exhumer la douleur qui se cachait dessous. Mais jamais Gus. Son frère avait ses propres problèmes, qu'il devait porter dans son âme comme de véritables fardeaux. Leur mère violente et égoïste avait enveloppé de ténèbres le cœur de Gus. Mais malgré tout ça, voilà qu'il attendait patiemment, une tasse à la main, qu'Ivo trouve quelques mots à lui dire.

— Tu n'étais pas là la nuit où le flic – *ce* flic – m'a ramené à la maison. Je ne sais pas où tu étais. C'était il y a presque sept ans. Je m'étais échappé en passant par la fenêtre de Luke pour aller danser. Au moment de rentrer à la maison, un gars m'a arrêté dans la rue, voulant que je le suce, déclara Ivo, tout en secouant la tête quand Gus commença à s'animer. Il ne s'est rien passé. Je me suis juste défoulé sur lui. J'ai eu la chance d'avoir le dessus, même si je me suis pris quelques coups sur le visage. Nicholls était l'un des policiers présents sur les lieux, mais il portait l'uniforme à l'époque. Quand le père de Mace a été assassiné, il était l'un des flics à venir nous annoncer la nouvelle.

— Et du coup, cette carte de visite ? voulut savoir Gus. Parce que, laisse-moi te dire, j'ai mon imagination qui va dans des endroits pas sympas. Du genre, tu étais bien trop jeune la première fois, et maintenant que tu es majeur, il veut que tu lui envoies un SMS ? Ou est-ce qu'il voulait déjà que tu le contactes à l'époque ? Vraiment, je n'aime pas ça du tout.

— Arrête d'exagérer. J'ai été surpris qu'il me reconnaisse, murmura-t-il. Pour le coup, je n'ai eu aucun mal à le reconnaître. Il a été pour moi une de ces personnes auxquelles on pense de temps en temps. Tard dans la nuit. Quand on est seul. Au lit.

— T'es un idiot si tu crois que les gens ne te reconnaissent pas. Primo, t'es super canon, et deuxio, t'es un peu excentrique. Les gens n'oublient pas les excentriques. Et enfin, je ne veux pas savoir ce que tu fais sous tes couvertures quand tu es dans ta chambre, protesta-t-il, avant de boire une nouvelle gorgée de son café. Dis-moi qu'il ne t'a pas touché cette nuit-là quand il t'a arrêté. J'ai besoin de savoir si je dois le tuer.

— Il était inquiet pour moi. Mes habits étaient un peu plus extravagants à l'époque, tu te rappelles ?

Ivo eut un petit rire quand Gus leva les yeux au ciel.

— J'étais sorti danser et ma tenue ne cachait pas grand-chose. Il voulait me ramener à la maison au cas où je me ferais méchamment remonter les bretelles. Il ne faisait que demander si je serais en sécurité. Je crois que c'est ça qui me l'a rendu irrésistible. Il n'avait pas un regard concupiscent. Il était vraiment inquiet. Un peu autoritaire, mais inquiet.

— Donc, des années après, il vient annoncer à Mace la mort de son enfoiré de père et il te donne sa carte. Pour quelle raison ? demanda-t-il en fronçant les sourcils. Qu'est-ce qu'il a dit d'autre ?

— De l'appeler, parce que je devais encore lui expliquer pourquoi je portais des talons à l'époque – oui, ces talons-là. Je crois qu'il voulait aussi s'assurer que tout irait bien pour Mace. Et par la même occasion, voir si je ne m'en étais pas trop mal sorti ? J'ai pas eu l'impression qu'il flirtait avec moi. C'est un flic. Tout à fait professionnel, mais un poil moralisateur, si tu vois ce que je veux dire, dit Ivo en riant. Après qu'il a dit à Mace que son père était mort, je n'ai pas fait attention à ce qu'il racontait. Je me suis contenté de rester sur place et de mettre à jour les souvenirs que j'avais de lui. Bon sang qu'il est sexy! Ça fait certainement de moi une merde, vu que toute mon attention aurait dû être sur Mace.

— Qu'est-ce que t'a dit ton gaydar ? demanda Gus, avant de pousser un grognement quand la tête du chien percuta son genou. Earl, calme-toi. Ta tête est aussi dure qu'une brique. Tu penses que ce flic est gay ? Parce que mon instinct me dit qu'il te draguait.

— Ton instinct est vraiment bavard.

Ivo secoua la tête, tout en essayant de mettre de l'ordre dans les souvenirs qu'il avait de Ruan Nicholls alors qu'il se tenait dans l'entrée de leur maison, l'épaule contre la porte et de la braise dans ses yeux verts.

— Oui, il l'est peut-être, mais ça n'a pas été une évidence à première vue. Faut dire qu'il n'était pas particulièrement à l'aise. Tu sais, un peu comme Bear peut parfois se comporter. Genre, il faut qu'il règle tout un tas de problèmes avant qu'il puisse envisager de prendre soin de lui-même.

— Tu vas l'appeler ? demanda Gus, tout en tapotant le bord de la carte sur le genou de son frère. Tu veux savoir ce que je pense ?

— Non, mais tu vas me le dire de toute manière, plaisanta à moitié Ivo. Personne dans cette famille ne se mêle de ses affaires.

— Je vais te le dire parce que je t'aime, et si tu répètes à quelqu'un ce que je vais te dire, non seulement je le nierai, mais tu goûteras à mon poing.

Il se pencha en avant et ébouriffa les cheveux noirs striés de violet d'Ivo.

— T'es beaucoup. Ce que je veux dire par là, c'est que ta personnalité est intense et qu'elle remplit chaque parcelle de ton corps. Si tu dois finir en couple, va falloir que cette personne soit d'accord avec ça. Je ne dis pas que toi et ce flic êtes destinés à vivre heureux pour toujours, simplement qu'il doit accepter le fait que tu sois du genre à porter des talons, et même qu'il t'aime bien pour cette raison.

— Je ne l'ai même pas appelé. Pour tout ce que j'en sais, il a une femme et sept gosses. Et comme elle a de grands pieds, il veut savoir où il peut lui acheter son cadeau de Noël, déclara Ivo, avant de grimacer quand l'amertume du café demeura sur sa langue. Évidemment… il est sexy…

— Sexy à quel point ? Donne-moi un ordre d'idée, demanda son frère en tirant pour la dernière fois une des mèches d'Ivo. Tout en muscles ? Mignon ? Impossible de l'amener faire les courses, car les femmes se mettent à hyperventiler ?

— Le genre de mec sexy, avec une barbe de trois jours, qui n'a d'yeux que pour toi. Un peu brut sur les bords, mais assez mignon pour vouloir le mordre.

Ivo ferma les yeux et essaya de se rappeler l'apparence de Nicholls cette nuit-là, quand il était venu le sauver d'un monstre qu'Ivo avait déjà vaincu.

— J'ai cru que je l'avais embelli dans ma mémoire. Tu sais comment marchent les souvenirs. Mais quand il est apparu à la porte d'entrée, j'ai oublié comment respirer, Gugusse. Personne ne me fait cet effet-là, mais lui, oui. Encore maintenant, quand j'y repense.

— Dans ce cas, appelle-le et vois où ça mène, répondit Gus, les bras repliés contre sa poitrine. Mais s'il joue avec toi, la police de San Francisco devra recruter un nouvel inspecteur.

— Mais rien ne va m'arriver, assura Ivo, tout en secouant la tête, amusé par le comportement protecteur de son frère. En plus, n'oublie pas qu'il a une femme et sept gosses. Dis-moi, qu'est-ce que tu fais ici si tôt, au fait ? Tu ne fais pas l'ouverture aujourd'hui. J'avais espoir de pouvoir travailler tranquille avant l'arrivée des autres.

— Ouais, c'est ce que je me suis dit.

Gus termina son café. Quand il voulut s'éloigner du comptoir, il dut pousser Earl de côté.

— Du coup, je suis venu aux aurores, juste pour pouvoir t'embêter. Va donc terminer tes gribouillis. Je m'occupe de la boutique. Mais n'oublie pas ce que je t'ai dit. Si cet homme est incapable de célébrer tes excentricités, il ne mérite pas de t'avoir dans sa vie. Nous nous ferons alors un plaisir de lui montrer où se trouve la sortie.

# IV

MÊME À une heure du matin, l'odeur nauséabonde de chou brûlé traînait dans la petite rue qui menait à l'appartement de Ruan. Il avait dépensé une fortune dans les suspensions de sa Jeep, mais il aurait pu tout aussi bien jeter son argent par les fenêtres, car elle faisait un bruit de ferraille malmenée à la moindre occasion et semblait vouloir tester chaque creux et chaque bosse de la chaussée pavée.

— Je suis trop vieux pour ça, maugréa-t-il à l'attention de son véhicule. Mes os sont déjà assez douloureux. Pas la peine d'en rajouter.

Il se gara à sa place habituelle, sous le long auvent pour voiture derrière son appartement. Il se massa le visage, comme s'il pouvait chasser la fatigue de sa peau. La journée avait été longue, il était épuisé. Douze heures remplies de sang et de larmes, n'apportant que peu de réponses à la souffrance d'autrui.

Le brouillard charriait avec lui l'effluve iodé de la baie. Elle s'ajoutait au parfum âcre que Ruan espérait pouvoir chasser de son nez. Il avait pris cet appartement presque aussitôt qu'il l'avait vu. Situé au second étage, assez bon marché, son logement avait beaucoup de caractère. Il s'agissait d'un ancien pavillon perché sur les collines au-dessus des quais, qui avait deux places de parking. Ce qu'il n'avait pas pris en compte, c'était la passion, apparemment sans limite, de certains de ses voisins pour les choux et autres légumes verts à feuilles. Leur méthode de cuisson se limitait à les faire mijoter très longtemps, et l'odeur de brûlé se mêlait aussitôt aux senteurs épaisses de poisson frit qui remontaient des quais.

Un véritable boucan se fit entendre plus bas dans la rue – un mélange bien trop familier de hourras et de grognements qui sortait des fenêtres ouvertes du pub, un pâté de maisons plus loin. Il y avait toujours un match de foot ou de rugby à regarder, et Finnegan's semblait être le lieu où se retrouvait la crème des chahuteurs de San Francisco. La moitié de la clientèle faisait partie des forces de police, et comme le propriétaire appartenait à la famille de son chef, Ruan avait appris à ignorer le tapage.

Ce qui n'était pas difficile, puisqu'il passait lui-même de nombreuses nuits dans ce bar à regarder les Cubs perdre encore et encore, avant de finalement parvenir à se qualifier.

L'étroit pavillon rappelait le temps où les goélettes et les clippers fréquentaient la baie, leur cale remplie de produits exotiques et d'immigrants. Un capitaine de navire avait acheté cette propriété à bon prix et y avait fait construire une maison rectangulaire. Elle se trouvait à côté de demeures plus imposantes, mais sa solide façade de style Nouvelle-Angleterre avait de l'allure, malgré sa sobriété. Cranson, son propriétaire actuel, était lui aussi un vieux loup de mer, tout autant que son aïeul, qui n'avait pas, au final, survécu aux dangers de la mer.

Célibataire endurci appréciant davantage la compagnie des hommes, Cranson louait l'étage du dessus pour se sentir moins seul – c'était ce que Ruan suspectait en tout cas. À plusieurs reprises, il avait rejoint le vieil homme sur le perron pour prendre une bière avec lui. Et quand deux hommes passaient main dans la main, il n'était pas rare que Cranson laisse échapper un petit soupir nostalgique.

— Eh, M'sieur le Flic, c'est à cette heure que vous rentrez ?

La voix rauque et profonde de Cranson l'appela. Ruan se tourna pour voir l'éclat rouge du cigarillo que le vieil homme fumait, assis dans la véranda, située à l'arrière du pavillon. Une brique maintenait la moustiquaire entrouverte, permettant aux volutes de fumée âcre de s'échapper.

— On dirait que vous rentrez de plus en plus tard. Combien de gens doivent mourir pour justifier une heure si tardive ?

Il était tenté de le rejoindre et de boire une bière, mais il savait que, s'il posait ses fesses sur la chaise de jardin à côté de celle de Cranson, il ne se relèverait pas avant des heures. Comme il avait eu l'occasion de n'avaler qu'un paquet de chips dans l'après-midi, il mourait de faim. Toutefois, le vieillard méritait qu'on lui accorde davantage que quelques minutes, même si ce n'était que pour l'entendre se plaindre.

— Un meurtre, c'est déjà trop, déclara Ruan, tout en utilisant son épaule pour ouvrir la porte et s'appuyer contre l'encadrement. Possible que je perde mon commandant prochainement. On va certainement lui proposer une promotion. J'espère qu'il va décider de rester avec nous dans les tranchées, mais Morgan est un bon flic et il n'acceptera pas de stagner.

— C'est pas lui qui a cinq cents gosses ? demanda-t-il d'une voix éraillée, soufflant un panache de fumée autour de lui. Faut bien qu'il nourrisse sa marmaille. Les promotions, ça met davantage de nourriture sur la table.

— Je crois que quasiment tous ses gamins ont déjà quitté le domicile familial. La moitié a intégré les rangs de la police. S'il monte en grade, son ancien partenaire le remplacera certainement. Aucun problème avec ça, mais ça veut dire qu'un des gamins du commandant se retrouvera sans son binôme. Je ne pense pas que ça soit une raison suffisante pour le pousser à rester. En tout cas, s'ils doivent remanier les équipes, je vais insister pour garder Maite. Elle s'est démenée aujourd'hui. Je ne pense pas qu'on aurait attrapé le gars sans elle.

— Je serais incapable de travailler avec une femme, toussa son propriétaire. C'est une espèce à part. Il n'y en avait pas sur mon bateau, et je n'en ai jamais voulu dans mon lit, donc j'imagine que mes connaissances à leur sujet sont limitées.

— Les temps changent. Les gens aussi. Dans votre jeunesse, les différences entre les hommes et les femmes étaient clairement établies. Même quand j'étais gosse, elles existaient encore. Mais de nos jours, je crois qu'il importe peu qu'on soit un homme ou une femme. L'important, c'est leur manière de penser et leur personnalité.

Ruan pouvait deviner la grimace de Cranson dans l'obscurité. Il lui était facile de comprendre sa frustration.

— Je crois que les gens ont maintenant les coudées franches pour explorer qui ils sont, même si tout ça me semble étranger. Peut-être que je suis trop vieux jeu pour ça.

— À mon époque, les hommes comme nous ne montraient même pas qu'ils aimaient les hommes. Morbleu ! Même en parler vous aurait valu de vous faire casser la gueule. J'aurais jamais pensé que je me retrouverais un jour, assis dans ma véranda à fumer mon cigarillo et à boire une bière en compagnie d'un flic, pendant qu'on parle d'hommes et de ce qu'ils font ensemble.

Cranson tira sur son cigare, si bien que le rougeoiement s'intensifia.

— Maintenant, on a des gars qui portent du maquillage et des femmes flics. Pas certain que ça me plaise.

La faible lueur éclairait son visage buriné, que des années de soleil et de sel avaient fini par tanner. Il n'avait jamais été beau, mais, d'après Cranson, cela n'avait pas eu trop d'importance. La promiscuité sur un bateau pendant des mois et des mois suscitait toujours de nombreux rapprochements et, dans le noir, personne ne se souciait du visage de son amant. Ils avaient eu l'occasion de discuter des dangers auxquels sa génération avait dû faire face. À l'époque, il fallait avoir des manières de brute pour éviter les accusations et les lynchages. Les hommes comme Cranson ne vivaient pas dans un placard. Ils existaient dans les failles, se hâtant de prendre leur plaisir avant de se retirer dans l'ombre froide. Ils détestaient ce qu'ils considéraient comme leurs perversions, mais ne pouvaient s'empêcher de succomber au péché.

C'était ainsi, en tout cas, que Cranson présentait les choses, et d'après l'expérience que Ruan avait de la vie en général, le vieil homme disait la vérité.

— La situation n'est pas la même pour vous, grommela Cranson. Peu importe le type d'homme que vous aimez, personne ne trouvera rien à redire si jamais vous sortez avec un efféminé. Quand j'étais plus jeune, je connaissais un gars avec un cheveu sur la langue. Il était énorme, mais il n'a jamais ouvert la bouche de peur qu'on puisse le prendre pour une tapette. Voyez à quel point on avait tous la frousse ! Peu importait si vous préfériez les hommes ou les femmes, il fallait toujours en rajouter pour que tout le monde sache bien que vous étiez un homme. Une nuit, on est allés dans un bar, et je pense qu'il s'est senti en sécurité avec nous. Du coup, il nous a raconté sa jeunesse dans les champs de maïs. Il y avait des gars qui se sont moqués de sa façon de parler. On aurait dit une petite fille, qu'ils disaient, mais je m'en fichais. On avait passé une année sur l'océan côte à côte. On connaissait les secrets de chacun. Alors, je ne sais pas ce qui s'est passé entre le moment où j'ai quitté le bar pour rentrer à la pension où nous avions tous une chambre et le lendemain matin, mais les flics l'ont retrouvé derrière le pub, deux balles à l'arrière de la tête.

— Il était fou amoureux d'une fille qui travaillait dans une usine de chaussures située près des quais. Et durant tous ces mois passés en mer, il n'a jamais cherché quelqu'un pour s'occuper de ses envies. Je peux vous dire, après quelques mois, on finit par se lasser de sa main et on commence à chercher un corps chaud, peu importe si on aime les hommes ou pas, déclara Cranson, sous le coup de l'émotion. Celui qui l'a tué devait faire partie de l'équipage du bateau. Il n'y avait que nous dans le bar ce soir-là. Ils n'ont pas pris son argent, mais ils ont pris sa vie, et je me suis toujours demandé si c'était à cause de son cheveu sur la langue. Il aurait dû être sécurité avec nous. Ce soir-là, il n'y a pas eu un seul marin qui n'ait pas fini avec un autre gars dans ses draps. Sauf lui, évidemment. Voilà le genre de monde merdique dans lequel j'ai vécu. Et je ne vais pas vous mentir, c'est toujours là. Ça m'oppresse, même quand je vois deux hommes marcher main dans la main dans la rue. C'est difficile de penser différemment quand, pendant des années, se cacher revenait à rester en vie.

— Les changements sont rapides dans certains endroits, mais pas dans d'autres. Ce que j'ai trouvé le plus dur, c'est de devoir dire à mon ancien partenaire que je ne voulais pas dîner avec sa sœur. Il m'a traité de pédale, et je suis resté là pendant une minute avant de lui dire qu'il avait raison.

Ruan secoua la tête. Il pouvait encore sentir le goût de la peur à l'arrière de sa gorge. L'homme avec qui il avait travaillé pendant trois ans s'était précipité sur lui depuis l'autre bout des vestiaires. Si les trois autres inspecteurs qui s'étaient trouvés là n'étaient pas intervenus, Ruan était persuadé que Marco l'aurait tué. Son visage exprimait la colère et le sentiment d'avoir été trahi. Sa rage avait alimenté son désir de violence. Quelques heures plus tard, le commandant avait informé Ruan qu'on le transférait au Commissariat Central. Il ne s'était même pas donné la peine de lever les yeux de ses papiers alors qu'on mettait Ruan dehors.

— J'ai du mal à l'admettre, mais la vérité, c'est que c'est dur de changer sa manière de penser. Il faut faire confiance aux gens, alors qu'auparavant, ce n'était pas possible. C'est pas facile.

— Je vais vous dire quelque chose, mon garçon, dit Cranson, avant de retirer le cigarillo de sa bouche et de regarder dans la direction du Ruan. Va falloir que vous appreniez à faire confiance. Mon plus grand regret, c'est de voir des gens vieillir en compagnie de quelqu'un pendant que la chaise à mes côtés reste vide. Peut-être que j'ai un caractère de merde et que ce visage ne peut pas gagner de concours de beauté, mais je regrette ce que la peur m'a empêché d'avoir. Au final, je n'ai rien d'autre qu'un lit vide et des échos dans une maison que j'aurais pu remplir de rires et certainement aussi de quelques disputes.

— Peut-être que le monde est en train de changer, pour le pire ou pour le meilleur, mais les gens comme nous ont beaucoup de chance de vivre à cette époque. Vous êtes assez jeune pour pouvoir en profiter. Alors il est temps que vous vous trouviez un de ces gars qui vous mettent mal à l'aise et que vous sortiez vous amuser un peu.

Cranson se pencha en avant. Il se releva lentement de sa lourde chaise. Ses os craquèrent assez fort pour que Ruan les entende depuis la porte.

— Ou alors, un jour, vous allez devenir comme moi, à attendre qu'un joli petit flic irlandais rentre chez lui le soir pour que vous puissiez prétendre que vous partagez votre vie avec quelqu'un. Allez, maintenant, filez à l'étage et nourrissez votre chat. Ce fichu monstre est probablement en train de s'égosiller depuis qu'il a entendu votre voiture. Et je ne vais pas réussir à m'endormir jusqu'à ce qu'il la ferme.

— Tais-toi, Spot, siffla Ruan.

Il essaya d'ouvrir la porte d'entrée et de contourner le mastodonte roux de dix kilos qui bloquait le passage. Le matou hirsute manifesta son mécontentement suite à l'arrivée tardive de son maître. Il laissa échapper un miaulement étrangement semblable au son d'une sirène, qui se répandit dans la large pièce occupant la majorité du second étage.

— Si tu ne me laisses pas passer, tu ne seras pas nourri. *Bouge de là.*

Quand il avait récupéré un chaton trempé par la pluie sur le Golden Gate Bridge, il y a trois ans, Ruan s'était seulement inquiété de sa survie. Vers la fin de son service, il avait vu une boule de poil qui bougeait le long d'un trottoir et qui tombait à chaque passage d'une voiture. Au début, son cerveau avait refusé de considérer qu'il puisse s'agir d'autre chose que d'une pièce de tissu, mais très vite, son instinct avait pris le dessus. Il avait donc fait demi-tour et allumé ses lumières pour signaler aux voitures derrière lui de s'éloigner du trottoir. Il était vite devenu clair que ce chaton crasseux n'était pas venu là de son plein gré. Il avait une patte cassée et des égratignures – la preuve qu'on s'était débarrassé de lui depuis une voiture.

Un vétérinaire de son quartier, contacté d'urgence, avait confirmé les suspicions de Ruan. Le chaton souffrait aussi de malnutrition, était couvert de tiques et avait des vers, ce qui avait nécessité l'achat de médicaments dont le coût était presque égal à celui de son loyer. Quand le véto avait suggéré d'euthanasier le chaton, Ruan s'était mis dans une colère noire.

La clinique vétérinaire lui avait donc trouvé un autre véto et, le jour suivant, Ruan avait ramené à la maison un petit chaton roux, faible, mais de mauvaise humeur.

En quelques années, il avait tellement grandi qu'il faisait maintenant la taille d'un lynx et ruinait le pauvre Ruan tellement il mangeait.

— Un Maine Coon, tu parles, grommela-t-il, tout en ouvrant une boîte de nourriture pour chat. Tu es un vrai tigre à dents de sabre. Et retire tes griffes de mes jambes immédiatement. Je fais aussi vite que possible.

Il servit un mélange de fruits de mer à Spot, puis alla ouvrir son frigo. Il espéra brièvement que des fées du logis aient fait récemment les courses. Malheureusement, le sachet de carottes molles et son compagnon d'infortune, un pack de six bières à demi consommé, étaient toujours les seuls occupants, si on exceptait les quelques épices sur les étagères de la porte. Le congélateur s'avéra plus prometteur, à condition de compter comme de la nourriture une barquette de glace à la menthe et au chocolat et une boîte de tacos couverte de givre.

— Je crois que j'ai mangé la dernière soupe en boîte, murmura-t-il.

Il traîna les pieds jusqu'à la penderie qu'il avait convertie en garde-manger. Il y trouva les suspects habituels : des céréales déjà ouvertes, du porc et des haricots et même deux boîtes de sardines à la sauce tomate épicée qu'il avait achetées lors des dernières courses faites à toute vitesse.

— Si j'ouvrais cette conserve, tu serais capable de m'enlever le poisson de la bouche, Spot. En plus, je n'ai même pas de riz pour l'accompagner. J'imagine qu'il est temps de commander une pizza.

Il avait eu de la chance de trouver cet appartement. Ruan avait le second étage rien que pour lui. À l'origine, il s'était certainement agi de chambres, mais on avait abattu quelques murs pour créer un espace habitable. Une cuisine assez fonctionnelle donnait sur la cour où Cranson et lui garaient leurs voitures. Le long escalier avec palier à mi-chemin, qui était attaché au mur extérieur, était recouvert d'une petite toiture pour protéger du mauvais temps de San Francisco. Il menait à l'entrée de l'appartement, située au-devant du bâtiment. La pièce principale avait gardé ses vieilles fenêtres à guillotine, mais un double vitrage avait été installé pour protéger du froid. La cheminée en briques avait été convertie au gaz, ce qui permettait de chauffer l'espace durant les mois d'hiver. Un couloir menait à une petite chambre, que Ruan utilisait comme bureau-bibliothèque, et à une énorme salle de bain, qui possédait une vieille baignoire en porcelaine. La chambre principale occupait, quant à elle, l'autre côté de l'appartement.

Son domicile était proche de tout, mais, plus important encore, c'était la première fois qu'il se sentait à l'aise chez lui. Le canapé modulable était imposant et excessivement rembourré. Il était capable de résister aux acrobaties fréquentes de Spot et suffisamment large pour accueillir le gabarit d'un Ruan épuisé. Il se laissa tomber sur le sofa gris sombre et commença à retirer ses santiags, tout en parcourant les menus qu'il avait laissés sur la vieille table basse qu'il avait trouvée dans un magasin d'occasions. Quelques secondes plus tard, Spot le rejoignit et se mit à sniffer le visage de Ruan, qui dut supporter son haleine de poisson nauséabonde.

— Pizza ou chinois ? lui demanda-t-il en tenant un menu en papier où l'on distinguait clairement des traces de morsures aux extrémités. Chinois, j'imagine, vu que c'est celui-là que tu mordilles le plus souvent. Vérifions s'ils livrent encore à cette heure-ci. Il est tard, et parfois une livraison vingt-quatre heures sur vingt-quatre ne veut pas vraiment dire qu'ils livrent au milieu de la nuit.

Alors qu'il tendait le bras pour récupérer son téléphone portable, qu'il avait laissé sur la table, Ruan fut surpris de l'entendre sonner. Il poussa un long soupir, se frotta le visage, puis répondit. Il sentait qu'il allait devoir récupérer son dîner au drive d'un restaurant avant de se rendre sur la scène d'un crime.

À la place, il entendit une voix masculine suave lui dire :

— Dites-moi que vous n'avez pas d'épouse, ni sept enfants.

Ruan vérifia le numéro sur l'écran. Il ne le connaissait pas, mais il s'agissait bien d'un appel local. Peut-être quelqu'un qui cherchait un coup de soir.

— Je crois que vous avez appelé un mauvais numéro.

— Je sais pas. Un flic m'a donné sa carte et m'a dit de l'appeler. C'est donc ce que je suis en train de faire.

L'homme à l'autre bout du fil laissa échapper un ronronnement que Spot n'aurait jamais pu émettre.

— Je sais qu'il est tard, mais je me suis dit que j'allais tenter ma chance, vu que je suis toujours éveillé. Je suis en train de fermer le salon, car un de mes employés s'est fait la malle. J'ai pensé qu'un flic et un tatoueur auraient les mêmes horaires – de longues journées et pas assez de sommeil. Alors, avant que je vous invite à venir manger un bout avec moi, je dois m'assurer que vous n'êtes pas marié et que vous n'avez pas sept gamins. Bien évidemment, c'est partir du principe que vous êtes le type d'homme à vouloir manger un bout avec un autre homme. Si c'est pas le cas, on oublie, pas de rancune.

— Ivo Rogers.

Ruan se mit à sourire. Il repoussa gentiment Spot quand le chat commença à lui mordiller les doigts.

— Je viens de rentrer à la maison et j'étais en train de me demander ce que j'allais commander. Je vais être honnête avec vous, j'ai une faim de loup, mais mes pieds me font mal à la seule idée de devoir remettre mes bottes.

— Je ne suis pas du genre à supplier pour qu'on me tienne compagnie, mais si vous voulez, je peux récupérer de la nourriture et on peut manger chez vous. Bien sûr, tout dépend où vous habitez.

La voix d'Ivo s'était faite plus grave.

— Je sais que c'est très impoli de s'inviter comme ça chez un gars, mais je n'ai pas mangé de la journée. J'ai passé tout mon temps au salon. J'ai tellement la dalle que j'en oublie mes manières, et même ma prudence. J'ai pensé que je pourrais terminer ma journée en beauté en appelant un homme qui possède une arme et lui demander s'il veut qu'on mange ensemble.

— Je fais partie de la police. Aucun danger avec moi.

— Chéri, je ne crois pas être en sécurité avec toi, et le fait que tu sois un policier n'aide en rien, répondit Ivo à voix basse.

— Je vois qu'on me tutoie… déclara Ruan, pour masquer son trouble.

— J'ai perdu mes manières… et tu devrais faire de même. Bon. Qu'est-ce que nous faisons alors ? Est-ce que je viens chez toi avec une sélection de *dim sums*, ou est-ce que je rentre chez moi pour manger de la glace ?

Ruan se souvint des paroles de Cranson. Regardant autour de lui, dans cette pièce vide, il prit conscience que sa vie n'était qu'une toile vierge. Son appartement était un espace blanc avec des meubles gris et marron. Son chat monstrueux était ce qu'il y avait de plus coloré. Sur le manteau de la cheminée se trouvaient le drapeau qu'on avait replié lors de l'enterrement de sa grand-mère et une carte de Noël qu'avait envoyée la nouvelle épouse de son père, une femme assez jeune pour être la petite sœur de Ruan. Son père, d'ailleurs, ne s'était même pas donné la peine de la signer, ou c'était en tout cas l'impression que Ruan avait eue. Après tout, peut-être que son vieux dessinait maintenant des smileys et ajoutait des petits cœurs au-dessus de ses *i*.

Même cette carte était un paysage bleu pâle, avec des flocons de neige et une calligraphie grise, qui lui souhaitait de bonnes vacances.

Il était temps qu'il tente sa chance. Même s'il ne s'agissait que d'un repas, Ruan soupçonnait qu'Ivo amènerait avec lui un arc-en-ciel de couleurs suffisamment brillantes pour l'aveugler. Le jeune homme était beau et incarnait la promesse d'ennuis futurs, un peu comme Spot d'ailleurs.

— T'as disparu, Nicholls ? demanda Ivo. Ou est-ce que tu demandes à ta femme ?

— Je suis toujours là. Entendu, ça te va si je commande de la nourriture à un restau près de ta boutique et que tu la récupères en route ?

Ça me donnera assez de temps pour me changer et essayer d'enlever les poils du chat du canapé. T'es allergique aux fruits de mer ? demanda-t-il, tout en parcourant le menu et en listant ce qu'il aimerait manger. Je paye, si tu te charges de la livraison.

— Comment est-ce que tu sais où le salon se trouve ? interrogea Ivo, soudainement suspicieux. T'es un stalkeur ?

— Primo, c'est moi qui ai enquêté sur l'homicide du père de Mace. Le salon de tatouage était l'un des trois endroits où l'on pouvait trouver ton frère. Deuxio, j'habite pas très loin des quais. Durant les rares occasions où je peux faire mon jogging du matin, je passe devant le salon pour aller m'acheter des beignets *malasadas*. C'est le genre de motivation dont j'ai besoin pour aller courir, raconta Ruan d'une voix traînante, pendant qu'Ivo se mettait à rire doucement. Et donc, tu as des allergies ?

— Mes frères diraient que je suis allergique aux responsabilités, mais faut pas les écouter. Je suis ouvert à tout, sauf aux pattes de poulet, et c'est simplement parce que je ne pense pas qu'on puisse manger ça comme plat à emporter. Il faut les manger tout de suite après les avoir cuites, quand elles sont encore chaudes.

Un bruit métallique interrompit leur conversation, recouvrant la voix d'Ivo pendant un bref moment.

— Envoie-moi ton adresse et ne t'inquiète pas au sujet des poils de chat. Tu devrais voir la montagne de touffes de poils que je ramasse chaque jour à cause d'Earl. Impossible qu'un chat puisse faire pire que lui.

— Tu n'as jamais rencontré Spot, l'avertit Ruan. À dans quelques minutes, dans ce cas. Prends la ruelle sur la gauche. Gare-toi à l'arrière du bâtiment. Peu importe où. Quand tu arrives, monte les escaliers à l'extérieur de la maison et frappe à la porte. La sonnette est cassée. Je n'ai pas encore eu le temps de la réparer.

— Oh non, quel dommage, murmura Ivo d'une voix sexy. Je voulais vraiment appuyer sur le bouton de ta sonnette…

— Je sens que ta présence ne va pas être indolore, Ivo Rogers, grogna Ruan.

— Probablement. Mais tu dois être du genre à donner autant que tu reçois, n'est-ce pas ? Je serai là dans trente minutes. Et vraiment, ne t'inquiète pas pour le chat. D'autres choses te tiendront occupé. D'autant plus que tu ne m'as pas répondu au sujet de la femme et des sept gosses.

# V

— C'EST LE chat le plus gros que j'aie jamais vu.

Ivo tendit les sacs de nourriture chinoise qu'il avait apportés, dans l'espoir que l'attention du félin se détournerait de lui. Visiblement, ce n'était pas l'odeur de crevette épicée qui avait motivé le chat à planter ses griffes dans les jeans d'Ivo et à s'étirer de tout son long pour sentir sa poitrine. Même lorsque Ruan eut pris la nourriture, le matou continua son investigation.

— Qu'est-ce que tu lui donnes à manger pour qu'il soit si… imposant ?

Si Ruan devait faire la liste de toutes les mauvaises idées qu'il avait eues, accepter de dîner en compagnie d'Ivo Rogers aux petites heures du matin après une longue garde se trouvait tout en haut, avec la fois où il avait uriné sur une clôture électrique et celle où il avait dansé un slow avec Brandon Kipski, derrière le gymnase, en classe de cinquième. Il avait immédiatement appris sa leçon dans le cas de la clôture, mais pour ce qui est de Brandon, il avait fallu attendre une semaine avant qu'il ne se fasse cogner par son grand frère et enfermer dans un casier durant les cours de sports pendant environ un mois.

Il n'avait jamais remis en cause son attirance pour les hommes, mais il lui arrivait parfois de mettre en doute l'étendue de son intelligence, d'autant plus quand il invitait ce fauteur de troubles dans son salon. Spot était apparemment autant attiré par Ivo que l'était Ruan, car il ne pouvait s'empêcher de frotter sa gueule contre le corps du jeune homme. Son ronronnement s'accéléra quand Ivo se mit à rire et le gratta derrière les oreilles.

C'était la première fois que Ruan était jaloux de son chat, et à en juger par la passion amoureuse qui se développait dans l'entrée de son appartement, ce ne serait pas la dernière.

— Le véto pense qu'il est né chez un éleveur de Maine Coons, qui se serait débarrassé de lui quand il est tombé malade. Je l'ai trouvé au milieu du Golden Bridge quand je rentrais chez moi, un soir. Comme c'est le seul que j'ai vu, je pense qu'ils ont essayé de le jeter dans l'eau et qu'ils n'y sont pas parvenus.

Ruan posa la nourriture sur la table basse, qui se trouvait au milieu de la pièce, et retourna au côté d'Ivo pour détacher avec délicatesse les griffes du chat des cuisses de son invité. Ce dernier avait une odeur agréable – une légère senteur d'agrumes mêlée à un soupçon de musc masculin. Ses longues jambes étaient puissantes. Les muscles bougeaient pour supporter le poids de Spot pendant que celui-ci se débattait pour rester accroché.

— En fait, il est très affectueux. C'est juste qu'il ne semble pas réaliser qu'il est énorme. Le véto dit qu'il pourrait facilement prendre cinq kilos de plus. Je sens que je vais finir par devoir m'endetter pour le nourrir.

— Ou tu pourrais le laisser traîner dans les rues. Il ferait le ménage chez les pigeons, répondit Ivo, pendant qu'il retirait ses Converses. Sérieux, mec. Ce chat est monstrueux.

Ruan parvint à se débarrasser de Spot plus facilement que de cette attirance qu'il sentait naître en lui. Ivo Rogers était une alliance déroutante entre force masculine et beauté féminine. Même si ce dernier ne portait qu'une vieille paire de jeans et un t-shirt noir qui dessinait les muscles de son torse, Ruan en eut le souffle coupé. Ses yeux gris-bleu étaient soulignés d'un trait d'eye-liner, ce qui faisait ressortir la profondeur surprenante d'une couleur qui était presque cachée derrière ses cils noirs. Le reste de son visage ne portait pas de maquillage et l'ombre d'une barbe recouvrait sa mâchoire forte. Il avait un air d'insouciance et semblait porter sur son corps gracieux une cape d'arrogance et de désinvolture. Ruan envia cette confiance en soi naturelle, qui était à la fois belle et agressive.

C'était un homme, on n'aurait pas pu se méprendre à ce sujet. Ivo Rogers ne se souciait pas de ce que les autres pensaient de lui. Le jeune adolescent maussade dont Ruan gardait le souvenir avait grandi, il avait confiance en sa place dans le monde et, de toute évidence, exprimait librement qui il était.

Même si ce n'était pas convenable de désirer un homme qu'il avait rencontré la première fois quand celui-ci était encore mineur, il était impossible de confondre Ivo avec l'adolescent déguisé en écolière coquine. Le temps avait dissipé toute trace d'innocence et de puberté sur son visage, ne laissant que des traits élégants et des lèvres graciles. La méfiance dans ses yeux était toujours présente, donnant à sa beauté naturelle un air réservé. Ses boucles blond foncé étaient maintenant d'un noir d'encre rehaussé de violet vif. Sur le devant, elles avaient été coupées au niveau des pommettes, mais venaient caresser le haut de ses épaules à l'arrière.

Il y avait une malice naturelle dans tout ce qu'Ivo faisait. Dès qu'il avait pénétré dans l'appartement, il avait attiré le regard de Ruan. Dans un moment pareil, l'inspecteur aurait pu croire qu'il venait de tomber dans un de ces vieux films en noir et blanc. Ivo tenait le rôle de la sirène aux longues jambes, dont l'ombre s'étendait sur le sol de l'entrée. Ruan savait qu'il lui serait impossible de le chasser. Même si Ivo décidait de faire demi-tour et de descendre les marches de l'escalier extérieur, sa présence demeurerait dans l'appartement. Il hanterait l'esprit de Ruan, qui croirait toujours l'apercevoir du coin de l'œil.

Que faire d'une personne comme Ivo ? Il n'en avait aucune idée. Il doutait même d'avoir la force de le découvrir.

Évidemment, ce sourire ravageur que le jeune homme lui adressait alors qu'ils luttaient pour retirer Spot ne l'aidait pas.

Effronté. Le tatoueur était effronté. Effronté, arrogant et provocateur – trois traits de caractère que Ruan devrait fuir comme la peste. Mais au lieu de lui montrer la porte, il se contenta de retirer une à une les griffes de Spot pour libérer son hôte.

— Je ne t'en veux pas de t'accrocher ainsi, chaton, mais un peu de fierté quand même ! murmura Ruan à l'oreille de son chat quand il eut terminé de le déloger. Fais un effort, bon sang.

— Est-ce que tu veux utiliser des assiettes ou manger directement dans les boîtes ? demanda Ivo, qui se trouvait maintenant entre la porte d'entrée et l'espace que Ruan appelait en riant son salon. Les deux options me vont. Je n'ai pas de poux, mais je sais que certaines personnes sont à cheval sur l'hygiène. J'ai quatre frères. On apprend très vite à ne pas faire le difficile dans ce domaine.

— Ne pas avoir à faire la vaisselle me convient parfaitement, répondit Ruan, tout en grattant une dernière fois la tête du chat. Tu veux une bière ? J'ai de la bière brune que j'ai récupérée chez Finnegan's, mais c'est peut-être un peu trop lourd pour du chinois.

— Au contraire, c'est parfait pour du chinois. Seul le lait ne convient pas.

Ivo fit le tour du salon et de sa décoration spartiate pendant un moment

— Tu viens d'emménager ?

— J'aimerais bien dire que je suis minimaliste, mais la vérité, c'est que je n'ai pas le temps.

Spot se mit à suivre son maître partout, se collant contre ses jambes et ronronnant comme si sa vie en dépendait, surtout quand celui-ci se mit à fouiller les sacs pour voir s'il avait besoin de rapporter des couverts de la cuisine.

— Tu veux une fourchette ou ça te va de manger avec des baguettes ?

— Les baguettes, évidemment. Si tu utilises une fourchette pour manger de la nourriture chinoise à une heure du matin, tu ne mérites pas de vivre à San Francisco. C'est un peu comme ne pas savoir comment manger un crabe.

Ivo s'installa confortablement sur le canapé d'angle, si bien qu'il occupa une bonne partie du côté gauche. Comme à son habitude, Spot le rejoignit en ondulant – une masse de longs poils et d'affection bruyante à la recherche de genoux sur lesquels s'installer. Cela ne sembla pas déranger Ivo, car, très vite, il se mit à lui caresser la tête sans réfléchir. C'était certainement une habitude qu'il avait prise avec son chien. Quand sa main descendit pour lui gratouiller la joue, les ronronnements de Spot s'intensifièrent.

— T'es sûr que je ne te dérange pas ?

— J'ai besoin de manger, et on dirait bien que tu es doué pour distraire mon chat. Je vais pouvoir me nourrir tranquillement.

Ruan s'installa à côté d'Ivo et lui tendit une des deux bières qu'il avait récupérées de son frigo.

— Je t'avertis, la philosophie de Spot peut se résumer à "tes baguettes sont mes baguettes", donc il vaut mieux que tu le fasses dégager du canapé avant qu'il ne commence à se servir.

— C'est fou. Mes frères ont exactement la même philosophie.

Ivo déposa le matou à même le sol. Spot poussa un miaulement de mécontentement, fit le tour de la table basse avant d'abandonner. Il alla s'installer sur le coussin géant pour chien que Ruan lui avait acheté un mois plus tôt.

— Earl aussi, d'ailleurs.

— Earl ?

Ruan fronça les sourcils, se demandant s'il n'avait pas commis une erreur en invitant Ivo chez lui. Il n'avait aucune envie de draguer un homme qui avait déjà quelqu'un dans sa vie.

— Ton petit ami ?

— Je n'ai pas de petit ami. Earl, c'est notre chien. Tu l'as vu. C'est la boule de poils qui était chez nous. On dirait un tas de bave sur pattes.

Ivo se rapprocha de l'inspecteur quand celui-ci ouvrit les sacs de nourriture. On aurait dit Spot, quand Ruan ouvrait une boîte de pizza.

— Et si tu me racontais ce que t'es devenu depuis notre première rencontre ? J'ai remarqué que tu n'as plus ton uniforme. Est-ce que tu dragues souvent des gamins que tu as ramenés chez eux quelques années auparavant, ou est-ce que je suis le seul ?

Ruan avala de travers sa gorgée de bière, si bien qu'elle faillit lui remonter dans les sinus et finir sur la table. Mal à l'aise, il commença à tousser et essaya de faire passer un peu d'air dans sa gorge, qui était remplie de mousse. Ivo le frappa dans le dos, mais Ruan s'écarta de lui, ce qui lui permit de reprendre son souffle… juste à temps pour voir Spot récupérer une crevette frite d'une des boîtes et se faire la malle dans le couloir avec son butin.

— Faut que j'aille la récupérer, grogna Ruan. Comme il s'apprêtait à se lever du canapé, Ivo le força à se rasseoir et lui tapota gentiment les omoplates.

— Si je vais la chercher, tu vas la manger ? demanda Ivo.

Quand Ruan déglutit en y pensant, son invité eut un petit rire amusé.

— C'est bien ce que je pensais. En plus, il a déjà dû l'avaler. Il faudrait peut-être que tu apprennes à respirer avant de lui courir après.

— Je n'avais pas réalisé que tu allais essayer de me tuer. Je savais que t'inviter était une mauvaise idée, marmonna-t-il en se frappant le sternum avec son poing. Tu es *très* jeune, et je suis…

— On a quoi ? Dix ans de différence ? voulut savoir Ivo, tout en se penchant pour attraper une des boîtes de nourriture. Tu te comportes comme si tu avais cinquante ans. Peut-être que je suis exactement ce dont tu as besoin, Nicholls. Quelqu'un pour te dépoussiérer.

Ruan ignorait avec exactitude quand il avait perdu le contrôle de la conversation, mais il aurait parié que c'était au moment où il avait répondu au téléphone et avait compris qu'Ivo était à l'autre bout de la ligne. Il était habituellement plus sûr de lui, mais en présence du jeune homme, il avait l'impression d'avoir quatorze ans, des bagues aux dents et une coupe au bol faite par sa mère. Il y avait de quoi être frustré, lui qui attrapait des meurtriers au quotidien se retrouvait muet comme une carpe, car il était assis à côté d'un tatoueur mignon à l'attitude je-m'en-foutiste que le Diable lui-même aurait enviée.

— J'ai mérité chaque grain de poussière, Rogers. Je ne vais pas m'en débarrasser aussi facilement, répliqua-t-il, tout en remarquant le sourire ironique qui naquit sur les belles lèvres d'Ivo. Peut-être que tu as besoin qu'on t'enseigne les bonnes manières.

IVO PRENAIT beaucoup de plaisir à mettre le policier mal à l'aise. Il avait parfois besoin qu'on s'oppose à lui – seuls un esprit vif et une langue acérée étaient à même de le satisfaire. Ruan Nicholls savait se défendre une fois qu'il avait trouvé ses marques. Malgré les câlins que lui prodiguait ce chat monstrueux, l'attention d'Ivo était tout entière tournée vers l'inspecteur.

— Tu regrettes de m'avoir invité ? insista-t-il en s'installant confortablement sur les coussins.

Comme ils avaient apaisé leur faim, ils se contentaient maintenant de sélectionner leur nourriture préférée. Ruan monta dans son estime quand il lui passa la petite boîte de *har gow*, puis continua son ascension quand il mit la main sur la sauce soja à la moutarde, qui permit à Ivo d'assaisonner ce type de raviolis chinois.

— Non, t'es mignon à regarder, et le chat a trouvé une autre victime. Pour une fois, je peux manger en paix, rétorqua Ruan. Et toi ? Des regrets ?

— Nan. Quoique… j'aurais dû te dire de commander davantage de crevettes. Je ne savais pas qu'il faudrait partager avec Goliath. T'es pire que mon chien. Va t'asseoir, répondit Ivo en repoussant Spot avec son coude.

Contre toute attente, le chat le renifla impérieusement une dernière fois, puis décida de retourner à son lit, près de la cheminée.

— Voilà qui est inattendu.

— Il a parfois de bonnes manières, répondit Ruan, jetant un coup d'œil en direction d'Ivo. Contrairement à d'autres…

— Je suis extrêmement bien élevé. C'est juste que… je me lasse vite des gens qui se cachent derrière leur joli masque et leurs belles paroles.

Une chaleur, qui avait été absente la première fois qu'ils s'étaient rencontrés, venait de s'installer entre eux. À l'époque, Ivo avait déjà l'habitude de faire dégager les hommes (cela avait commencé bien avant qu'il ne finisse chez ses frères), et l'attention du policier avait été professionnelle et détachée. Maintenant, par contre, ce n'était plus le cas. C'était en tout cas l'impression qu'en avait Ivo. Avec ses yeux verts, Ruan détailla les jambes du jeune homme, survola son entrejambe et s'arrêta au niveau de son torse, ce qui ne fit qu'enflammer les suspicions d'Ivo. Pendant qu'il se servait les nouilles sautées que le policier lui avait laissées, il passa en revue les sujets possibles de conversation.

Évidemment, Ruan lui avait laissé sa carte, mais c'était Ivo qui avait fait le premier pas, même si cela lui avait pris une bonne demi-heure avant d'oser composer le numéro. Il était pour moitié motivé par le défi que lui avait lancé Gus, mais il y avait quelque chose de plus profond, de plus compliqué qui le poussait. Il ne parvenait pas à croire qu'il était assis dans le salon d'une vieille maison, les pieds nus, perché sur un canapé, pendant qu'il mangeait de la nourriture chinoise avec l'homme qui avait alimenté ses fantasmes. Il n'avait jamais pensé à l'être humain qui se trouvait derrière ce visage et ce nom, du moins jusqu'à ce qu'il vienne frapper à la porte d'entrée de cet appartement. Il avait alors pris conscience qu'il ne savait rien sur lui.

Il avait l'habitude de lire les gens, mais il se retrouvait à discuter avec quelqu'un qui excellait à ne jamais dévoiler son jeu. La gêne qu'avait éprouvée Ruan n'avait pas duré longtemps. Il avait très vite retrouvé le contrôle, marquant son territoire dans leur conversation. Il savait quel bouton pousser pour garder Ivo à distance et l'avait piégé à quelques reprises en l'appâtant avec des remarques sur l'âge et les manières.

Cet espace presque nu que Ruan Nicholls appelait sa maison et dans lequel il aimait peut-être passer du temps était révélateur, mais ce n'était pas là qu'il gardait son âme. Ivo n'avait pas besoin d'avoir les beaux diplômes de Lucas pour comprendre *ça*. S'il devait en juger par la plaque commémorative accrochée au mur, le drapeau plié sur le manteau de la cheminée appartenait à une femme qui était morte quelques années plus tôt. Ses années de service indiquaient qu'elle était trop âgée pour être la mère de Ruan, à moins qu'elle l'ait eu sur le tard. Quant à la carte de Noël qui se trouvait à côté, les flocons de neige avaient perdu leurs paillettes translucides à certains endroits, à force d'être touchés.

Mais c'était ce lit immense pour chien qui avait appris à Ivo tout ce qu'il avait besoin de savoir au sujet de Ruan – ça, ainsi que tous les jouets qu'on avait poussés dans les coins de la pièce ou placés sous la table basse. L'inspecteur avait une âme charitable, car même s'il se plaignait de son chat, il le faisait avec une profonde affection qu'Ivo n'avait jusqu'alors rencontrée que chez ses frères, quand ils parlaient de l'un d'entre eux.

L'inspecteur savait aimer. Peut-être à contrecœur, mais il savait. Et le contraste entre sa nature bourrue et la douceur de sa voix quand il amadouait son chat avec un morceau de poulet entre les doigts suffisait à emballer le cœur d'Ivo.

Il était fatigué d'avoir travaillé deux gardes à la suite et d'avoir dû rajouter à son planning deux petits tatouages. Ses doigts lui faisaient mal, et le bas de son dos lui rappelait qu'il n'était plus aussi jeune et flexible qu'il l'avait été quand il avait commencé à tatouer. Évidemment, passer onze heures courbé au-dessus de différentes parties de corps avec une machine vibrante dans la main avait tendance à avoir cet effet-là, peu importait l'âge. Il avait appelé Ruan sans réfléchir, mais il aimait se comporter parfois de manière stupide. Quoi qu'il en soit, se retrouver à côté de cet homme, dans

48

cet appartement rectangulaire minimaliste, suffisait à calmer la ruche qui s'agitait habituellement dans son esprit.

Il était toujours à la recherche de cet espace calme en lui. Il savait qu'il existait, mais n'avait jamais réussi à le trouver. C'était une promesse douce, l'appel d'une sirène, proche, mais inatteignable. Dessiner sur les peaux apaisait ce bruit constant et lui fournissait le répit nécessaire pour qu'il demeure sain d'esprit, mais il semblait qu'il existât une solution plus efficace : manger en pleine nuit de la nourriture chinoise avec un policier.

— Mon frère Bear dit toujours que je ne sais pas m'arrêter, dit Ivo, comme pour s'excuser. J'imagine que j'ai trop l'habitude d'être le petit frère merdeux.

— J'ai vu ça, répondit Ruan en hochant la tête pendant qu'il choisissait un morceau de poulet impérial. J'ai des petits frères, mais ils sont beaucoup plus jeunes. Mon père en est à sa troisième ou quatrième femme. J'ai arrêté de compter, mais elle est gentille. Ils vivent à San Diego, donc je ne les connais pas vraiment. J'ai trente ans de différence avec le plus vieux, donc les sujets de conversation sont limités.

— Mon neveu a trois ans. C'est facile de lui parler. Ses intérêts sont les chiens, les camions de pompier et le caca. Ah ! Et aussi les pets, mais à mes yeux, c'est ce qu'on fait en extérieur quand on ne peut pas faire caca. Chris a des goûts simples, dit Ivo en rigolant quand il remarqua le dégoût sur le visage de Ruan. C'est le premier gamin que j'ai dans ma vie. Évidemment, il y avait les autres enfants en familles d'accueil, mais je n'avais pour eux aucune affection. C'est assez cool, car quand il ouvre sa bouche, j'ai l'impression d'entendre Gus. Et de temps en temps, il me regarde avec ce regard que je vois souvent chez Bear, celui qui dit qu'il sait que je me moque de lui et qu'il ne va pas le laisser passer.

Soudainement curieux, Ruan pencha la tête sur le côté, tout en mâchant son morceau de poulet. Il finit par l'avaler et but une gorgée de bière pour l'accompagner.

— Je croyais que tes frères t'avaient élevé. Vous avez aussi servi de famille d'accueil pour d'autres gamins ?

Ivo se trouva face à une situation qu'il n'avait jamais rencontrée auparavant, dans aucune de ses relations. Il était très proche de ses amis, une poignée de gens – principalement des tatoueurs – et l'histoire des propriétaires de 415 Ink était bien connue dans le milieu. Il avait traversé son adolescence sans jamais avoir à raconter son histoire, car tout le monde la connaissait. Ceux qui étaient sortis avec lui n'avaient jamais eu l'opportunité de connaître autre chose que son corps. Il préférait les choses ainsi et faisait tout pour que rien ne change. Il pensait avoir assez de raisons pour que cela dure une vie entière… mais voilà qu'était entré dans sa vie un policier bourru au regard rusé, qui lui posait des questions qu'il aurait ignorées en temps normal ou dont les gens connaissaient déjà les réponses.

Le dos bien calé contre un coussin, Ivo contempla les chemins qui s'offraient à lui. Quelque chose le retenait, gardait sa langue captive, et cette gêne le surprit. Ce n'était pas comme si les gens ignoraient tout de sa vie, d'autant plus que la plupart des tatoueurs qu'il avait rencontrés avaient eu une opinion tranchée à son sujet. Mais c'était différent avec Ruan, bien plus intime que le sexe. Après avoir récupéré le dernier ravioli, Ivo le mit dans sa bouche et le mâcha lentement, choisissant ses mots avec attention.

— Tu sais quoi ? dit-il finalement en remettant ses baguettes dans la pochette en papier qui les protégeaient. Peut-être qu'on pourrait garder ça pour la prochaine fois.

Ruan eut un petit rire.

— Je n'ai pas beaucoup de moments libres quand je travaille sur une affaire. Il pourrait se passer beaucoup de temps avant que nous nous voyions à nouveau.

— Pas de problème, répondit Ivo.

Il se leva et brossa son jean avec sa main pour enlever autant de poils de chat qu'il le pouvait.

— À toi de voir si je vaux le coup d'attendre.

— Oh, fais-moi confiance, gamin, répondit Ruan, ses yeux de la couleur d'une tempête d'émeraude. S'il y a quelque chose que j'ai appris à ton sujet, c'est que tu vaux vraiment la peine d'attendre.

# VI

— BON SANG, comment se fait-il qu'il soit déjà deux heures ?

Ivo jeta un coup d'œil à l'horloge accrochée au mur. Sa vision était trouble. Il fut tenté de laisser ses dessins éparpillés sur la table large qu'ils avaient installée dans l'ancienne réserve à l'arrière de la boutique, mais comme Bear devait faire l'ouverture le lendemain matin, Ivo ne voulait pas courir le risque de laisser du désordre dans la pièce. Tout en rassemblant les esquisses qu'il avait commencées pour un tatouage dans le dos, il se mit à bâiller. Il grimaça quand sa mâchoire craqua.

— Entendu. Il est temps de rentrer.

Se tenir debout était une forme d'exercice en soi. Il avait des crampes dans les jambes à force d'être resté assis. Le bas de son dos lui faisait mal après avoir passé des heures penché au-dessus de la hanche d'une femme pour commencer, puis de ses dessins. Il s'était débarrassé de ses chaussures très tôt et avait passé la serpillière pieds nus. Puis, afin d'éviter de se rompre le cou sur le sol glissant en béton, il avait laissé ses bottines à talons près de l'entrée. Tout en remuant ses doigts de pieds, Ivo fourra les dernières feuilles de papier dans son énorme portfolio en cuir et s'assura que leurs extrémités ne seraient pas abîmées quand il remonterait la fermeture éclair.

— Qu'est-ce que j'en fais ? J'emporte tout à la maison ou je le laisse ici ?

Il réprima un autre bâillement. Sa mâchoire était toujours douloureuse.

— Merde, je ne sais même pas si je fais l'ouverture avec Bear demain. Foutu Mace. Ses vacances avec Rob chamboulent tout le planning.

Il se plaignait pour le plaisir de se plaindre. Malheureusement, s'adresser à un salon vide n'apportait pas la même satisfaction que lorsqu'il le faisait devant un de ses frères.

Quand son téléphone vibra dans la poche arrière de son jean, Ivo soupira, sachant, sans avoir besoin de vérifier, que Bear appelait pour savoir où il en était. Il envoya un SMS pour le rassurer pendant qu'il mettait une de ses bottines. Plutôt que d'essayer de faire cela debout, il finit par s'asseoir sur le canapé près de la fenêtre, qui était protégée par une grille en fonte.

Quand quelque chose percuta cette dernière, le fracas chassa la fatigue qui ralentissait le cerveau d'Ivo. Il se retourna et faillit tomber du canapé quand sa bottine dérapa sur le sol glissant. Il agrippa la table au dernier moment. Il sursauta quand un nouveau coup contre la fenêtre la fissura, formant ce qui ressemblait à une toile d'araignée sur le verre. Il était difficile de voir à travers les lattes métalliques du volet, mais Ivo put apercevoir le visage pâle d'un homme pressé contre le carreau. Ses lèvres recouvraient de sang le verre fêlé. Ce visage disparut, mais fut aussitôt remplacé par un poing qui vint frapper cet endroit précis, ce qui aggrava l'état du carreau. Après avoir enfoncé son autre pied dans sa bottine, Ivo attrapa la batte de baseball qui reposait dans le porte-parapluie près de l'accueil et se précipita dehors.

— Qu'est-ce que tu fous, putain ?

Il brandit son arme, tout en agrippant la poignée de la porte avec son autre main. À cette heure tardive, il n'y avait plus aucun passant sur le quai et les voitures sur la route se faisaient rares. La grille qui protégeait la vitrine n'était pas faite pour soutenir des assauts répétés. Si elle s'effondrait, n'importe qui pourrait pénétrer dans le salon et le vider de tout son contenu.

— Dégage !

Le mec puait. Les trois mètres qui le séparaient de lui n'étaient pas suffisants pour masquer l'odeur aigre de son corps sale. Il avait l'air d'un fou. De longs cheveux emmêlés encadraient son visage et les habits qu'il portait étaient recouverts de crasse. Jetant un regard méchant à Ivo, il leva son poing avant de l'abattre de nouveau sur le carreau brisé. Le sang de ses mains blessées se répandit sur le logo du salon. Il était trop maigre pour être considéré en bonne santé. Ses mains squelettiques et ses traits émaciés étaient recouverts d'hématomes et de petites lésions. Ses membres tremblaient malgré le fait qu'il s'appuyait contre le bâtiment.

— Je t'ai dit de t'éloigner de la vitre ! l'avertit Ivo.

Il ne voulait pas le frapper, mais si le repousser fermement ne suffisait pas, il n'hésiterait pas. Ivo entendit la porte se fermer derrière lui, et il se mit à paniquer à l'idée qu'il ait laissé les clés à l'intérieur de la boutique.

— Casse-toi. Ne fais pas le con, mec.

— Trop tard pour ça. Il a déjà fait le con.

La voix d'un autre homme se fit entendre au-dessus de la respiration pénible du premier. Ivo pivota afin de les avoir tous deux dans son champ de vision. Il avait maintenant la rue dans son dos. Contrairement à l'imbécile qui avait brisé la vitre, la carrure du nouveau venu bloquait presque la lumière qui provenait de la promenade couverte non loin. Il s'avança. Le couteau qu'il tenait dans sa main droite se mit à briller.

— Et si tu nous donnais l'argent que tu as dans ta caisse enregistreuse ?

— J'ai une meilleure idée : et si je te foutais ça dans le cul ? Je te parie que je peux t'enfoncer la batte en entier.

Une ombre se détacha des ténèbres derrière le plus costaud. Ivo inspira profondément, sentant ses chances de s'en sortir diminuer rapidement.

— Quoi ? Trois contre un, maintenant ? fit-il.

— Tu sais, aussi mignon que tu sois, Ivo, t'as vraiment besoin de faire vérifier tes yeux.

Le troisième homme se déplaça et laissa l'obscurité derrière lui. Son visage se retrouva éclairé par les guirlandes lumineuses qui étaient accrochées le long de la promenade.

— Police. Lâchez votre couteau et couchez-vous à terre.

Ivo avait vu le policier deux jours plus tôt, mais Ruan semblait encore plus épuisé que lorsqu'ils avaient partagé un repas ensemble et repoussé le monstrueux Spot. Si l'inspecteur semblait fatigué, il n'y avait aucun doute possible sur le fait que l'arme qu'il avait pointée en direction du colosse pouvait tuer. Les lignes autour de sa bouche indiquaient le dégoût qu'il ressentait. Ivo remarqua que son regard s'attardait sur ses chaussures. Le policier poussa un long soupir silencieux.

— Tu vas bien, Ivo ?

Ruan détourna son regard afin de se concentrer sur l'homme qui tenait le couteau.

— C'est sympa d'avoir mon *stalker* personnel, répondit Ivo, ce qui lui valut pour la première fois un regard renfrogné de la part du policier. Oui, je vais bien. Alors, comme ça, on est dehors à lutter contre la criminalité ? Je crois que t'as oublié ta cape, Bruce.

— Continue ainsi, et je vais être tenté de te tirer dessus et de les laisser partir, grogna-t-il, alors que le maigrichon commençait à s'agiter. Arrête immédiatement de bouger. À terre…

— Non, non, non. Je ne veux pas faire ça, Harry.

L'homme poussa un cri perçant, avant de s'enfuir si vite qu'Ivo n'eut même pas le temps de cligner des yeux. Le propriétaire du couteau se mit à sourire prudemment. Il étendit son bras pour poser l'arme à même le sol. Son regard ne quitta pas Ruan une seule seconde. Mais il ne lâcha pas la lame pour autant, se contentant de la poser lentement.

— Quel con, dit l'homme qui devait s'appeler Harry. Mais qu'est-ce qui me dit que vous n'allez pas me tirer dessus une fois que je l'aurai lâchée ?

— Est-ce que je dois poursuivre l'autre gars ? demanda Ivo avec tout le sarcasme dont il était capable, tout en agitant sa batte en direction de l'endroit où le maigrichon s'était tenu quelques instants plus tôt. J'aurais pu m'en sortir tout...

— Ne dis pas que tu aurais pu t'en sortir tout seul, le coupa Ruan. Et non, ne pars pas à sa poursuite. Nous lui mettrons la main dessus plus tard. Harry, si je n'entends pas ce couteau tomber au sol dans une seconde, je tire dans votre genou. Et quand j'aurai terminé, je vous demanderai où l'on peut trouver votre connard d'ami.

Le couteau percuta le trottoir dans un fracas de métal. S'éclaircissant la voix, l'homme, toujours au sol, se mit à marmonner :

— On s'amusait juste. Pas la peine de...

— Je ne veux rien entendre. Pas ce soir. Couchez-vous maintenant, Monsieur. Tête face au sol et mains derrière la tête, aboya le flic, tout en continuant à viser avec son arme l'homme qui s'étendait au sol. Ivo, reste à l'écart. Je ne veux pas te trouer un autre endroit du corps, d'autant plus qu'on dirait que ton cerveau s'est fait la malle en passant par le trou que tu as déjà. Je m'occupe de lui pendant que tu appelles le 911. Ensuite, toi et moi, nous allons avoir une petite discussion sur ce que ça veut dire d'avoir du bon sens et où tu peux t'en procurer.

Ivo AVAIT changé la couleur de ses cheveux depuis la dernière fois qu'ils s'étaient vus. Ou, du moins, c'était ce que Ruan pensait. Entre l'avant-veille et les premières heures de ce matin-là, les mèches de ses cheveux s'étaient transformées en quelque chose qui ressemblait étrangement à un filet d'huile dans un caniveau rempli d'eau. Dès que la tentative de vol avait été signalée, un essaim de policiers s'était amassé devant le salon de tatouage. Ruan avait assigné les différentes tâches à ses collègues. Il aurait dû demander à Ivo de lui préparer du café pour le garder éveillé, car l'adrénaline qui s'était répandue dans son sang quand il avait vu le jeune homme se faire menacer d'un couteau s'était dissipée depuis longtemps, le laissant épuisé. À cause du mauvais éclairage et du chassé-croisé des voitures de police autour de lui, Ruan avait perdu de vue celui qu'il avait sauvé à plusieurs reprises.

Mais il parvenait toujours à le retrouver. Qu'il le voulût ou non.

Ivo était plus grand que la plupart des policiers qui l'entouraient. En partie parce qu'il portait ces fichues bottines en cuir, dont les talons le rehaussaient de quelques centimètres, mais surtout à cause de sa hauteur naturelle et de la façon qu'il avait de légèrement bomber sa poitrine et de garder son menton relevé, comme s'il défiait le monde entier.

Malgré les couleurs bizarres de ses cheveux, Ivo était aussi beau qu'un ange déchu. Ruan ne parvenait pas à se défaire de cette image. Sa réputation de mauvais garçon ne faisait aucun doute, et c'était certainement ce qui attirait l'œil. Pourtant, il était évident que vouloir se rapprocher de ce corps finement musclé revenait à faire preuve de mauvais jugement, mais comment résister à ce beau visage et au ronronnement érotique de cette voix de baryton ? Il aurait fallu que Ruan soit mort pour ne pas être ému par le tatoueur, qui s'appuyait contre le lampadaire quelques mètres plus loin. Mais même s'il était un cadavre, il aurait été obsédé par Ivo.

Sans aucun doute possible, le jeune homme ne laissait personne autour de lui indifférent. Gomez ne cessait de lui lancer des regards énamourés, sa bouche de toute évidence tiraillée entre un sourire aguicheur et une moue méprisante à chaque fois qu'il surprenait sa collègue Tignell en train de rire. Cette dernière avait pour mission de tenir éloignés de la scène du crime les passants, mais elle préférait consacrer une bonne partie de son énergie à draguer Ivo.

— Est-ce que vous m'avez entendue, Inspecteur ?

La sergente Baker était l'officière en charge de la scène de crime, une femme noire d'âge mûr, un peu collet monté, qui avait un fort accent de Boston. Les pensées chaudes de Ruan furent refroidies par cette voix qui exigeait son attention.

— Vous pouvez partir maintenant. Je pense que nous pouvons nous occuper du reste.

Heureusement, elle ne lui avait pas demandé ce qu'il faisait dehors à cette heure de la nuit. Mais Ruan était surtout soulagé de n'avoir pas bu un petit verre de bourbon à la fin de son service. Il s'était retrouvé exténué, mais trop sur les nerfs pour pouvoir dormir. Du coup, comme il ne vivait pas dans un des meilleurs quartiers de la ville, il avait pris avec lui son arme personnelle et était allé marcher le long des quais, dans l'espoir que la balade l'épuiserait assez pour qu'il puisse dormir quelques heures avant de reprendre son service.

Il avait hésité à se rendre au salon de tatouage pour voir si Ivo travaillait encore. Comme il refusait de se comporter en amoureux transi, il avait rejeté cette idée, mais, au final, ses pieds semblaient en avoir décidé autrement. Depuis ce jour où il avait retrouvé Ivo, la confusion régnait en maître dans l'esprit de Ruan, qui se débattait contre l'envie de le connaître plus intimement.

L'affaire qui l'avait amené à rencontrer Mace Crawford avait été un véritable désastre. Dans le passé, il était arrivé à Ruan de trouver difficile d'ignorer l'existence toxique qu'avait menée la victime. Or, il avait juré de faire respecter la loi et, s'il devait un jour compromettre ses principes, il remettrait aussitôt sa démission. La seule bonne action qu'avait faite la victime était d'avoir engendré Mace. Toutefois, ce que celui-ci était devenu s'expliquait davantage par l'influence des quatre hommes qu'il appelait ses frères que par celle de son géniteur.

Revoir Ivo ce jour-là avait été la cerise rance sur le gâteau merdique que le destin lui avait servi. Les pensées de Ruan étaient immédiatement retournées à la nuit où il avait trouvé l'adolescent assis sur le capot de la voiture de police, les poings ensanglantés et des chaussures étincelantes aux pieds. La dernière chose que voulait faire un flic, c'était d'avoir à annoncer des mauvaises nouvelles. Mais rien n'aurait pu préparer Ruan au choc de revoir la bouche sexy d'Ivo et ses yeux bleus aux longs cils. Ce souvenir doux-amer serait à jamais tatoué dans sa mémoire.

Surtout quand son cerveau – au lieu de se concentrer sur le fait d'annoncer à un homme que son père était mort – voulait découvrir le goût de la peau d'Ivo.

— Inspecteur ? demanda Baker d'une voix irritée. Est-ce que vous avez besoin d'autre chose, Nicholls ?

— Rogers est-il libre de partir aussi ? s'entendit-il demander.

Ruan ne parvenait pas à se débarrasser du brouillard qui occupait son esprit. Était-ce dû au manque de sommeil ? Ou au nombre d'affaires dont il avait la charge au boulot ?

— Si vous avez terminé, je peux le raccompagner à sa voiture, au cas où l'autre gars serait toujours dans les parages.

Il n'y avait aucune chance pour que l'autre agresseur revînt sur ses pas. Le quartier fourmillait encore de policiers, et Ivo avait dû offrir un spectacle effrayant quand il était apparu avec une batte de baseball à la main et des bottines aux pieds.

— Ce n'est pas une mauvaise idée, convint Baker. Si vous pouvez, ce serait très utile. Je peux libérer certains de nos hommes afin qu'ils retournent patrouiller dès que vous me donnerez le feu vert. Oui, nous en avons terminé avec lui, donc il peut partir. Si nous avons besoin de renseignements complémentaires, nous saurons le retrouver. Nous avons ses coordonnées.

— Passez une bonne nuit, dans ce cas.

Ruan espéra qu'il faisait illusion, car il ne se sentait pas en contrôle de la situation.

— À la prochaine.

— Simplement parce que vous habitez le quartier, répondit-elle. Sérieusement, Nicholls, parfois il faut apprendre à enlever le badge et à avoir une vie.

— C'est ce que je faisais. Plus ou moins. Avant que cette pagaille ne commence.

Il haussa les épaules avant de la saluer d'un signe de main.

— Parfois, vous allez vous promener pour changer d'air et l'instant d'après, vous êtes de nouveau un flic.


Inspecteur Ruan Nicholls.

Ivo fit rouler ce nom sur sa langue pour mieux en apprécier la pointe d'amertume. Cela lui allait bien. C'était un nom dur, taillé dans la pierre et recouvert d'acier plutôt que d'or. Il écoutait le bavardage de la policière, qui laissait échapper des miettes d'informations sur cet homme aux yeux de tempête qu'il l'avait sauvé à deux reprises.

Même si Ivo n'avait pas eu besoin qu'on vienne le secourir.

Entendu, Ruan l'avait aidé. Il fallait le reconnaître. Il n'était pas assez stupide pour croire qu'il n'avait pas besoin de renforts lors d'une bagarre. Il fallait être son frère aîné, Gus, pour faire preuve d'une telle ignorance.

L'inspecteur était usé et son âme portait des traces de la crasse du monde. Même en gardant à l'esprit l'heure tardive, Nicholls avait l'air exténué. Le vert de ses yeux était terne et délavé dans la lumière environnante, et des ombres approfondissaient les lignes de son visage. En temps normal, il devait faire cinq centimètres de moins qu'Ivo, mais, ce soir-là, il semblait plus petit, comme davantage replié sur lui-même. Lorsqu'il ne donnait pas des ordres aux policiers qui s'agitaient autour de lui, son autorité rigide laissait aussitôt la place à un épuisement total.

À moins qu'ils ne fassent partie de son cercle familial, Ivo n'était pas du genre à prendre soin des autres, mais il y avait quelque chose chez Nicholls qui lui donnait envie d'ouvrir une boîte de soupe et de nourrir ce dernier à la petite cuillère.

Fisherman's Wharf était très différent au milieu de la nuit. L'endroit était désert. C'était comme traverser un cirque après le départ des spectateurs. Les lumières étaient toujours allumées. Les néons aux couleurs vives tentaient, le jour, d'appâter des passants désintéressés. Mais la nuit, ce spectacle d'acrobaties lumineuses était réservé aux emballages de fast-food laissés à même le sol et aux flics de passage. Dans quelques heures, les employés de cuisine arriveraient un à un pour se préparer à une nouvelle journée chargée. Il y aurait des foules de touristes et la folie des heures de pointe, mais pour le moment, la rue large avec ses promenades serpentines était silencieuse.

On pouvait sentir l'odeur de la baie dans l'air – ce parfum étrange de sel et de poisson, de métal et de diesel. Si Ivo écoutait avec attention, il pouvait entendre les aboiements des otaries qui se disputaient pour obtenir la meilleure place avant de s'endormir pour quelques heures. L'odeur de la nourriture et celle plus âcre de l'alcool qui s'échappait habituellement des bars le long de la promenade s'étaient déjà dissipées. Elles feraient leur retour en même temps que le soleil.

Il espérait être chez lui, et dans son lit, quand l'aube ferait son apparition, mais il lui faudrait auparavant réveiller Bear afin de lui expliquer pourquoi du contreplaqué recouvrait la vitrine du salon.

Le regard de Nicholls sembla s'éteindre, la lumière dans ses yeux baissant petit à petit jusqu'à ce qu'il ne reste plus rien. Ses lèvres s'étirèrent, sous l'effet de la fatigue, et les muscles de sa mâchoire se contractèrent. Les ombres qui l'entouraient jouèrent avec les traits de son visage. Son nez, qui avait été cassé une ou deux fois, devint une silhouette sur un des panneaux publicitaires d'un fast-food. Ils se tenaient à quelques mètres d'une boutique, assez éloignés des policiers pour ne pas être entendus, mais Ivo fit quelques pas supplémentaires et entraîna Ruan avec lui.

— Ça va ? lui demanda-t-il. Parce que tu n'as pas l'air d'aller bien.

— Je vais… bien, murmura Ruan. Rien qu'une bonne tasse de café ne puisse résoudre.

Ivo avait passé de nombreuses années à regarder les gens, à les écouter quand ils parlaient de ce qui méritait, à leurs yeux, d'être immortalisé sur leur peau. Il avait appris que, parfois, le plus petit cœur rouge sur la cheville d'une femme pouvait tout autant être une remise en cause de l'ordre établi qu'un grand tatouage noir qui représentait les portraits des plus grands militants. Peut-être n'était-il pas aussi perspicace que Bear, mais il savait quand quelqu'un lui mentait. Et Ruan aurait pu faire rougir de honte Pinocchio.

Plissant les lèvres un instant, Ivo fut tenté de ne pas relever ce mensonge, mais sa curiosité et son besoin insatiable d'en savoir plus au sujet du policier l'emportèrent. Il garda le ton de sa voix calme à dessein, se contentant d'articuler afin d'être bien compris.

— Tu me racontes des conneries.

Il se balança d'un pied sur l'autre, tout en regardant le visage de Ruan s'animer, ses yeux verts retrouvant un peu de vie.

— La vie est trop courte pour faire le con et ne pas dire la vérité. D'accord, peut-être que je devrais faire preuve de davantage de diplomatie, mais, au moins, avec moi, les choses sont claires. Il n'y a pas de faux-semblants. Tu ne vas pas bien, c'est évident. Ne m'oblige pas à te botter les fesses devant tes collègues.

Le mauvais éclairage faisait disparaître la couleur des traits de Ruan, ne laissant que des nuances de gris et de blanc. La lassitude qu'Ivo pouvait voir en lui s'était approfondie. On aurait dit qu'il portait des chaînes, forgées par des journées de labeur sans fin. Le sourire presque sarcastique que l'inspecteur lui adressa ne parvint pas à masquer le poids qu'il portait sur les épaules.

— Mais bien sûr… Tu vas me botter les fesses, remarqua-t-il, amusé, tout en regardant les bottines d'Ivo. Il suffit que je m'en aille. Tu ne peux pas courir avec ces choses.

— Mec, tu n'as aucune idée de ce que je peux faire avec "ces choses", comme tu dis. J'ai couru à toute vitesse sous la pluie avec ces chaussures quand j'étais encore étudiant et j'ai travaillé avec à la boutique quand j'étais stagiaire. Te botter les fesses jusqu'à dimanche prochain, c'est rien. Je ne suis pas venu ici pour m'amuser.

— Vraiment ? Parce que, d'après ce que je vois, c'est tout ce que tu fais en ma présence.

Nicholls ne semblait pas préoccupé par la situation, mais il était difficile d'interpréter son comportement. Ses larges épaules étaient décontractées, sa respiration calme et il se tenait fermement sur ses deux pieds. Mais son regard était fait d'acier. Son expression sévère contrastait avec la manière décontractée qu'il avait de se tenir.

— À quoi est-ce que tu pensais ? Sortir de la boutique avec une batte de baseball ? Tu aurais pu te faire tuer.

— Qu'est-ce que tu fichais ici aussi tard dans la nuit ? C'est ce que je te demande, répondit Ivo, qui ignora la question de Ruan.

C'était une technique qu'il avait apprise quand il se disputait avec Gus et Mace – l'art subtil de la distraction, mais Ruan n'allait pas se laisser berner aussi facilement.

— Ne commence pas avec ça. Je vis à quelques pâtés de maisons, tu t'en souviens ?

Il avança d'un pas, réduisant l'espace qui les séparait. L'odeur salée des quais dans l'air diminua aussitôt, remplacée par celle du savon aux agrumes que l'inspecteur utilisait.

— T'as eu un bol de fou que je sois allé me balader après la fin de mon service. Sinon, Harry et son copain t'auraient découpé en morceau pour le petit déjeuner.

— Personne ne t'a demandé de t'arrêter, fit remarquer Ivo.

La lèvre supérieure de Ruan se releva comme s'il était sur le point de grogner.

— Tu aurais pu passer ton chemin.

— J'aurais dû, parce que tu n'es vraiment pas bon pour ma tension. Mais on dirait que je suis incapable de continuer mon chemin quand tu es là.

Ruan eut un long soupir.

— Quand je t'ai vu dans cette situation… j'ai failli en mourir.

Ruan avança encore. Ivo pouvait sentir la chaleur de son souffle sur sa joue. Les poings du policier se contractaient et se relâchaient, comme s'il voulait cogner quelque chose… ou quelqu'un. C'est en tout cas ce que crut Ivo jusqu'à ce que Nicholls se penche et passe ses doigts dans les cheveux d'Ivo. Il l'attira à lui pour un baiser sauvage et époustouflant.


EMBRASSER IVO alors qu'il était mort d'épuisement était certainement la chose la plus stupide qu'il ait faite. Même quand on prenait en compte la fois où il avait jeté sur le lit son arme encore chargée. (Il venait à peine de commencer l'Académie de police. Il lui avait fallu deux journées, beaucoup de mastic et davantage encore de supplication afin de persuader la vieille voisine de ne pas porter plainte.)

C'était stupide, car il ne pourrait rien y avoir entre eux. C'était impossible. Et pourtant, Ruan mourait d'envie qu'il se passe quelque chose. N'importe quoi.

Le tatoueur vivait dans un monde différent – une douce utopie barbe à papa, où l'on pouvait porter du mascara et des hauts talons sans se faire casser la figure. Il était emmailloté dans une couche protectrice d'imprudence et de jeunesse ignorante. Il ne comprendrait jamais le besoin de garder ses désirs sous clef, de mordre l'intérieur de sa joue quand on le traitait de *pédé* ou de renoncer à prendre part à une bagarre inégale. Ce n'était pas la première fois que Ruan en était témoin. Il arriverait un moment où Ivo se battrait avec quelqu'un de plus grand et de plus fort. Il ne resterait alors plus de lui qu'une trace de sang sur le pavé et son crâne en miette dans le caniveau.

Ruan avait déjà sous ses ongles le sang de quelqu'un dont il se souciait. Il ne pouvait pas supporter l'idée d'être présent quand cela arriverait à ce jeune homme effronté et futé, qui avait capturé son attention et était devenu l'objet de tous ses fantasmes. Ivo ne semblait pas se rendre compte qu'il retenait le policier en otage.

Ruan voulait simplement le goûter.

S'abreuver à la bouche brûlante d'Ivo une seule seconde, pour un baiser sauvage au goût de cannelle.

Il aurait mieux fait de s'envoler dans le ciel, planter une paille dans le soleil et aspirer autant qu'il le pouvait avant de s'enflammer.

Dès que ses lèvres touchèrent celles d'Ivo, Ruan fut perdu. Chaque seconde ralentit et sembla durer une année. Ses sens étaient aiguisés, remarquant les moindres détails de ce moment éternel. Il s'attendait à ce que les cheveux d'Ivo soient rêches à force d'être colorés, mais il eut, au contraire, la sensation de passer ses doigts dans de la soie. Quand il resserra sa prise, Ivo laissa échapper une exclamation. Ruan sentit un souffle doux et sucré pénétrer sa bouche. Il scella leur baiser davantage, gardant captives les lèvres d'Ivo. Comme son pouce venait caresser ses hautes pommettes, il put sentir la naissance d'une barbe et, sous son oreille, la douceur onctueuse de sa peau.

Il eut la sensation que son entrejambe se mettait à fredonner et à danser. Son estomac se retourna tout entier. À chaque fois qu'il respirait, ses intestins semblaient s'ouvrir davantage, comme si des lames de rasoir les entaillaient. Il avait peur de laisser partir Ivo. Il ne voulait pas faire face à ses yeux d'un bleu tumultueux ou à un sourire méprisant de sa belle bouche. Il craignait de se faire rejeter.

S'il pouvait s'assurer que ce baiser dure éternellement, Ruan garderait cet équilibre précaire entre tomber amoureux d'un homme qu'il ne pouvait pas comprendre et survivre au déchirement de son cœur quand Ivo s'en débarrasserait. C'était idiot de vouloir un autre homme à ce point, et plus stupide encore de laisser libre court à une obsession malsaine qui le posséderait pour le restant de sa vie.

Ruan savait qu'il pouvait encore s'en aller avec son âme et son esprit presque intacts… s'il pouvait lâcher prise.

Le baiser toucha à sa fin, se terminant de manière aussi sauvage et douce qu'il avait commencé. Ivo luttait pour récupérer son souffle, tandis que le visage de Ruan s'était fait cramoisi sous le coup de l'émotion. Le rire soudain d'Ivo fut interrompu par une série de hoquets. Il dut poser son front sur celui du policier, qui cherchait, quant à lui, à retrouver sa santé mentale désespérément. Ivo parvint enfin à récupérer son souffle.

— Eh bien… merde, balbutia-t-il.

Le souffle de ces mots sur le visage de Ruan fut comme un rappel du baiser qu'ils avaient échangé.

— Si c'est ce que tu fais en public, il me tarde vraiment de voir ce que tu peux faire sur ton canapé. Parce que… oh mon Dieu, Ruan… ce que tu viens de réveiller en moi. Hors de question que je te laisse t'échapper.

Et avec ce murmure tout simple, Ruan se retrouva perdu. L'idée qu'Ivo Rogers puisse s'installer dans sa vie lui procura autant de plaisir que de souffrance.

— D'accord, murmura-t-il, avant d'inspirer profondément l'odeur masculine d'Ivo. Allons chez Frankie's – nous y trouverons certainement une banquette de libre où nous asseoir. Toi et moi avons beaucoup de choses à nous dire.

# VII

Ivo NE voulait rien de plus que de trouver une banquette de libre chez Frankie's et de partager une assiette de frites avec le policier qui l'avait sauvé, mais le son familier d'une International Harvester Scout vintage n'eut aucun mal à glacer son sang, qui s'était échauffé quelques instants plus tôt. Ivo connaissait par cœur le bruit que faisait le moteur de ce précurseur des SUV. On aurait pu douter du fait que ce véhicule à deux portes eût des suspensions, surtout quand on le conduisait dans la rue à sens unique qui menait au quai. Quand il était au lycée, il avait pris l'habitude d'écouter ce bruit, tard le soir, quand il lisait dans son lit.

Il leur était impossible de se cacher, d'autant plus que les larges faisceaux lumineux de la Scout les éclairaient comme en plein jour. Même en tournant le dos au véhicule, il ne pouvait pas masquer qui il était – pas avec cette taille, pas avec cette carrure et certainement pas avec les bottines à talons qu'il portait.

Ivo ne fut donc pas surpris quand la Scout s'arrêta à côté du trottoir, que la vitre côté passager se baissa et qu'il entendit son frère Luke appeler son nom. Avant qu'il ne puisse se retourner pour répondre, une voix plus profonde et plus rauque retentit.

— Est-ce que tu vas bien ? Et qui c'est ? grogna Bear, le ton de sa voix rendu plus bourru à cause de son inquiétude et du manque de sommeil. Qu'est-il arrivé au salon ?

— *Merde*, j'ai oublié, murmura Ivo dans un souffle, honteux. Putain, tu m'as vraiment retourné la tête, Ruan.

Il avait envoyé un SMS à Bear, qui lui avait dit d'attendre. Il n'avait même pas annoncé à l'autre inspecteur que ses frères étaient en route et qu'ils trouveraient un meilleur moyen de sécuriser la vitrine brisée. À la place, il avait suivi Ruan sans se soucier de la situation dans laquelle il se trouvait. Il avait abandonné le salon pour partir sur les traces du policier. C'était la chose la plus irresponsable et la plus stupide qu'il ait faite depuis longtemps. Et il ne pouvait rejeter la faute sur personne d'autre. Des fragments d'excuses lui traversèrent l'esprit, mais il les mit de côté. Il valait mieux ne pas s'aventurer sur ce terrain-là. Si quelqu'un lui avait fait le même coup, il l'aurait réduit en bouillie.

— J'ai merdé, Bear. Je ne sais pas à quoi je pensais. J'ai tout arrangé du mieux que je pouvais, mais j'ai totalement oublié que vous veniez ici avec du contreplaqué.

Ses mains étaient rugueuses sur son visage. Les heures passées à travailler dans le jardin, ainsi que le savon qu'il utilisait à la fin des séances de tatouages, avaient fini par en durcir la peau. La sensation était toutefois plaisante. Elle ancra Ivo dans le moment présent.

— Mince. Je suis désolé.

— Est-ce que tu as laissé le salon ouvert ? demanda Bear d'une voix calme, depuis la voiture.

— Non, répondit Ivo en secouant la tête. La grille est baissée et j'ai installé des protections derrière le châssis des fenêtres. J'ai verrouillé la porte d'entrée, mais je ne me rappelle pas si j'ai éteint les lumières.

— Ne t'inquiète pas, gamin, répondit son frère aîné. Toi et moi discuterons de ça plus tard. C'est qui, lui ?

Peu importait son âge, Ivo savait qu'il allait être traité comme un bébé. S'il trouvait parfois que ça pouvait présenter quelques avantages, la plupart du temps, cela ne faisait que l'irriter. Après avoir été un homme qui brûlait d'un désir sexuel contenu, voilà qu'on le ramenait de force au rôle du petit morveux qui avait besoin d'un Kleenex et qui avait passé la majeure partie de sa jeunesse dans les bureaux de l'assistance sociale. Il n'y avait rien de mieux pour castrer un homme que de lui promettre de se faire gronder par son grand frère.

Laissant échapper un soupir de frustration, Ivo leva la tête pour regarder le porte-à-faux poussiéreux au-dessus d'eux.

— Voici l'inspecteur Nicholls, déclara-t-il. Il…

— C'est le policier qui t'a ramené à la maison il y a quelques années.

Ivo put entendre le froncement de sourcils dans la voix de son frère, à défaut de le voir. Il apprécia le fait que Luke garde le silence.

— Est-ce qu'il ne travaille pas aussi sur l'affaire du père de Mace ? Laisse-moi garer la voiture. Tu nous retrouves devant la boutique ? Rendez-vous devant la porte d'entrée dans cinq minutes.

— Ton frère est cassant, murmura Ruan. J'imagine qu'on peut oublier le café, du coup ?

— Oui, oublie. On verra si l'occasion se représente. Il vaut mieux que tu t'en ailles, répondit Ivo. Je t'appellerai plus tard.

— Je veux bien vous aider à sécuriser le salon, dit Ruan avec un large sourire, pendant qu'Ivo soupirait comme si on le torturait. Qu'est-ce qui peut arriver de pire ? Tes frères vont essayer de me tabasser ?

— Pire. Ils vont te poser toutes les questions qui leur viendront à l'esprit.

Résigné, Ivo repartit en direction de la boutique, sans regarder si Ruan le suivait.

— C'est l'heure de ton enterrement, Ruan. Si j'étais toi, j'en profiterais pour vite rentrer à la maison et me mettre au lit.


Lucas Muñoz était une véritable énigme. Peu importait la manière de Ruan de l'approcher, cet homme dégingandé d'origine hispanique parvenait toujours à se dérober. L'espoir qu'il avait de lui soutirer des informations au sujet d'Ivo s'évapora très vite. Luke le regarda de la tête au pied et poussa un grognement dans sa barbe. Puis il s'éloigna pour mesurer la longueur dont ils avaient besoin pour recouvrir convenablement la vitrine.

Ivo et Bear étaient bien plus grands que Luke, mais il ne semblait nullement intimidé par ses frères adoptifs. Cet homme aux yeux sombres resta silencieux pendant que les deux autres se disputaient au sujet de la meilleure manière d'accrocher le panneau. Leur exaspération fut évidente quand le coude de Bear ajouta une nouvelle fissure au carreau par mégarde. Celui-ci avait certainement été fragilisé par l'âge et la tentative de cambriolage. Les frères décidèrent donc de recouvrir l'ensemble de la devanture de la boutique et de tout remplacer. Luke ne prononça pas un seul mot durant cette discussion, mais après avoir terminé son argumentaire, Bear lança un regard dans sa direction et Luke lui répondit par un léger haussement de tête. Satisfait, Bear annonça que le problème était réglé, et ils passèrent à autre chose.

Ruan trouva leur manière d'interagir très instructive. Le langage corporel des frères changeait en fonction de l'attitude d'Ivo. Son impertinence, toujours présente, s'était assagie, mais son attitude ne parvenait pas masquer une certaine morosité. Il bouda même quand Bear lui fit remarquer qu'il devrait changer de chaussures pour les aider.

Ruan nota aussi que le frère aîné s'était présenté de manière formelle, en lui indiquant son nom civil, Barrett Jackson, et non le surnom que tous les frères utilisaient.

Il n'avait aucune raison de rester et de les aider. Il se garda de dire le fond de sa pensée quand Luke lui assura qu'il prendrait soin d'Ivo et que Ruan pouvait rentrer à la maison. L'inspecteur se contenta de répondre qu'il resterait jusqu'à la fin, ce qui lui valut un haussement de sourcils de la part de son interlocuteur.

Depuis qu'il était devenu inspecteur, il n'avait jamais rencontré une famille semblable à celle d'Ivo.

Les frères avaient chacun sa place, mais s'en remettaient à Bear pour les décisions les plus importantes. Il y avait bien une hiérarchie, allant du plus vieux au plus jeune, mais les frères aînés accordaient une attention particulière à Ivo. Ce dernier ne fut pas traité comme un enfant. Il était bien un adulte, mais leur comportement à son égard était différent de la manière qu'ils avaient de se comporter entre eux. Cela transparaissait dans les plus petites actions. Par exemple, quand Bear récupéra une paire de Converses, il la remit à Ivo sans un mot en la plaquant contre son ventre. Cette manière nonchalante d'agir fut un rappel qu'ils s'étaient disputés des milliers de fois à ce sujet et qu'ils en étaient toujours arrivés à la même conclusion. Ce fut fait sans malice ni commentaire désobligeant, même si Ruan remarqua le regard soudainement sombre d'Ivo et un soupçon de mécontentement quand il soupira.

Luke était différent. Quand il s'assit sur un banc pour changer ses chaussures, il toucha l'épaule de son jeune frère et le bas de son dos avant de lui murmurer quelques paroles à l'oreille. Ivo éclata de rire lorsqu'il les entendit. Le sourire béat qui apparut alors sur le visage de Luke sembla éclairer ses yeux noirs.

L'affection qu'éprouvaient les frères pour le plus jeune ne faisait aucun doute dans l'esprit de Ruan. Ils chérissaient Ivo, qui était leur préféré. Cela en disait beaucoup sur l'homme qu'il était devenu.

Ruan trouva la trace de quelque chose de désagréable au fond de son cerveau. Il la reconnut pour ce qu'elle était : de l'envie.

La vie d'Ivo n'était pas rose, ou du moins, c'était le cas de son passé. Ces fantômes demeuraient, faisant s'entrechoquer leurs chaînes et suivant de près chacune de ses actions, mais ils ne semblaient pas l'accabler, contrairement à ceux qui hantaient Ruan. Évidemment, tout cela n'aurait pu être qu'illusions. Peut-être Ivo était-il plus doué pour cacher ce genre de choses, mais Ruan, en son for intérieur, ne pensait pas que ce fût le cas.

Il semblait donc qu'Ivo avait une meilleure maîtrise de sa vie que Ruan. Et ce dernier fut amusé de constater que ça le gonflait.

Il n'aurait jamais dû avoir ce genre d'épiphanies après une longue journée de travail et une confrontation violente, mais l'univers et Dieu en avaient visiblement décidé autrement. Il lui était difficile d'admettre qu'il avait conclu trop rapidement qu'Ivo manquait de sérieux, vu les preuves qu'il avait maintenant devant lui. Il avait interprété cette arrogance, ces cheveux colorés et cette présence tape-à-l'œil comme le résultat d'une existence surprotégée. Mais Ivo avait été élevé par des hommes que la vie n'avait pas épargnés. Ruan voyait clairement qu'ils lui avaient laissé toute liberté d'explorer qui il était. Ils lui offraient un espace où il était en sécurité et où il pouvait développer la confiance nécessaire pour faire face au monde.

Ruan en fut énormément agacé.

Luke dut l'entendre ricaner, car il arrêta de tirer le mètre ruban que Ruan tenait dans ses mains. Il lui adressa un regard, sans comprendre ce qui se passait, puis il jeta un coup d'œil au morceau de papier sur lequel il avait noté des chiffres.

— Est-ce que je me trompe ? Qu'est-ce qui est si drôle ? demanda-t-il.

Il était temps pour Ruan de se jeter à l'eau.

Lui et Ivo n'étaient pas ensemble. Ils n'avaient rien partagé d'autre qu'un dîner, un baiser passionné et une bagarre au couteau en pleine nuit, mais Ruan reconnaissait qu'il y avait quelque chose entre eux, quelque chose dont il se languissait. Cet homme qui attendait sa réponse était important aux yeux d'Ivo. Ruan allait devoir interagir avec lui si jamais il décidait d'aller plus loin avec le jeune tatoueur.

Prenant une longue inspiration, il décida de faire preuve de franchise.

— J'étais en train de penser à votre petit frère. Au début, j'ai cru qu'il n'était qu'un enfant gâté.

Luke eut un grognement amusé.

— Vous avez cru ? Ça veut dire que vous avez changé d'avis ?

— Peut-être un petit peu, admit Ruan, tout en aidant Luke à rectifier la position du mètre. Je ne sais pas s'il vous a dit beaucoup de choses à mon sujet, mais...

— Ivo se confie souvent à moi. Il m'a parlé de vous. Ou plutôt, de cette nuit où vous l'avez ramené à la maison, indiqua-t-il.

Il reporta son attention sur le morceau de papier et gribouilla quelques notes avec le crayon qu'il avait aiguisé au couteau.

— C'est assez bizarre que vous débarquiez à nouveau. Il faut dire que, parfois, le destin fait des conneries. Mais en même temps, Ivo en fait aussi. Donc, s'il veut fréquenter un policier, c'est ce qu'il fera. Vous étiez peut-être dans les parages quand ce bordel est arrivé, mais rien ne vous obligeait à rester. Preuve qu'il y a anguille sous roche, n'est-ce pas ?

— Est-ce que c'est le moment où vous menacez de me casser les deux jambes si jamais je lui fais du mal ? plaisanta Ruan.

À en juger par le regard que lui jeta Luke, celui-ci resta imperméable à sa tentative d'humour.

— Je comprends, poursuivit Ruan. C'est votre petit frère, et c'est ce qu'on attend de vous.

— Vous êtes policier. Mon métier, c'est de sortir les gamins de la rue et des maisons où ils sont en danger.

Il arrêta de prendre des notes et posa ses mains sur le contreplaqué.

— Ivo vient de ce monde-là. Il est sorti de ce monde de merde. Il nous a fallu beaucoup de temps et d'énergie pour le nettoyer de toute cette crasse. J'ignore ce qu'il y a entre vous, mais, en effet, je ne veux pas qu'il soit blessé. Ni par vous ni par quelqu'un d'autre.

— Je ne sais pas ce qu'il y a entre nous. Pour être honnête, je n'en ai aucune idée, répondit Ruan. Mais je pense que, quoi qu'il arrive, il saura gérer la situation. Il est fort. Il ne baisse jamais les bras, ce qui parfois est un inconvénient, mais il n'est pas faible. Je l'ai vu encaisser des coups et se relever.

— C'est ce que vous pensez.

Le rire d'Ivo leur parvint depuis l'entrée du salon. Il était aussi lumineux que les lumières qui dissipaient les ombres de la pièce. Un léger sourire flotta sur les lèvres de Luke, mais celui-ci resta sérieux, comme lorsque Ruan avait plaisanté.

— Ce n'est pas parce qu'il semble fort qu'il faut le tester jusqu'à ce qu'il se brise.

— C'est bien la dernière chose que je souhaite.

Voilà qu'il se trouvait devant un précipice. Durant la conversation, il avait fait un faux pas sans s'en apercevoir. Ruan ne savait pas comment retourner en terrain sûr – et Luke Muñoz n'allait pas l'aider, semblait-il.

— Je veux juste apprendre à le connaître. Voir comment les choses se développent. Est-ce que ça vous convient, au moins ?

— Ivo fera ce qu'il veut. Ça a toujours été le cas. De nous tous, c'est lui qui s'est battu le plus pour avoir ce foyer. Il a fait tout ce qu'il pouvait pour se libérer du système. S'il a appris quelque chose de cette expérience, c'est que tout finit par céder quand on martèle assez fort et assez longtemps.

Se battre est, chez lui, une seconde nature, et pendant très longtemps, c'est tout ce qu'il savait faire. Ce n'est pas ce que je veux pour mon petit frère.

Luke reprit le crayon entre ses doigts, lui indiquant sans subtilité que leur conversation allait se terminer de manière abrupte.

— Je sais ce à quoi vous devez faire face dans votre travail, au quotidien. Je ne veux pas qu'Ivo ait à gérer ça quand il rentre à la maison. Jamais. Alors, avant que vous ne planifiiez quoi que soit avec mon frère, je vais simplement vous demander de vous nettoyer les mains et les pieds avant de vous approcher de lui. Car si je trouve ne serait-ce qu'une minuscule tache sur lui et que vous en êtes responsable, mes frères et moi sauterons directement les menaces pour passer aux choses sérieuses.

— J'TE JURE, chaque fois que je balaie un morceau de verre, il y en a cinq de plus qui apparaissent, se plaignit Ivo dans le dos de son frère. Mais d'où est-ce qu'ils viennent ? Tu n'as cassé qu'un carreau de plus, et j'avais déjà nettoyé les morceaux de la première vitre.

— C'est ce que tu appelles nettoyer ? Il restait des morceaux de verre accrochés à l'encadrement.

Son frère baraqué se retourna, ce qui bloqua presque toute la lumière. Elle provenait du projecteur qu'ils avaient accroché au mur extérieur afin de mieux voir le trottoir.

— Aide-moi à casser le reste. On pourra enlever le carreau plus facilement.

Ivo mit le balai de côté et partit à la recherche des gants de travail et des lunettes de sécurité que Bear avait ramenés de la maison. Il avait l'habitude des démolitions. Ils avaient passé des années à rénover leur vieille maison de style Craftsman que Bear avait achetée lors d'une vente aux enchères. Il avait fallu apprendre à installer des toilettes et à retirer le papier peint. Ils étaient tous doués pour quelque chose, mais Ivo prenait presque autant de plaisir à démolir qu'il aimait peindre.

— Comment ça ? Tu n'as pas amené la masse ? fit-il pour taquiner Bear, quand celui-ci sortit un maillet en caoutchouc du sac posé près de la porte d'entrée. Tu ne me fais pas confiance ?

— Pourquoi est-ce que je te ferais confiance ? C'est à cause de toi si nous avons dû rajouter une poutre pour soutenir le premier étage. Je n'ai pas oublié qui a démoli le mur qui séparait le salon et la cuisine, rétorqua Bear en lui remettant le maillet. Essaye de ne pas me casser le pied, cette fois.

— C'est Mace qui m'avait passé le parpaing, lui rappela Ivo. J'avais la taille d'une crevette, à l'époque. Et cet idiot avait déjà sa carrure impressionnante. Bien évidemment que j'allais laisser tomber le parpaing. Il me l'a lancé comme si c'était un fichu ballon de basket.

— Dis ça à mes doigts de pied. Fais attention, l'avertit Bear, tout en ramassant le balai. Je nettoierai en même temps. Quand nous aurons terminé, nous passerons la serpillière. Je ne veux pas que quelqu'un se blesse en marchant sur un morceau de verre oublié. Nous nous occupons de l'intérieur, puis nous installerons les panneaux de contreplaqué. Tu rentres à la maison avec nous ensuite ou tu as prévu autre chose ?

Bear parvenait toujours à revenir aux sujets de conversation qu'Ivo essayait désespérément d'éviter. Ceci s'expliquait certainement par le fait qu'Ivo était arrivé dans la famille après que Bear eut survécu à trois adolescents et eut acquis les compétences nécessaires pour gérer tout ce qu'Ivo pouvait lui faire subir. Rien ne semblait perturber son grand frère, de même que rien ne pouvait le distraire quand il tenait à découvrir quelque chose. Bear choisissait ses combats de manière avisée, le plus souvent des aspects de la vie d'Ivo que ce dernier souhaitait que sa famille ignore.

Et s'il y avait quelque chose que Bear aurait dû ignorer ce soir-là, c'était bien Ruan Nicholls.

Ivo ouvrit sa bouche. Il était décidé à embrouiller Bear le plus possible afin de l'éloigner de ce sujet sensible, mais son frère aîné secoua la tête et lui dit :

— Je vous ai vu vous embrasser. Donc ravale ces mensonges que tu veux me servir et crache la vérité.

Briser du verre lui apparut comme un moyen cathartique de survivre à cette conversation qu'il ne souhaitait pas avoir. Penché au-dessus de l'ouverture, Ivo donna des petits coups contre les morceaux de carreau qui étaient encore encastrés.

— Je suis un adulte. Au cas où tu aurais oublié.

— Oh, vraiment ? demanda Bear, les sourcils arqués.

Il se gratta la barbe avec le pouce et s'appuya sur le balai.

— Moi qui croyais qu'un adulte n'aurait jamais quitté son poste avant de s'assurer que le salon était fermé à clé…

Honteux, Ivo se garda de répondre.

— Entendu. C'est mérité, mais je ne suis pas allé loin, et il y avait des flics partout. Personne n'aurait pu entrer et…

— Tu sais ce que j'entends, n'est-ce pas ? murmura Bear.

Ivo arrêta de frapper le verre et ferma les yeux. Il soupira longuement, espérant que cela suffirait à le calmer, puis jeta un regard en direction de son frère.

— Oui, on dirait des excuses.

— Je ne te fais aucun reproche…

— Oh, vraiment ? singea Ivo. On le dirait bien pourtant.

— Non, ce n'est pas le cas. Tu as eu deux longues journées, plus cette agression. Je ne vais pas te mentir en disant que je n'ai pas eu peur quand tu m'as appelé. Je n'aime pas que tu sois tout seul ici, et avant que tu ne montes sur tes grands chevaux, ça s'applique aussi aux autres. Personne ne devrait être ici à deux heures du matin.

Bear enleva la paire de lunettes de sécurité. Ses yeux rougis étaient humides.

— Si tu avais laissé le salon ouvert aux quatre vents et que tu étais rentré à la maison en un seul morceau, ça ne m'aurait pas dérangé. Tout ce qu'il y a ici peut être remplacé. Tout, sauf toi.

— Tu sais que te protéger est ce qu'il y a de plus important à mes yeux. C'est difficile de se rappeler que tu n'es plus un enfant. Mon premier instinct sera toujours de te retenir quand tu t'apprêtes à tomber. C'est devenu une habitude. Tu t'en es bien sorti ces dernières années, et j'imagine que…

— Tu attends le moment où je vais de nouveau me planter, c'est ça ?

Ivo eut un rire sans joie. Il pouvait sentir l'amertume lui brûler la gorge.

— Ça fait longtemps que je ne me suis pas senti aussi… mal. Ce qui est arrivé ce soir, c'est de ma faute. Je ne peux pas le nier. Mais je ne vois pas en quoi c'est lié à Ruan. Puisqu'on en est à parler franchement… C'est un gars vraiment correct qui m'a plus ou moins sauvé la peau.

— Est-ce que tu le fréquentes ? T'es proche de lui ?

Bear plissa ses yeux bleus. Son visage prit alors un air renfrogné.

— Depuis combien de temps est-ce que tu sors avec un flic ?

— On ne sort pas ensemble. Du moins, pas encore. De toute manière, je n'ai aucune expérience dans le domaine. Nous avons mangé ensemble une fois et il ne s'est rien passé, excepté les brûlures d'estomac que je me suis tapées ensuite. Et je l'ai vu deux autres fois auparavant. Tu t'en souviens ? Il m'a ramené à la maison cette nuit-là. Ce soir, il était en train de se balader et il a fini ici, au bon moment. Il vit dans les environs, précisa Ivo en levant les yeux au ciel. Pourquoi est-ce que son métier t'importe autant ? Mace est pompier, Ruan inspecteur. Du coup, il porte une arme et essaye de mettre la main sur les meurtriers. Au moins, lui ne court pas dans des bâtiments en flammes...

— Mon petit, je veux juste que tu sois prudent. C'est tout. Ruan est certainement un super gars, mais j'imagine qu'il ne te connaît pas encore très bien. Donc il faut y aller doucement.

Bear retira un de ses gants de travail et le coinça sous son bras, puis alla ébouriffer les cheveux d'Ivo.

— Il m'arrive encore d'avoir peur. Quand tu ne me donnes pas de tes nouvelles. Quand je ne sais pas où tu es. Je ne peux pas te décrire la terreur que je ressens à chaque fois que je me réveille en sursaut au milieu de la nuit. Il me faut une volonté de fer pour ne pas me précipiter dans ta chambre afin de vérifier que tu es bien dans ton lit. Il y a des nuits où je n'y arrive pas. Je vais dans ta chambre, car j'ai besoin de voir de mes propres yeux que tu vas bien.

— Mais je vais bien, murmura Ivo, acceptant la main réconfortante de son frère dans ses cheveux. Je te le jure. Je ne laisserai pas la situation empirer comme avant. Tu n'auras pas à couper de nouveau la corde, Bear. Je ne te ferai jamais revivre ça. Tu peux me croire.

# VIII

— JE CROYAIS que tu m'avais dit que ça deviendrait plus facile, se plaignit Maite dans un murmure, son visage presque entièrement recouvert par un torchon plié qui contenait de la glace pilée. Car, vu ma situation, j'ai la sensation, au contraire, que ça va de mal en pis.

Sa partenaire n'avait pas tort. Certaines journées étaient meilleures que d'autres, mais ce jour-là s'était résumé à une série de frustrations qui avait abouti à une perquisition chez un particulier qu'ils avaient trouvé nu dans une baignoire remplie de bulles, avec deux canards en caoutchouc. Il leur avait fallu deux heures pour faire sortir ce fou furieux de la salle de bain. Ils avaient eu besoin de l'aide de cinq officiers en uniforme et d'un agent de la SPA, venu apporter de la nourriture pour chat à une voisine âgée qui habitait sur le même perron.

Quand Maite avait reçu un coup de coude sur le nez, Ruan avait dû se précipiter au restaurant de tacos situé à côté du bloc d'appartements afin de récupérer un gobelet rempli de glace. Après avoir terminé la perquisition, ils étaient retournés au commissariat. Sur leur bureau, ils avaient trouvé une petite collection de canards en caoutchouc déguisés en policiers. Hilare, il avait pris celui qu'il préférait et l'avait mis dans la poche de son manteau. Il avait laissé les autres à Maite.

L'arrestation était une bonne nouvelle. C'était la conclusion satisfaisante d'une enquête qui avait duré un mois entier. Ils s'étaient débrouillés avec le peu d'informations qu'ils avaient réussi à glaner. Et tout avait pris fin durant cette bataille épique avec un homme et sa baignoire.

Il lui restait un peu de paperasse à remplir avant d'en avoir terminé pour la nuit. Il reviendrait le lendemain avec Maite pour interroger le suspect, dans l'espoir qu'un séjour de huit heures en prison suffirait à lui délier la langue et leur permettrait de mettre la main sur un plus gros bonnet. Le gars qu'ils avaient arrêté était un des cambrioleurs, mais Ruan n'était pas convaincu qu'il fût le cerveau de la bande. Il soupçonnait qu'il existait une autre personne, quelqu'un qui avait planifié ces cambriolages presque parfaits, mais à moins que l'homme aux canards en caoutchouc ne se mette à table, ils ne lui mettraient jamais la main dessus.

Même à l'aube, le commissariat était un endroit bruyant et plein de vie. Durant la journée, on s'y comportait avec retenue, mais la nuit, la cellule de dégrisement débordait et la brigade des mœurs ouvrait ses portes à une flopée de prostituées et de maquereaux qui criaient leur innocence. La nuit du vendredi semblait annoncer un week-end spectaculaire, et même si pour le moment tout semblait relativement sous contrôle, Ruan savait très bien à quel point la vie de quelqu'un pouvait dérailler en moins d'une seconde.

— J'aime les canards, annonça-t-il à ses collègues.

Cette annonce les fit rire. Il leur adressa un large sourire et leur fit une révérence moqueuse.

— Merci de penser à nous. C'était très gentil de votre part de faire don de vos jouets personnels. N'hésitez pas à les récupérer s'ils vous manquent trop. Je n'aimerais pas que vous vous sentiez seuls dans votre baignoire.

Il reçut en réponse une série de moqueries vulgaires, mais néanmoins amicales. Quelques années plus tôt, il aurait été impensable pour Ruan que ses collègues inspecteurs puissent ainsi se moquer de lui. Il y avait toujours eu une certaine distance entre lui et les autres, une zone tampon qu'il avait certainement érigée lui-même, mais qu'il ne savait pas comment faire disparaître. Sa bonne étoile l'avait certainement aidé, mais il soupçonnait le monde d'avoir changé pendant qu'il regardait ailleurs.

Sa partenaire s'approcha doucement de lui et lui donna un coup de coude dans les côtes. Elle fit exprès de le pousser pour se rendre à son bureau, mais il ne lui en voulut pas. Elle avait été blessée sans gravité durant l'arrestation, ce qui lui avait valu de nombreuses moqueries de la part des collègues qui étaient intervenus sur le lieu de l'incident. C'est avec humour qu'elle les avait supportées. Son visage n'avait pas été tuméfié bien longtemps. Tout en fusillant du regard les jouets, elle prit place dans son fauteuil de bureau et ronchonna à voix basse.

— Qu'est-ce que tu dis, Suppes ? la taquina-t-il gentiment. Je ne t'ai pas entendue avec l'iceberg que tu as sur le visage.

— Tu me dois un burrito, dit-elle d'une voix étouffée par la compresse de glace, mais que Ruan n'eut aucun mal à comprendre. Genre, un énorme burrito. Avec des frites, recouvertes de fromage fondu.

— À ton service.

Ruan se mit à rire quand le regard meurtrier de Maite quitta les jouets pour se poser sur lui.

— Ne me regarde pas comme ça. Personne ne t'a dit d'y aller comme si c'était un match de catch.

— Je m'en fiche, grommela-t-elle. Va chercher mon burrito. Et une *horchata de chufa*.

— Quel genre de burrito ? Car si tu ne précises pas, qui sait ce que je vais te ramener.

Ruan sentit son téléphone vibrer dans la poche arrière de son pantalon. Il l'attrapa pendant que Maite réfléchissait à ce qu'elle voulait manger.

— Je dois prendre cet appel. Tu as quelques minutes pour faire ton choix.

Il n'avait plus l'âge de ressentir des papillons dans le ventre, d'autant plus qu'Ivo n'était pas le genre de personne à inspirer des images d'arcs-en-ciel et de chatons, mais Ruan dut admettre à contrecœur qu'il n'était pas resté indifférent quand il avait vu le numéro d'Ivo s'afficher sur l'écran. Il pénétra dans une salle de réunion vide, avant de répondre à l'appel. Il adressa une grimace à Maite à travers la porte vitrée quand elle forma un cœur avec ses doigts pour se moquer de lui.

— T'es là ? demanda Ivo. J'entends ta respiration, mais rien de plus.

— Désolé. Je cherchais un coin tranquille. Je suis au commissariat. Les flics ont tendance à être bruyants.

Il appuya son dos contre la porte pour ne pas voir Maite. Il s'agissait de la fin de sa garde, mais d'après ce qu'il savait du salon et des quais, 415 Ink devait à peine commencer à se remplir de clients.

— Je veux pouvoir t'entendre, conclut Ruan.

— Ouais, clairement, tu n'as jamais mis les pieds chez un tatoueur quand des nanas, qui fêtent l'enterrement de vie de jeune fille de leur cousine ou sœur ou meilleure amie, débarquent et veulent toutes se faire tatouer pour garder un souvenir de la soirée.

Une voiture klaxonna dans le lointain, et Ivo se mit à jurer.

— Une seconde. Laisse-moi retourner à l'intérieur. Ça sera plus calme qu'ici. Sinon… tu fais quoi ?

— Je dois un burrito à Maite. Nous avons arrêté quelqu'un, et pendant l'opération, elle a reçu un coup de coude. Je lui ai promis que je lui paierai son dîner.

Il jeta un coup d'œil par-dessus son épaule, car on frappait à la porte vitrée. Il aperçut un grand sourire et les pouces levés d'un collègue qui passait non loin. Il retourna le sourire, hocha la tête rapidement, puis demanda à Ivo :

— Et toi, qu'est-ce que tu fais ?

— J'allais te demandais si tu voulais manger un bout avec moi quand j'aurai terminé ma journée ici, mais si tu dois acheter un burrito…

— J'ai dit que je lui en dois un, pas que je dois le manger avec elle. Je ne suis même pas sûr qu'elle puisse dîner maintenant, car son visage a l'air douloureux. Je crois qu'elle veut le burrito seulement pour m'ennuyer.

On toqua une nouvelle fois. Et Ruan eut droit à un concert de canards en caoutchouc qui couinèrent contre la vitre. Tout en secouant la tête, il fit signe à ses collègues de déguerpir. Il eut du mal à rester sérieux.

— Et si je m'arrêtais au vendeur de tacos avant de la ramener chez elle, je pourrais ensuite te rejoindre au salon ? On peut acheter de quoi manger sur le quai ou je peux essayer de t'empoisonner en faisant la cuisine.

— C'est extrêmement tentant, mais je vais devoir refuser le poison. Le tatouage sur lequel je travaille est gros, ce qui va me prendre deux semaines pour terminer la première étape. Peut-être que tu pourrais essayer de devenir un Borgia après ça ? J'essaierai de développer une immunité au cyanure et à l'arsenic d'ici là.

— Mince, il faut maintenant que je trouve une autre méthode. Si t'es immunisé contre mes poisons préférés, ça ne va pas marcher, rétorqua Ruan. Mais manger un morceau, ça te convient ? Tu as besoin de combien de temps pour terminer ?

— Pas mal de temps, mais je suis partant pour un dîner tardif. Du coup, ça te dit de me rejoindre, ou est-ce que tu préfères qu'on se retrouve ailleurs ? Je suis venu avec Bear, mais il est déjà rentré à la maison. J'allais demander à Rob de me raccompagner ou prendre un taxi. Je serai prêt vers dix heures, je pense. Cela dépend de la cliente et si elle est capable de ne pas bouger.

Il y eut un éclat de voix joyeux à l'autre bout de la ligne. Ruan entendit Ivo soupirer.

— Ne va pas mal interpréter mes paroles. Je soutiens n'importe qui voulant se faire tatouer, mais c'est toujours bizarre quand un groupe de femmes débarque avec leurs fils pour se faire tatouer avant d'aller faire la fête. Ils sont en train d'utiliser un mouton gonflable comme s'il s'agissait d'un ballon de plage. À l'intérieur du salon. Je ne suis pas sûr que ça me plaise.

— Mince alors… Du coup, j'imagine que le canard en caoutchouc que mes collègues m'ont offert pour se moquer de moi ne va pas beaucoup t'impressionner. Il a un badge, des lunettes de soleil et tout.

— J'aime bien les canards en caoutchouc. Il faudra que je le cache pour pas que mon neveu le voie. On dit dix heures ?

— Oui, parfait. Nous avons beaucoup de paperasse à faire. J'irai te chercher, puis je te ramènerai chez moi.

Il était trop tôt dans leur relation pour espérer davantage qu'un dîner, mais Ruan se demanda un instant s'il avait changé les draps de son lit ces deux derniers mois. Voire jamais. Un rencard officiel était la dernière chose à laquelle il se serait attendu deux semaines plus tôt, mais voilà qu'il était dans une salle vide à chuchoter dans son téléphone comme un ado.

— À tout à l'heure, dans ce cas. Courage avec le mouton.

Si le regard que Maite lui avait adressé avant qu'il n'aille dans la salle de réunion était assassin, celui qu'elle lui jeta quand il revint fut aussi glacé que la compresse qu'elle maintenait sur son visage. Les canards avaient disparu, jetés dans un sachet plastique qu'elle avait laissé sur un coin de son bureau. Les piles de paperasse semblaient avoir augmenté.

— T'as l'air niais, déclara-t-elle au final en enlevant la compresse de son visage.

Son nez était une protubérance magistrale au milieu de sa figure, rougi par le froid et qui promettait de passer rapidement par toutes les nuances de violet. Comme il ne souhaitait pas qu'une bricole arrive à son propre nez, Ruan se garda de commenter la blessure de sa partenaire. Maite pencha la tête sur le côté et l'étudia avec attention.

— C'est comme si tu avais mangé trop de barbe à papa. Est-ce que c'était le petit garçon après lequel tu cours, au téléphone ?

— Tu peux me croire quand je te dis que ce n'est pas un petit garçon.

Il parcourut les papiers qu'on avait laissés sur leurs bureaux.

— Est-ce que ça te dérange si j'achète ton burrito en chemin ? Ou est-ce que tu préfères que je le fasse livrer chez toi ?

— Donc tu vas planter ta fidèle partenaire pour aller rejoindre un joli visage ?

Maite eut un rire moqueur quand il haussa les épaules.

— Si j'étais dans un meilleur état, je peux t'assurer que tu ne t'en sortirais pas aussi facilement. Je suis sûre que j'ai reçu un coup dans les reins. Si je pisse du sang demain, je te le ferai savoir.

— Qu'on ne dise jamais que tu es la classe incarnée, Inspectrice Suppes, la taquina-t-il, tout en s'assurant qu'elle ne semblait pas trop avoir mal. Si tu ne vas pas bien, allons aux urgences. Je peux voir Ivo un autre jour.

— Depuis que je te connais, tu n'as jamais eu un seul rencard, fit-elle remarquer, avant de remettre la compresse sur son nez. Si tous les pores de ma peau se mettaient à saigner, je ne te le dirais pas, car on dirait que tu aimes bien cet Ivo. Et tu n'es pas du genre à aimer n'importe qui.

— J'aime beaucoup de gens, protesta Ruan, tout en rapprochant sa chaise de son bureau. C'est juste que je n'ai jamais le temps pour les rencards.

— Tu es ridicule, marmonna Maite, avant de changer de position sur son siège. Et je peux te dire que je parle au nom de tous les gens qui t'ont rencontré quand j'affirme que je ferai tout pour que tu baises un bon coup, dans l'espoir que ça te rende plus aimable. Tu sais que je t'aime, Nicholls, et que ma famille ne cessera jamais de te remercier d'avoir sauvé mon frère, mais, bon sang, qu'est-ce que tu peux être un grincheux de première !

Il devait reconnaître qu'elle avait raison, surtout depuis que Maite lui avait avoué, après un an à travailler ensemble, qu'elle avait été terrorisée quand elle avait appris qu'il était son partenaire.

Tout en parcourant les notes qu'il avait prises sur l'arrestation, Ruan ne put contenir son amusement.

— Du coup, un burrito à emporter, ça te va ?

— Ne va pas oublier les frites. Avec beaucoup de fromage fondu et du *pico de gallo*.

Maite commença à fouiller le sachet dans lequel elle avait mis tous les canards, puis releva la tête soudainement.

— Ah ! Et un verre de *horchata*. Non, que dis-je ? Un véritable seau. Et si tu ne veux pas que je te cuisine au sujet de ton rencard, je te conseille d'ajouter un ou deux *churros*.


IL EXISTAIT une beauté simple chez la femme âgée. Les années finissaient par purifier son âme, comme une pierre précieuse que l'eau et les rochers d'une rivière auraient polie. Ce qu'Ivo préférait par-dessus tout, c'était les gens et leur personnalité aussi complexe et délicate qu'un mille-feuille.

L'enterrement de vie de jeune fille était allé se poursuivre sur les quais, et Ivo profitait du silence que ces femmes avaient laissé derrière elles. La cliente suivante était venue de loin, d'un pays balayé par les vents au sol imbibé de sang et à l'âme courageuse. Quand elle était entrée dans le salon, il avait immédiatement deviné sa force de caractère – c'était une guerrière d'un mètre quatre-vingt environ, habillée d'un chemisier ample de la couleur de la mer, d'une longue robe noire et de rubans aux perles colorées qui se répandaient autour de sa nuque. Elle avait des cheveux courts châtain sombre, une coupe au carré qui encadrait entièrement son visage, et ses yeux bleus, qui semblaient avoir vu tant de malheurs, parvenaient quand même à être joyeux.

Sa voix traversa le salon quand elle se présenta à leur dernière stagiaire en date, Monique – une jeune femme de petite taille qui avait répondu avec enthousiasme à l'annonce de Bear. Elle était venue avec un portfolio rempli de dessins de manga et son CV montrait qu'elle savait passer la serpillière. Ivo n'eut pas besoin d'entendre le nom de la cliente pour savoir qui elle était. Son accent écossais était facilement repérable, et son sourire s'épanouit sur son visage lorsqu'elle vit Ivo approcher.

— Heather Murgatroyd ?

Ils se serrèrent la main. Sa poigne était ferme, mais son sourire se fit maternel lorsqu'elle regarda les chaussures qu'il portait.

— Je m'appelle Ivo. C'est avec moi que vous avez discuté au téléphone.

— Sans parler des nombreux e-mails, dit-elle en riant, ses mots semblables à des sons de cloches. Entre vous et moi, je me tuerais si je devais porter vos talons. Comment gardez-vous l'équilibre ?

— Avec beaucoup de pratique, répondit-il, amusé. Et si je les porte quand je fais du jardinage, ils aèrent la pelouse. Suivez-moi, que je vous montre l'esquisse finale. Nous pourrons faire quelques changements, si besoin. Puis je changerai de chaussures, car essayer de tatouer avec ces talons est une mauvaise idée. Mon frère Bear affirme que je finirai un jour par me briser le cou. Je vois ça comme un défi. Vous savez comment sont les hommes. Nous sommes des fanfarons de première.

— Où est-ce que je peux me changer ? J'ai apporté un short avec moi. J'éviterai ainsi d'avoir à remonter ma jupe comme si je travaillais sur le trottoir, déclara Heather en montrant un sac en plastique. Et si un homme qui s'appelle David arrive, il s'agit de mon mari. Il est allé garer la voiture.

Elle fit une pause et redressa ses épaules.

— Il a le droit de venir, n'est-ce pas ? J'aurais dû demander à l'avance.

— Vous pouvez avoir une fanfare et des chiens qui jonglent, si vous voulez, tant qu'ils ne font pas trembler la table, ça me convient, la rassura-t-il. Laissez-moi vous montrer la salle de bain, puis nous pourrons commencer.

Il sut qu'il avait dessiné un fragment de son âme quand il entendit Heather retenir son souffle sans le faire exprès. Elle regarda l'esquisse et ses doigts suivirent les contours sinueux de la créature mythologique. Le kelpie avait une tête farouche de cheval et sa crinière flottante venait se mêler à sa queue, qui était recouverte d'écailles filigranées. Comme il s'agissait d'un grand motif, il lui faudrait deux sessions pour le terminer. Ce soir-là, il tatouerait les contours et avancerait l'ombrage autant que possible. Tout dépendrait de la volonté d'Heather, bien sûr. Il faudrait qu'elle reste immobile. Mais Ivo devrait aussi s'assurer de n'avoir pas de crampes dans les mains. Il avait fait une version colorée du tatouage, qui imitait un dessin à l'aquarelle, avec les éclaboussures et les couleurs vives qu'il voulait utiliser.

— C'est mieux que ce à quoi je m'attendais.

Les yeux d'Heather se remplirent de larmes. Elle posa sa main sur sa gorge, clignant des paupières à plusieurs reprises. Elle s'assit prudemment sur la chaise située à côté de la longue table de massage qu'il utilisait pour tatouer. Elle laissa lentement échapper un soupir.

— Vous êtes sûr que vous pouvez tout faire ?

— Ça va dépendre de vous. Je pense que je peux y arriver en deux sessions, mais votre retour en avion risque d'être assez inconfortable. Et si vous avez besoin de rafraîchir les couleurs, j'ai toujours voulu visiter l'Écosse, plaisanta-t-il. Je suis sûr que je pourrais trouver un salon là-bas qui accepterait de m'accueillir pour un jour ou deux. Vous pouvez garder l'esquisse. Je l'ai faite pour que vous puissiez la ramener avec vous.

Elle hocha la tête. Peut-être ne faisait-elle pas confiance à sa voix, car elle garda le silence, se contentant de regarder avec attention le dessin à l'encre et à l'aquarelle qu'il avait fait pour elle.

— Si vous voulez changer quelque chose, c'est possible. Il vaut mieux que ça soit maintenant, plutôt que quand ça sera sur votre peau.

Ivo approcha son tabouret de la chaise sur laquelle elle était assise. Sa cabine était assez grande pour contenir six personnes au moins, mais parfois, quand le tatouage était trop intime, les murets donnaient l'impression de se rapprocher.

— J'ai besoin de m'assurer que c'est ce que vous voulez, car vous allez le porter pour le restant de votre vie.

— Je sais. Je l'avais déjà en moi depuis des années. Avec ce tatouage, je pourrai enfin le voir, n'est-ce pas ?

Elle renifla et lui adressa un sourire ému.

— Ça représente beaucoup pour moi. C'est exactement ce que je voulais. C'est mon désir de toujours. Exactement comme je l'imaginais.

De tels tatouages étaient difficiles, aussi bien pour le tatoueur que pour le client. À plusieurs reprises, Ivo avait eu des clients qui s'étaient retrouvés submergés par la réalité du tatouage et son poids sur leur peau. C'était la raison pour laquelle il faisait d'abord une esquisse, pour ces fois où les lignes et les couleurs devenaient trop réelles et le fardeau trop lourd à porter. Ce soir-là, il lui sembla qu'il appliquerait bien plus que de l'encre et peut-être, quand ils auraient terminé, servirait-il un verre de whiskey à Heather et à son mari. Bear gardait une bouteille enfermée dans l'arrière-salle de la boutique. Ivo n'oublierait pas de s'inclure dans la tournée.

— On peut commencer ?

Ivo lui tendit la boîte de mouchoirs qu'il avait habituellement sur le comptoir.

— Oui. Merci beaucoup. Allons-y, annonça-t-elle en regardant autour d'elle. Mais d'abord, il faut que je sache où mon mari est passé. Il veut être présent quand vous commencerez et, avec ma veine, il doit être en train de faire la queue pour acheter des cheeseburgers au stand à côté du parking.

— Il ne serait pas le premier, dit Ivo avec un sourire. Voilà pourquoi nous avons mis un canapé à l'entrée de la boutique. La digestion est difficile dans les parages. Allons-y. D'abord le pochoir, puis les choses sérieuses.

# IX

RUAN FUT soulagé de constater que le salon était encore ouvert quand il arriva au coin de la rue. Le vent était glacial, et il avançait très lentement. Même si Maite avait décidé de rentrer chez elle avec son frère, qui était retourné au commissariat une demi-heure avant qu'ils ne terminent leur garde, descendre les quais semblait prendre une éternité. Le trafic était dense, et il avait vu plusieurs voitures de police sur le bord de la route – ses collègues semblaient occupés à distribuer de nombreuses contraventions. Il n'avait pas besoin de regarder le ciel pour savoir que c'était la pleine lune – de toute manière, il n'aurait pas pu la voir à travers l'épaisse couche de nuages qui surplombait la ville. Les tarés étaient de sortie, comme aimait dire Cranson, et ils semblaient déterminés à bien s'amuser.

Il avait envoyé un SMS à Ivo pour s'excuser de son retard, mais ce dernier avait répondu que lui-même n'était pas en avance. Les rues étaient encore remplies de gens – il y avait de l'agitation, mais tout resterait sous contrôle. Son attention passa de visage en visage, une habitude que son métier lui avait inculquée. Il suffisait d'un seul moment pour que tout dégénère, un léger changement d'humeur ou même un mauvais regard lancé à la mauvaise personne. C'était une habitude utile quand il travaillait, mais dont il ne parvenait pas à se défaire une fois qu'il avait quitté son service.

Alors qu'il sentait le poids de son arme dans son dos, Ruan se fit la remarque qu'il ne quittait jamais vraiment son service.

La porte de 415 Ink avait des clochettes suspendues au-dessus du cadre, ce qui lui donnait un air vintage. Elles émirent un bruit métallique quand il poussa la porte, ce qui attira l'attention des occupants du salon. Il reconnut l'homme d'origine asiatique, dont les habits attiraient toujours l'œil. Il était en train de tatouer dans une des cabines. Ruan se souvenait qu'il avait été une des victimes dans une affaire d'agression et qu'il était le petit ami de Mace Crawford. Une jeune femme pleine de vitalité lui demanda s'il avait besoin d'aide ou s'il avait pris un rendez-vous, mais Ruan secoua la tête, murmura un vague merci et se dirigea directement vers la cabine d'Ivo.

Ce jour-là, le jeune tatoueur avait mélangé les styles vestimentaires. Il portait un t-shirt blanc trop grand avec un long kilt écossais. Ses yeux d'un bleu profond étaient rehaussés d'un trait épais de Kohl. Ses cheveux sombres mais luisants étaient en bataille ; ils lui tombaient autour du visage. Sans savoir pourquoi, les yeux de Ruan furent attirés par la ligne élégante de sa nuque. Il y avait une touche de couleur au-dessus du col de son t-shirt, mais Ruan ne put en voir davantage. Les jambes d'Ivo étaient nues. Ses puissants mollets se contractaient alors qu'il se déplaçait avec grâce autour de la table de massage, au milieu de sa cabine. Les Converses hautes qu'il avait aux pieds étaient éraflés, et il ne semblait pas porter des chaussettes en dessous, mais Ruan savait qu'elles avaient tendance à glisser et à disparaître.

Il était beau et sauvage. C'était un colibri avec des crocs au milieu de moineaux. Encore une fois, Ruan eut l'impression d'être perdu. Il se sentait *vieux* – pas autant que Cranson, évidemment, mais usé, assurément. Avait-il jamais été aussi jeune ou même aussi audacieux ? Il lui avait fallu rassembler tout son courage pour faire son coming-out au travail, mais plutôt qu'un défi lancé à l'univers et à la face de tous, il avait compris qu'il s'était agi d'un petit sifflement discret. Peut-être tout ceci était dû à l'éducation catholique de sa grand-mère, à cette culpabilité qu'il avait intériorisée ou à la promesse qu'il s'était faite de ne pas finir comme sa mère – elle avait été prête à tout pour être en couple avec quelqu'un, et ce comportement désespéré avait influencé la vision qu'il avait du couple.

Ruan n'était jamais parvenu à avoir une relation avec quelqu'un, mais comme la plupart des rencontres qu'il faisait étaient passagères – des coups d'un soir – il n'avait jamais eu beaucoup d'attentes dans ce domaine. Retrouver Cranson à une heure du matin devenait de plus en plus une habitude, et même s'il appréciait le vieux marin, cela ne le satisfaisait pas. Il serait même allé jusqu'à affirmer qu'il n'était pas heureux. Le travail quotidien et sans fin était une manière de passer le temps. Terminer une enquête lui apportait beaucoup de satisfaction, mais c'était comme s'il rentrait à la maison et se rangeait dans le placard, se mettant en veille jusqu'à ce qu'il soit l'heure de remettre son arme et son badge.

Ivo menaçait cette existence, de la même manière qu'il chamboulait la définition que Ruan avait de la masculinité. Ce dernier n'était pas sûr qu'il fût prêt pour cela. Il ne savait pas s'il le serait un jour, mais il était attiré par le tatoueur. En son for intérieur, il savait qu'il le regretterait pour le restant de ses jours si jamais il prenait la fuite.

Ivo venait juste de terminer un tatouage. Il y avait des petits pots de peinture partout et plusieurs machines de formes étranges, ainsi qu'une série d'aiguilles disposées sur un plateau médical à roulettes. La réceptionniste s'agita non loin de lui pour lui indiquer qu'il avait un visiteur, car il n'avait pas vu Ruan approcher.

— Oui, j'ai compris, Moni. Pourquoi est-ce que tu ne commences pas à nettoyer ? Je vais démonter les instruments pour qu'ils puissent être stérilisés.

Ivo s'avança, l'esprit encore occupé par son travail, et Ruan prit conscience qu'il ne savait pas comment il devait le saluer. Il fut donc agréablement surpris quand il reçut un baiser léger sur la joue. Il sentit la barbe de trois jours d'Ivo érafler gentiment sa peau. Ce toucher fut extrêmement masculin et sembla mettre ses sens en alerte.

— Hé, laisse-moi ranger tout ça, puis nous pourrons y aller. Assieds-toi. J'en ai pour quelques minutes.

Il y avait quelque chose de différent chez Ivo, d'unique. Ce dernier récupéra un croquis sur papier calque fait au crayon bleu. Il lissa les coins du dessin avant de le coller au mur. Puis son doigt glissa le long de l'épine dorsale de la créature mythique. Même s'il ne s'agissait que d'une vague esquisse, on pouvait deviner toute la vitalité du kelpie – sa puissance – et, dans son regard, une certaine ruse. À en juger par les nombreux pots de peinture, il avait travaillé sur une création colorée. Il adressa à Ruan un large sourire quand il surprit le regard perplexe de ce dernier.

— J'avais simplement prévu de faire les contours et l'ombrage ce soir, mais comme elle a su rester immobile, j'ai pu commencer à appliquer les couleurs, dit Ivo, avant de tourner son attention vers la machine qu'il tenait entre ses mains. Comme son mari et elle viennent d'Écosse, je n'aurai à faire qu'une session supplémentaire avant qu'elle ne rentre chez elle. Vu que j'ai déjà beaucoup avancé, elle n'aura pas à rester assise trop longtemps quand elle reviendra. Son vol de retour sera déjà assez long comme ça.

— Elle est venue d'Écosse pour se faire tatouer ? demanda Ruan, les mains dans les poches, tout en se balançant sur ses santiags. Vraiment ?

— Des clients sont venus de bien plus loin, indiqua Ivo avec un sourire. Je suis très doué dans mon domaine.

— Non, il n'a vraiment aucun égo, intervint alors le tatoueur d'origine asiatique qui se trouvait dans la cabine d'à côté.

Le vrombissement de son dermographe se fit plus intense quand il appuya l'aiguille sur le bras de son client.

— Le problème, c'est qu'il ne ment pas, continua-t-il. Du coup, ça fait de lui un connard imbuvable. Je plains ceux qui vivent avec lui.

— Je crois que tu me confonds avec Mace. Tu sais, le connard avec qui tu vis *vraiment*, rétorqua Ivo. Ne fais pas attention à Rob. Il est jaloux.

Il vient à peine d'arrêter de faire de la décalcomanie. Le gars sur lequel il travaille ? On a dû le payer pour qu'il serve de cobaye.

— Vraiment ? On me paye pour ça ? demanda le client, qui avait des cheveux blonds, avant d'éclater de rire. Merde, j'aurais dû demander un tatouage plus grand, dans ce cas.

— Fermez-la tous les deux, grommela Rob, tout en plongeant ses aiguilles dans un pot d'encre rouge. Ne fais pas le malin ou tu vas finir avec un tatouage Hello Kitty au lieu d'un lion.

— Pour ça, il faudrait qu'il soit capable de voir la différence quand tu auras terminé, se moqua Ivo.

Il se mit à rire quand Rob s'arrêta assez longtemps pour lui faire un doigt d'honneur.

— Mais ouais, elle est venue d'Écosse pour le tatouage. Et pour manger du crabe de Dungeness. Voire des dim sums. Car, soyons clairs, si on doit aller quelque part pour se faire tatouer, il faut que ça soit à San Francisco, afin de pouvoir bien manger aussi. Ah, puisqu'on parle de nourriture, laisse-moi changer de chaussures et on ira se trouver quelque chose. Mes mains me font mal et j'ai super faim.

— Pourquoi est-ce que tu veux mettre d'autres chaussures ? demanda Ruan en regardant les baskets noires d'Ivo. Celles-ci te vont bien.

— C'est celles que je mets quand je travaille. Je ne peux pas tatouer avec mes bottines, en tout cas pas longtemps. Ça bousille les chevilles en moins de deux.

Il s'assit sur un tabouret à roulettes et commença à délacer ses chaussures. Une paire de bottines noires à semelles rouges étaient posées près du meuble de rangement. Les talons étaient semblables à de délicats fuseaux, aussi fins qu'un crayon.

— Je déteste ces chaussettes. Elles tombent toujours quand je porte des baskets montantes. Je ne sais pas pourquoi.

— Est-ce que tu vas vraiment porter ça ?

Ruan fronça les sourcils. Les mots sortirent de sa bouche sans qu'il réfléchisse.

— Tu ne crois pas que ça fait… *beaucoup trop* ?


CE NE fut pas la première fois que le cœur d'Ivo s'arrêta. Bien évidemment, il y avait eu cette occasion où il s'était vraiment arrêté. Il était tombé dans

85

des ténèbres de douleur et avait espéré ne jamais se réveiller, mais le destin en avait décidé autrement. Bear avait refusé de le laisser partir.

Il y avait eu d'autres occasions. Des petites blessures. Rien d'aussi grave, mais son cœur avait manqué un battement et la douleur avait été aussi intense. Il avait alors dû accepter que sa vie venait de changer de cours et qu'il lui était impossible d'aller dans la direction qu'il avait initialement prévue.

Ce fut l'une de ces occasions, et la douleur fut vive et intense. Elle transperça son cœur avant de descendre s'installer dans son estomac.

— Beaucoup trop.

Ivo se releva, ses chaussures à moitié délacées, son cœur battant de manière erratique. Ce n'était pas une question. Ce n'était même pas une affirmation. C'était davantage l'expression de ses pensées du moment, alors qu'il essayait de déterminer ce qu'il ressentait. La tête penchée sur le côté, il prit appui contre le comptoir.

— Qu'est-ce que tu veux dire exactement ?

Ruan ne tergiversa pas. Ce fut tout à son honneur. À la place, il garda les yeux au sol, les sourcils froncés, pendant qu'il rassemblait ses pensées.

— Je ne sais pas. Je pense juste que… ce n'est pas l'endroit pour en discuter.

— C'est exactement le bon endroit, car c'est ici que je vis. Voilà qui je suis. Me mettre dans un autre endroit ne changera rien à la situation.

Le bord du comptoir fit mal à ses paumes, mais la douleur était la bienvenue. Ivo l'utilisa pour rester concentré et garder sa voix ferme.

— Je n'aime pas les armes, mais je n'ai fait aucun commentaire sur celle que tu portes constamment.

— C'est différent. Je suis policier. Le pistolet fait partie de la panoplie.

Ruan leva la tête, son beau visage marqué par l'émotion.

— De même que le badge.

— C'est bien ce que je dis. Ça fait partie de toi. Je ne peux pas le changer, même si je déteste ça, déclara Ivo, avant d'expulser toute l'amertume que ses poumons contenaient. Et je peux t'assurer que je hais les armes. Tu sais quoi ? Je vais rentrer chez moi ce soir, et tu peux me contacter quand tu auras compris pourquoi tu as fait cette remarque. Tu sais où me trouver.

Il était difficile de fixer des yeux le regard confus de Ruan, mais Ivo tint bon. Malgré la terrible douleur qu'il ressentait, il garda son menton relevé et refusa que la boule dans sa gorge puisse entraver sa respiration. Il n'avait pas réalisé à quel point il avait espéré que cette fois-là serait différente, à quel point il avait voulu faire entrer Ruan dans sa vie. Entre leurs retrouvailles et ce moment précis, Ivo s'était imaginé que Ruan serait capable de lui décrocher la lune.

Au lieu de quoi, elle était tombée toute seule avec fracas.

— Alors c'est terminé ? demanda Ruan, les mâchoires serrées.

— Non, je suis sincère.

Ivo se fit assez confiance pour avaler sa salive, mais sa poitrine continuait à être lourde. Il avait dépassé l'âge de pleurer. Rien ne s'était passé entre eux. Il ne servait donc à rien d'éprouver autant de douleur. Ce n'était pas la première fois que cela arrivait. Il avait arrêté de compter les hommes qu'il avait cessé de fréquenter, car ils étaient trop englués dans leur passé et leurs problèmes. Ruan aurait dû être différent. Même si Ivo savait que le policier vivait dans un monde plus étriqué que le sien, il avait espéré que tout serait différent.

— Tout dépend de toi, Ruan, poursuivit-il. Réfléchis-y bien. Puis reviens me parler, car ma personnalité et mes goûts ne vont pas changer. C'est ce que je suis. Je ne fais pas mumuse avec mon apparence. De même que tu ne joues pas avec ton arme. Prends donc le temps nécessaire, puis tu me diras ce que tu veux.

Pendant un moment, Ivo crut que Ruan ne partirait pas. Celui-ci resta en face de lui, étudiant son visage, certainement dans l'espoir qu'il parviendrait à rompre cette tension s'il le fixait assez longtemps du regard. Une éternité sembla passer avant que Ruan ne hoche la tête. Puis, sans un mot, il quitta le salon. Une bourrasque venant de l'extérieur pris d'assaut la boutique, et les clochettes de la porte d'entrée s'affolèrent.

Durant cette conversation, Rob s'était levé, sans qu'Ivo ne s'en aperçoive. Ce ne fut que lorsqu'il le vit dans le coin de son œil qu'il prit conscience que le petit ami de son frère s'était avancé, prêt à intervenir. Les sourcils froncés, Rob retira ses gants noirs, afin d'éviter de mettre de l'encre partout.

— Je suis désolé, dit-il, tout en serrant gentiment l'épaule gauche d'Ivo. Je sais que tu l'aimais bien.

— Il me plaît toujours, murmura Ivo. Je suis juste très déçu par son comportement. Retourne travailler. Tu dois finir ce fameux lion. On dirait que Mace et toi allez devoir me ramener à la maison.


IVO PARVINT jusqu'à la porte d'entrée sans s'effondrer.

Il fut assez fier de lui.

Le salon lui paraissait tellement loin. Ivo savait confusément que Mace le suivait, une ombre énorme qui occupait beaucoup d'espace derrière lui. Ses mains lui faisaient toujours mal, après des heures passées à tenir fermement le dermographe. Ses yeux piquaient aussi, et Ivo aurait voulu les rendre responsables de tous ses maux, mais cela n'aurait jamais pu expliquer la douleur vive qu'il ressentait dans son cœur.

Earl le salua dans la cuisine, la queue battante, incarnation même de la joie. Il sentait la crasse, un peu comme Chris, le gamin de Gus. Et, à l'exception de la crotte de chat qu'il avait trouvée dans le jardin, il mangeait la même chose que les autres habitants de la maisonnée, ainsi que tout ce qui avait l'air bon, que ce fût comestible ou pas. Ivo était trop grand pour utiliser Earl comme béquille, mais le chien n'allait pas se préoccuper de ce genre de détails. Il percuta les mollets nus de son maître. Son énorme tête faillit faire perdre son équilibre à Ivo quand il heurta l'arrière de ses genoux. Ce dernier ne se plaignit pas. Le chien, malgré ses manières chaotiques, finit par l'aider à trouver le chemin du salon. Ivo avait quelques difficultés à respirer et les lumières semblaient trembloter autour de lui.

Il trouva sa place sur le sofa, en tâtonnant et en utilisant ses souvenirs. Tout le monde pouvait s'asseoir sur le large canapé d'angle, même le chien. Cela pouvait changer selon qui était à la maison, mais Ivo trouvait certaines places plus confortables que d'autres. Il préférait les coins. Il aimait bien pouvoir se vautrer, et même parfois poser ses pieds sur l'énorme ottomane, qu'ils utilisaient comme table quand ils regardaient des matches de foot ou des films.

Le salon était le cœur de la maison. C'était là que Mace trouvait le sommeil quand ses cauchemars lui faisaient revivre son passé, et là qu'Ivo et Chris construisaient des forteresses avec des coussins et des couvertures – ils défendaient leur territoire avec des magazines enroulés qui leur servaient d'épées quand Bear et Gus les attaquaient. Ses étagères accueillaient les débris de leurs vies et les piles de livres que les frères avaient lus ensemble. Il y avait des trophées et des médailles, de même que des diplômes placés ici et là. Leurs accomplissements étaient immortalisés par ces morceaux de papier et de métal bon marché qu'ils avaient ramenés à la maison après de nombreuses batailles.

L'air sentait un peu le chien et le mâle. Le large canapé au centre de la pièce était usé. Dernièrement, lors d'un samedi d'infortune, quand leur neveu avait voulu que Mace lui vernisse les ongles, plusieurs gouttes d'un vernis à paillettes avaient fini sur le sofa. Puisque ce genre de maladresse avait tué dans l'œuf sa carrière de tatoueur, les frères n'avaient pas été surpris et n'avaient même pas tenté de les nettoyer, de peur d'abîmer le tissu.

Les ongles d'Ivo trouvèrent les petites tâches vertes que le vernis avait causées et les grattèrent, pendant qu'il essayait de se débarrasser de ses Converses avec ses pieds. Il laissa tomber ses bottines non loin de la porte. Il détestait le fait qu'elles puissent dorénavant être associées à un mauvais souvenir. Et dire qu'il les avait tellement aimées ! Les baskets étaient difficiles à enlever sans qu'il utilise ses mains, d'autant plus qu'Earl semblait décidé à monopoliser son attention. Il alla jusqu'à intercaler sa tête entre le visage et le genou d'Ivo quand celui-ci replia sa jambe pour défaire ses lacets.

— Mais va-t'en !

Ivo repoussa gentiment Earl et détourna son visage quand la langue du chien se mit à danser furieusement dans l'air, ce qui éclaboussa les alentours de bave.

— Tu m'empêches de faire quoi que ce soit.

— Laisse-moi t'aider, déclara Bear, quand il le rejoignit. Tu sais qu'il devine quand tu es contrarié. Il veut simplement que tu te sentes mieux.

Son frère masqua presque toute la lumière qu'émettait la lampe art déco, placée près de la télévision qui était accrochée au mur. Bear semblait être sorti de l'ombre, une silhouette calme et imposante. Élever quatre jeunes hommes aussi têtus les uns que les autres lui avait appris à être le plus patient possible. Quand il s'assit sur l'ottomane, il fit une grimace et dut enlever un des plateaux qu'ils utilisaient pour porter les boissons et les snacks. Il le mit sur le côté et reporta son attention sur Ivo.

— Je n'ai pas besoin que tu prennes soin de moi, Bear, dit ce dernier, avant de reposer sa tête en arrière et de crier en direction de la cuisine. Et je n'ai vraiment pas besoin que Mace bave sur mon compte.

— En réalité, c'était Rob, et il a dit que tu voulais porter tes bottines. Du coup, pourquoi est-ce que tu as tes Converses aux pieds ? demanda gentiment Bear, tout en attrapant l'une des chaussures. Parle-moi du flic. Raconte-moi ce qui s'est passé.

Ivo détestait être le plus jeune, le plus faible. Peu importait ses actions, il serait toujours celui qu'ils surveilleraient de près, s'attendant à ce qu'il trébuche. Il en avait marre d'être le frère fragile, celui qu'on prenait avec des pincettes dès que les événements tournaient mal. Il se savait aimé. Il savait aussi qu'ils ne voulaient pas le voir disparaître de leurs vies, brisé en mille morceaux, s'enfonçant dans les ténèbres. S'il acceptait que ses frères lui tournent constamment autour, il s'énervait que l'on puisse l'enfermer dans un cocon.

— Je ne veux pas que ça vire à la réunion de famille ou à une rencontre au sommet. Je porte ces Converses, car il pleut et que mes bottines coûtent la peau des fesses. C'est tout ce qui importe, murmura-t-il.

Il repoussa Bear pour récupérer le contrôle de son pied.

— Arrête. Je ne suis pas un gamin. Les choses tournent mal, et je dois apprendre à les gérer. D'ailleurs, je les gère comme un grand.

— Si tu gères, fit remarquer Bear, tout en retirant une des baskets, pourquoi est-ce que tu ne veux pas me parler de ce flic ?

— Parce que je ne sais pas quoi dire, pesta Ivo, tout en se débarrassant de l'autre chaussure.

Il aurait voulu la lancer, car il avait envie d'endommager quelque chose, mais tout ce qui se trouvait dans cette pièce était précieux à ses yeux, même cette fichue télé.

— Je croyais qu'il avait vu qui j'étais vraiment, Bear. Je me doutais qu'il y aurait des problèmes, vu que c'est un flic, mais il savait très bien qui j'étais, bon sang. La première fois qu'on s'est rencontrés, j'étais habillé comme un personnage de *Sailor Moon*. Je ne devrais pas être surpris. C'est juste un coup dur.

— Je ne suis jamais assez.

Les larmes vinrent enfin, sanglots salés et fétides de colère et de chagrin, qui s'écoulèrent de blessures à moitié guéries.

— J'en ai marre d'être rejeté ou qu'on me dise que je ne suis pas désirable. Qu'est-ce que je dois faire ? Me cacher ? Me débarrasser de tout ce qui me caractérise, parce que personne ne m'aimera ?

— Hé, le gronda Bear gentiment, tout en s'installant sur le canapé et en le prenant dans ses bras. Tu sais que nous t'aimons. Si le flic n'arrive pas à voir à quel point tu es génial, eh bien, qu'il aille se faire voir.

— Je le sais. C'est juste que je suis fatigué. J'ai l'impression d'être un doggie bag parfois. Comme la fois où Mamie est venue pour te parler et qu'elle ne voulait pas nous voir, Gus et moi.

Ivo ferma les yeux, détestant la nausée qu'il ressentait.

— J'étais tellement furieux. Contre elle, mais aussi contre toi, qui ne voulais pas aller avec elle, parce que…

— Je ne te quitterai jamais. Toi, Gus ou les autres.

Son frère lui caressa les cheveux, berçant Ivo contre sa large poitrine.

— Je ne veux pas que tu aies l'impression que tu dois changer, parce que ce n'est pas vrai. Tu es parfait comme tu es.

— Mais, dans ce cas, pourquoi est-ce que Ruan ne l'a pas vu ? renifla Ivo. Si je suis à ce point parfait, pourquoi est-ce qu'on me rejette aussi facilement ?

# X

— Vous faites une tête d'enterrement, mon garçon, l'appela Cranson depuis les ombres de son porche. Pourquoi ne filez-vous pas à l'étage nourrir votre lion ? Revenez ensuite ici pour une bière.

Ruan était sur le point de refuser quand il prit conscience qu'il ne souhaitait pas être seul. Il était en colère et ne cessait d'alimenter cette fureur qui promettait de le grignoter de l'intérieur et dont il ignorait la cause. Marmonnant son accord, il monta l'escalier et passa quelques minutes à gratter les oreilles de Spot, puis il laissa une montagne de nourriture dans sa gamelle. Le félin miaula ses remerciements, ou peut-être un « c'est pas trop tôt, avant de fourrer sa tête dans les morceaux de poissons. » Après avoir récupéré six cannettes de Cosmic Cowboy dans son frigo, Ruan redescendit. Son esprit était toujours un champ de bataille, où des émotions contradictoires se faisaient la guerre.

Son quartier était plus calme que les quais, mais guère plus. En bas de la rue, le pub déversait des hurlements de joie et de colère et, provenant de l'église du coin, on pouvait entendre le bruit étouffé d'un film pour enfants. Il avait grandi dans une banlieue où les maisons étaient bien plus éloignées, mais les voisins plus proches les uns des autres. Les rues exiguës étaient un labyrinthe de vieilles maisons et de petits commerces avec une ou deux églises et écoles pour compléter le tout. Même s'il aimait ce quartier, il y avait des moments où il avait l'impression que les murs se refermaient sur lui. C'était particulièrement le cas ce soir-là, depuis qu'il avait quitté 415 Ink. Il savait qu'il s'était planté magistralement, mais n'avait aucune idée de comment corriger son erreur.

— N'oubliez pas de fermer la moustiquaire, dit Cranson en allumant la lanterne électrique qu'il avait posée sur le sol, à côté de sa chaise pliable. Mettez la bière dans la glacière. Il y a assez de glaçons là-dedans pour geler le Pôle Nord.

Le porche avec moustiquaire était chauffé par des radiateurs accrochés à la corniche, comme on pouvait en trouver dans les restaurants. Toutefois, certaines parties demeuraient frisquettes. Un courant d'air froid poursuivit Ruan et parvint à s'infiltrer sous son jean. Il ne se réchauffa que lorsqu'il se rapprocha des chaises qui avaient été placées près du mur. La lueur bleue de la lanterne créait une atmosphère inquiétante. Des formes étranges et des ombres dansaient sur les murets et sur le visage du vieil homme.

Cranson ne s'était pas rasé, mais c'était habituel. Sa barbe de quelques jours était blanche et irrégulière. Elle suivait les rides de son visage tanné. Sa passion pour les cigares avait fini par jaunir les poils autour de sa bouche. Malgré les températures fraîches, il portait un marcel taché, qui ne cachait aucun des nombreux tatouages qu'il avait sur les bras et les épaules. Ses pieds étaient chaussés d'une paire de mules, dont le faux cuir était tellement usé qu'il en était devenu presque inexistant, mais Cranson ne semblait pas se soucier du froid. Après avoir montré la glacière d'un mouvement de tête, il marmonna un remerciement quand Ruan lui passa une nouvelle bière. Il écrasa la cannette qu'il avait vidée quelques secondes plus tôt, puis la jeta en direction de la poubelle à moitié remplie qui se trouvait à quelques mètres de là. Il ne visa pas correctement, mais la boule d'aluminium toucha le bord et tomba à l'intérieur.

Aucun des deux n'applaudit. Ce n'était pas leur genre.

— Prenez un cigarillo, si vous en voulez un, dit Cranson, après que Ruan eut rangé ses bières. Je peux préparer du café si vous voulez.

— Non merci pour le cigare. J'aime mes poumons comme ils sont.

Ruan ouvrit sa bière et la regarda un instant.

— Après la nuit que je viens de passer, une bière s'impose.

Cranson était certainement celui qui incarnait le plus une figure paternelle aux yeux de Ruan, mais elle n'était guère convaincante. Ils se connaissaient depuis des années, et même si le vieil homme avait parcouru le monde entier, il était déconnecté de la réalité qui l'entourait. Il avait passé tellement de temps en mer, enfermé dans un huis clos qui avait ses propres règles, qu'il ne se sentait à l'aise sur la terre ferme que très rarement. Malgré tout, Ruan avait besoin d'une oreille compatissante. Maite avait été écartée d'office. Il ne pensait pas qu'elle puisse comprendre à quel point il se sentait coincé, mais Cranson le pourrait certainement.

— Pourquoi vous ne crachez pas ce qui vous turlupine, mon garçon ? grogna ce dernier, un cigare moribond à la bouche. On dirait que le malheur s'est abattu sur vous.

— Peut-être que je viens simplement voir comment vous allez, rétorqua Ruan. Ça ne vous est pas venu à l'esprit ?

— C'est le week-end, et vous êtes rentré tôt, fit remarquer Cranson. J'ai vu que le beau garçon était venu vous voir l'autre jour. On dirait bien que votre vie sentimentale se réveille un peu. Mais vu votre tête, j'imagine que vous avez merdé.

— Bien plus que merdé. Je crois que j'y ai foutu le feu et que je me suis barré.

Non sans hésitation, Ruan lui raconta la conversation qu'il avait eue avec Ivo. Il se frotta le visage de frustration quand il parvint à la fin.

— Je ne sais pas ce qui m'a pris. J'imagine que je suis un vieux célibataire coincé.

— J'ignore ce que je ressentirais si je voyais un homme en talons. Pour être honnête, il n'y a pas très longtemps, ça aurait suffi à vous faire tuer. Même si je pouvais porter des talons, je ne le ferais pas.

Cranson tira une nouvelle bouffée de son cigarillo, qu'il expulsa ensuite loin de Ruan pour ne pas l'indisposer.

— Tout bouge trop vite, vous savez ? Impossible de s'habituer aux changements. Du coup, on nous traite d'arriérés ou l'on affirme qu'on voudrait remettre tout le monde dans le placard. Je ne crois pas qu'ils savent ce que ça fait de vivre avec cette peur. Je ne pense pas que les gens comprennent à quel point c'est dur pour certains d'entre nous. À quel point nous étions effrayés... à quel point nous le sommes encore.

— J'ai l'honnêteté de reconnaître que, parfois, je ne suis pas prêt à vivre aussi librement qu'Ivo. J'ai passé ma vie entière à cacher que j'étais gay, et il va me falloir du temps pour m'y habituer, comme vous dites.

Ruan but une longue gorgée.

— Je ne dis pas que j'ai eu raison aujourd'hui. Ce n'était pas le cas. Évidemment, il est en sécurité ici. Il y a des endroits bien plus dangereux, et c'est ce à quoi je pensais. J'ai dépensé tellement d'énergie à cacher qui j'étais que tout cela m'est devenu naturel. J'ignore comment me comporter différemment.

— Ivo ? C'est comme ça qu'il s'appelle ? demanda Cranson avec un large sourire. Il n'est pas petit. Pourquoi est-ce qu'il a besoin de talons ?

— Je ne sais pas. Il doit les aimer, mais je me demande s'il n'y a pas une autre raison.

Ruan secoua la tête, puis se massa les doigts.

— J'ai l'impression qu'on l'a envoyé pour qu'il me sorte de mon trou. Il est tout ce que je n'ai jamais été. Si vous voyiez les dessins qu'il fait ! J'ai vu les esquisses, mais aucun de ses tatouages. Ils doivent être merveilleux, car les gens viennent de loin pour ça. Une de ses clientes a fait le trajet depuis l'Écosse pour qu'il lui tatoue une sorte de sirène-cheval. Il est compliqué. Je n'arrive pas à le décrypter.

— Est-ce qu'il vous rend heureux ? demanda le vieillard, après avoir retiré le cigare de sa bouche et bu une gorgée de bière. C'est la question que vous devez vous poser. Vous devez aussi savoir si vous pourriez avoir une vie avec lui. Vous et moi n'avons jamais envisagé une telle situation, je pense. Est-ce que vous vous imaginez vivre ce genre de vie avec lui ? Ou avec n'importe quel homme ?

— Et vous ? Est-ce qu'il y a eu un moment où vous avez pensé : "C'est l'homme avec qui je veux vieillir" ?

— Jamais, grogna-t-il. Mais je ne me suis pas autorisé à être dans une telle situation. Pas une seule seconde. Trop de risques. Deux hommes vivant ensemble, ce n'était pas possible à l'époque. C'était plus facile pour les femmes, mais même dans ce cas, les gens bavassaient. Il suffisait d'une seule langue de vipère, et les problèmes étaient garantis. La situation de nos jours a bien évolué. C'est beaucoup mieux, mais pas pour des gens comme nous. Nous sommes toujours coincés dans le passé. Ou, du moins, c'est mon cas. Avec un peu de chance, vous parviendrez à vous libérer. J'en sais rien, mais va falloir vous demander s'il en vaut le coup.

— Ou plutôt, si c'est moi qui en vaux le coup, déclara Ruan en se penchant en avant.

Tout en regardant le ciel nocturne, il écouta les bruits du quartier. Le vent se faisait entendre entre deux éclats de rire ou deux coups de Klaxon.

— Je ne devrais pas utiliser Ivo comme excuse pour changer ma façon de penser ou d'agir. Ce n'est pas juste de lui faire porter cette responsabilité. Je peux lui demander de rester à mes côtés pendant que je travaille sur mes problèmes, mais ça doit être sa décision. C'est beaucoup lui demander, parce que je sais que je merderai encore.

— Vous parlez d'un gars qui marche avec des talons aiguilles. Vous croyez qu'il s'est contenté de les mettre et qu'il a su marcher avec ? ricana le vieillard. J'vous parie qu'il s'est gamellé plusieurs fois. Mais plus important : est-ce qu'il va vous attendre ?

— Je l'espère bien. Il m'a dit que oui, répondit Ruan, tout en mâchonnant sa lèvre inférieure pendant qu'il repensait à la douleur qu'il avait lue sur le visage d'Ivo. Je pense que je dois d'abord lui faire confiance. Et lui demander la raison pour laquelle il porte ces fichues chaussures.


IVO AURAIT dû passer son jour de repos à se détendre tout seul dans la maison et à lire. Il avait des tâches à faire, comme terminer quelques esquisses ou recontacter l'imprimeur pour le matériel publicitaire de la boutique, mais il préféra s'attaquer au petit salon qu'ils n'utilisaient jamais vraiment. Un des murs était encore recouvert de papier peint à fleurs – un vestige du mauvais goût des anciens propriétaires, qui semblaient avoir eu une passion pour le rose. C'était la seule pièce de la maison où il pouvait aller sans que ses frères ne viennent l'embêter, car elle était d'une laideur indescriptible et on s'y ennuyait à mourir. Depuis que Chris avait rejoint leur famille, ils avaient besoin d'un endroit calme, sans écran de télévision. Ivo était d'avis que le petit salon conviendrait.

Pour se motiver, il mit à fond du heavy métal de Mongolie. Cela lui permit de s'attaquer aux couches interminables du papier peint moche, mais la musique ne parvint pas à le distraire de Ruan.

Il se mit au travail avec, comme seule tenue, une paire de jeans. Il passa lentement la décoleuse sur certains endroits et utilisa un racloir pour détacher les petits morceaux récalcitrants. Sous les roses, il trouva un papier peint à motif écossais, et, après avoir poursuivi son inspection, il ne compta pas moins de deux autres couches en dessous. Il ne servait à rien d'insulter la maison. Ils avaient gardé le salon pour la fin, car ils savaient que ce serait une tâche ingrate. S'il avait cru que rénover le grenier afin de le rendre habitable avait été difficile, cette pièce allait l'achever.

— C'était certainement une chambre ou un truc du genre, déclara Mace à l'improviste. En fait, j'en sais rien. La chambre de Luke était certainement le séjour.

— Est-ce que tu pourrais éviter de t'approcher furtivement quand je tiens à la main l'équivalent d'un fer à repasser ? ronchonna Ivo, tout en utilisant la décoleuse sur le morceau qu'il essayait d'enlever. Qu'est-ce que tu fiches ici ? Tu n'as pas de maison ? Ni de livre à écrire ?

— J'avais envie de voir mon frère préféré, répondit Mace en pénétrant davantage dans la pièce. Où est-ce que tu as mis les meubles ?

— Dans le cabanon. Mais la plupart vont finir à la poubelle.

Il se mit à gratter avec plus de force, tout en évitant de faire des trous, mais c'était peine perdue.

— Je sais que la banque a dit que l'électricité avait été refaite, mais je ne sais pas comment ils ont fait sans avoir enlevé tout ça. Je sens que, dès que j'aurai terminé, nous tomberons sur les fils électriques en dessous du plâtre.

— Nous n'en avons trouvé aucun jusqu'à présent, mais avec notre veine, ça ne saurait tarder, confirma Mace, avant de ramasser des lunettes de sécurité. Mets ça. Tu ne pourras pas tatouer si tu finis aveugle. Tu passes la décoleuse et je gratte.

— Et si tu rentrais à la maison plutôt, et je fais ce que je veux ? râla Ivo en prenant la paire que lui tendait son frère. Sérieusement, tu n'as pas de travail ?

— Comme toi, c'est mon jour de repos, j'en profite donc pour voir ce que tu fais. Quel temps de merde il fait à l'extérieur !

Mace regarda à travers les deux fenêtres qui donnaient sur l'allée. Le vent violent fouettait les arbres et faisait tomber leurs feuilles.

— Tu as traîné les bergères dehors avec un temps pareil ? Ces sièges sont aussi lourds que des rhinocéros. Pourquoi est-ce que tu n'as pas attendu que quelqu'un t'aide ?

— Parce que je n'avais pas besoin d'aide, articula-t-il, les mâchoires serrées. Écoute, si tu es venu vérifier que j'allais bien, comme tu peux le voir, je vais bien.

— Mon petit, je t'aime énormément et je connais ton ambition de malade, mais tu ne peux pas enlever cinq cents ans de papier peint quand tu as un seul jour de repos.

Mace lui arracha le racloir des mains et recula pour donner à son frère un peu d'espace.

— Pour un tel projet, il faut réunir la famille et trouver le moment où il y aura davantage qu'une personne de libre. Ce n'est pas quelque chose qu'on entreprend, parce qu'on s'est réveillé ce matin avec l'envie de repeindre un mur.

Mace n'avait pas tort. Même si la démolition était sa partie préférée, Ivo détestait le papier peint. Il haïssait cette texture gluante et il ne parvenait jamais à se débarrasser de l'odeur qui s'accrochait à sa peau. Il détestait cela autant que faire la vaisselle, par exemple, ou se débarrasser de la peinture qui recouvrait des moulures au plafond. D'ailleurs, à ce sujet, il y en avait partout dans la maison, mais la poussière et la laque les avait toutes recouvertes, si bien que les frères avaient dû passer des heures à les restaurer.

Ils étaient particulièrement fiers du travail effectué dans la cage d'escalier, qui était lasurée d'une jolie teinte miel roux. Ses balustres élégants aux sculptures élaborées avaient émergé de nouveau après des années de négligence. Mais ils ne pouvaient pas nier avoir échoué à plusieurs reprises. L'exemple le plus notable était la chambre principale et son manteau de cheminée. Tous les détails de ce dernier avaient été effacés à l'aide d'un adhésif corrosif et des découpes de photos de magazine. Ils avaient essayé de sauver ce qu'ils pouvaient, mais ils auraient pu faire un meilleur travail à certains endroits. Puisque l'argent avait été rare au début, les frères n'avaient pu mettre que leur temps et leur sueur dans cette maison.

La situation s'était améliorée depuis, mais les vieilles habitudes et la frugalité demeuraient. Parfois, la meilleure façon de se débarrasser de sa colère était de prendre une masse et d'essayer de faire entendre raison à une vieille maison de style Craftsman.

— Est-ce que tu veux parler d'hier soir ? demanda Mace après quelques minutes passées à gratter. Car j'ai beaucoup de questions.

— Non.

— Mmm.

Mace se gratta l'arrière de la tête, tout en regardant Ivo à travers les verres rayés de ses lunettes de sécurité.

— Tu te souviens quand tu m'as pris la tête au sujet de Rob ? Que je me sentirais mieux si je parlais de ce que je ressentais ?

— C'est parce que t'es un imbécile qui ne sait jamais ce qu'il ressent, rétorqua-t-il pendant qu'il enlevait le fil de la décoleuse, qui menaçait de s'enrouler autour de ses jambes. Je sais ce que je ressens au sujet de Ruan.

— Est-ce que tu veux en parler devant la classe, mon enfant ?

— Encore une fois, *non*.

La machine avait arrêté de fonctionner, ou du moins, elle ne semblait plus amollir le papier peint. Quand il se tourna pour vérifier le réservoir à eau, Ivo constata que son frère tenait dans ses mains la fiche électrique de la machine. Il lui montra ses dents, comme un chien menaçant.

— Mais qu'est-ce que tu fiches ?

— Simplement ce que tu m'as fait des milliers de fois, déclara-t-il en bousculant légèrement l'épaule d'Ivo. Va mettre un t-shirt et des chaussures. On va aller acheter des tacos, puis, p'tit frère, tu vas me raconter ce qui s'est passé avec le flic et pourquoi tu es tout chamboulé.

— Et si je ne veux pas de tacos ?

Ivo posa la décoleuse à ses côtés. Mace n'apaisait en rien sa frustration, bien au contraire.

— Ça ne t'est jamais venu à l'idée que je voulais qu'on me laisse tranquille pendant un moment ?

— C'est bien la dernière chose dont tu as besoin, mon p'tit.

Les yeux de Mace contenaient des émotions qu'Ivo se sentait incapable de regarder en face. Son frère était le gardien de la plupart de ses secrets, peut-être même de tous, et Ivo ne pouvait pas s'empêcher d'éprouver un peu de honte quand leurs regards se croisaient.

— Un t-shirt. Des chaussures. Voire une veste, car même si tu boues de colère, je doute que ça te tienne chaud bien longtemps.


LE RESTAURANT de tacos n'était situé qu'à trois kilomètres de la maison, et quand Mace était d'humeur sadique, il forçait ses frères à descendre la colline en courant afin d'aller chercher leur déjeuner. Après plusieurs années, Ivo avait fini par arrêter de se faire avoir, mais ce n'était pas le cas de Gus et de Luke. Bear n'avait jamais accepté de descendre en courant la colline, car il savait très bien qu'il faudrait ensuite la remonter, mais cette fois avec un estomac rempli de *carnitas*.

Ivo avait mis longtemps avant d'apprendre cette leçon, mais il était alors jeune et voulait plaire à son frère.

Luis's Tacos était littéralement un trou dans un mur. Une fenêtre connectait une terrasse extérieure fermée avec les cuisines, qui appartenaient au bar d'à côté. À un moment indéterminé de sa folle histoire, le Spotlight Bar avait cessé de servir de la nourriture et avait loué ses cuisines à quelqu'un prénommé Luis. Aucun des frères ne l'avait jamais rencontré. Ivo soupçonnait que le nom était semblable au papier peint de leur maison – une mauvaise décision prise des années auparavant et tellement enracinée dans la vie des gens que plus personne ne pensait à le changer.

Et, pour dire la vérité, cette terrasse fermée était tout aussi laide que leur séjour.

Le jour où il avait fallu peindre les murs de ce restaurant, Ivo était convaincu que le magasin de bricolage avait soldé sa sélection de peintures fluorescentes. Il semblait qu'une seule couleur n'avait pas été jugée suffisante, car le stuc était recouvert de larges rayures de couleurs rose foncé, mandarine et citron vert. Les murs montaient presque jusqu'au toit, mais il y avait assez d'espace entre eux et la toiture pour que l'endroit soit encore appelé une terrasse, même si le quatrième mur du côté de la rue fermait tout l'espace. Il n'y avait aucune fenêtre, parce que le passe-plat laissait passer assez d'air pour que la pièce fût respirable. Des tables de pique-nique étaient placées sous une série d'ampoules nues qui éclairaient le patio. Durant les mois d'hiver, les manteaux étaient de rigueur pour manger.

Quoi qu'il en soit, la nourriture était bonne, bon marché et abondante – une caractéristique qu'une famille de cinq hommes pouvait apprécier, même après avoir été dupée et avoir descendu la colline en courant.

— Je t'ai pris un burrito *carnitas* avec de la sauce verte et de la crème fraîche. Oui, j'ai demandé qu'ils rajoutent du fromage, précisa Mace en posant le plateau devant Ivo. Elle va apporter ton Fanta dans quelques minutes.

Ivo ouvrit son burrito, puis retira lentement une partie de la tortilla afin d'exposer le porc émincé à l'intérieur. Pendant qu'il répartissait la crème fraîche, il garda ses yeux baissés. Mace était doué pour dénicher la vérité. Il savait utiliser quelques mots bien choisis et refusait de lâcher l'affaire. Ivo avait besoin de clarifier certaines émotions contradictoires qui polluaient son cerveau, mais aussi de décider s'il voulait rajouter de la sauce piquante à son burrito.

La brûlure des épices dans sa bouche suffisait parfois à activer ses méninges.

Ivo était toujours en train d'assaisonner son burrito quand un des employés vint déposer leurs boissons. Le Fanta se mariait bien avec les *carnitas*. Il roula de nouveau sa tortilla, replia les extrémités, puis referma le papier aluminium, devant le regard amusé de Mace.

— Tu devrais travailler ici, si le salon arrête de marcher, plaisanta-t-il. Quoique… j'imagine que tes diplômes d'art te permettront de trouver un autre job.

— Un jour, je passerai un doctorat, si j'arrive à trouver une université qui me laisse en faire un sur les tatouages.

Voilà qu'il était encore en train d'avouer ses secrets à Mace. Il fit une grimace quand son frère hocha la tête, un air satisfait sur le visage.

— Peut-être. Je ne sais pas, conclut Ivo.

Les autres se disputaient avec Mace plus souvent qu'il ne le faisait. À l'exception de Bear, évidemment. Mace ne se moquait jamais de leur frère aîné ni ne le critiquait, mais Bear n'avait pas besoin qu'on le motive de cette manière. C'était lui qui les avait sortis de la rue. Il avait porté le poids du monde sur ses épaules jusqu'à ce qu'ils apprennent à marcher, puis à courir. Ivo avait souvent rendu les choses plus difficiles. À plusieurs reprises, il avait cru que ses frères le jetteraient dehors. Mais il s'était trompé. Maintenant, leur commandant en second voulait des réponses à des questions qu'Ivo n'était pas certain de vouloir se poser.

— Parle-moi de ce flic, dit Mace, la bouche remplie de *carne asada* et de frites. Je sais que c'est lui qui t'a ramené à la maison la nuit où tu as fait le mur.

— J'ai souvent fait le mur. Et on ne m'a ramené à la maison qu'une seule fois.

Il avala une bouchée, puis lécha les quelques gouttes de sauce qui avaient coulé le long de sa main.

— Y a rien à raconter.

— Ce n'est pas ce que dit Rob, indiqua Mace en volant une des carottes marinées aux épices d'Ivo.

— Rob devrait se mêler de ses affaires, répondit le jeune tatoueur.

Il attendit de voir la réaction de son frère quand celui-ci réaliserait que la carotte avait été recouverte de piment habanero à son insu. Une seconde à peine plus tard, Mace se précipita sur sa boisson.

— Ça t'apprendra à venir fouiner dans ma vie.

— Comme c'est une de mes activités favorites et que je n'arrêterai jamais, je te conseille de me dire ce qui se passe ou je vais partir traquer ce flic.

Son frère inspira profondément à plusieurs reprises afin de calmer le feu qui dévastait sa bouche.

— L'inspecteur Ruan Nicholls. J'ai sa carte, tu te rappelles ? Rob dit que le gars t'a fait du mal, qu'il ne voulait pas qu'on le voie en ta présence si tu portais des talons. C'est vrai ?

— Est-ce que tu me croirais si je te disais que ton petit ami ment ?

— Pas vraiment. Rob non seulement t'aime bien, mais il te respecte. Il n'a aucune raison de mentir à ton sujet.

Mace tenta sa chance avec une nouvelle carotte, qu'il examina avant de la fourrer dans sa bouche.

— Est-ce que je dois aller lui péter les jambes ?

Ivo soupira. C'était la raison pour laquelle il ne s'était jamais senti assez à l'aise pour ramener un gars à la maison. Il était sorti avec de nombreux hommes. À chaque fois, il s'était demandé s'ils resteraient assez longtemps pour que sa famille ait une chance de s'attacher à eux, mais, pour une raison ou une autre, toutes ses relations avaient vite pris fin. Il n'avait pas été prêt à présenter Ruan à sa famille, mais le pot aux roses avait été découvert. Non seulement il était en feu, mais ses frères s'agitaient en tout sens pour l'éteindre.

Il pouvait parler à Mace. Il avait en lui une confiance totale. Il lui avait avoué de nombreux secrets qu'il n'avait jamais pu dire à Gus ou à Bear, car ils auraient voulu porter sa douleur à sa place, et il n'avait jamais voulu en parler à Luke de peur que son frère, aussi silencieux que dangereux, ne veuille régler le problème lui-même.

Même quand rien ne pouvait être réglé.

— Je l'aime bien. Ruan, je veux dire, murmura Ivo. Je ne sais pas pourquoi, mais je suis calme en sa présence. La cacophonie de ma vie disparaît quand il est à mes côtés. Il est loin d'être parfait. Il a ses propres problèmes, mais j'ai eu l'impression que je pouvais respirer avec lui.

— Jusqu'à hier ? demanda Mace, les coudes posés sur la table, sa nourriture oubliée pour un moment.

— Tu veux savoir ce qui m'a gonflé hier ? Ce n'était pas qu'il ait eu du mal à accepter mes talons. C'était parce que j'étais sur le point de répondre : "Oui, pas de problèmes, je vais mettre mes baskets."

Ivo cligna des yeux, surpris par les larmes qui en jaillirent.

— Juste pendant un moment, j'ai eu la tentation de m'oublier, comme si m'assurer que Ruan était à l'aise était plus important que mon identité. Je déteste le fait que je puisse réagir comme ça. C'est ce qui m'a le plus gonflé.

— Je comprends sa position. *Vraiment.* Je sais à quel point on t'a maltraité, Mace, quand tu as été placé dans ta première famille d'accueil. Et je ne crois pas qu'être gay quand on est flic soit plus facile. C'est peut-être même pire. Sûrement ? J'en sais rien, continua-t-il, tout en retirant un morceau de porc qui dépassait de son burrito. Je lui ai dit de venir me parler quand il saurait pourquoi il a pensé que c'était acceptable de me demander de changer de chaussures. Mais, en réalité, j'ai surtout besoin de temps pour clarifier la situation dans ma tête. Nous savons, toi et moi, que les gens ne débarquent pas dans nos vies en étant parfaits. Si ça avait été le cas, notre famille aurait été bien plus calme et il y aurait eu bien moins de disputes.

— Tu as tout à fait raison, répondit Mace d'une voix profonde.

Il adressa un large sourire à Ivo.

— Nous avons eu de vrais combats épiques.

— Vous m'avez montré qu'il était possible de se disputer et qu'il n'y avait pas de problème tant qu'on avait la volonté de trouver une solution, dit Ivo en souriant à son tour. Je dois lui donner une chance de s'améliorer, tout comme vous me l'avez donnée. Et je veux maintenant que tu m'écoutes avec attention, entendu ? Car j'ai besoin que tu m'entendes, Mace.

— Bien sûr, acquiesça son frère. Tout ce que tu veux, Ivo.

— J'ai besoin que vous me fassiez confiance. Si les choses deviennent trop difficiles à gérer, je viendrai vous demander de l'aide. Je ne crois pas que j'en aurai besoin avec Ruan, mais rien n'est certain.

Le futur était toujours imprévisible. Ivo le savait. Cela faisait des mois qu'il se sentait bien, mais parfois les ténèbres s'emparaient de nouveau de lui et il se retrouvait à regarder le ciel depuis le fond du trou.

— J'en ai déjà fait la promesse à Bear. C'est·maintenant ton tour : je ne serai pas retourné comme une crêpe par cette histoire. Tu n'as donc aucune raison de t'inquiéter. Je ne vais pas me faire du mal. Mais si je trébuche, je te le dirai, OK ?

— Tu as intérêt à tenir ta promesse.

Mace détourna son regard pendant un moment, mais Ivo le connaissait assez bien pour voir que son frère avait lui aussi besoin de reprendre sa respiration. Mace hocha de nouveau la tête, puis attrapa le poignet d'Ivo avant de dire :

— Parce que nous ne pouvons pas – *je* ne peux pas – te perdre à nouveau. Et si ce gars doit rester dans ta vie, tu vas devoir lui dire ce qui t'est arrivé, car tu as beau être fort et en bonne santé, nous savons tous les deux que ça peut revenir. Et s'il parvient à accepter cette situation, il devra être présent pour toi quand tu as en auras besoin. Parce que s'il se défile au mauvais moment, tu peux être certain que nous lui ferons sa fête.

# XI

LES LUNDIS matins étaient assez difficiles sans qu'il ait à s'occuper d'une légère gueule de bois ou qu'il doive éviter une quasi-noyade en sortant du garage durant une averse diluvienne, mais Ivo avait malheureusement tiré la paille la plus courte. Comme Missy avait attrapé la grippe, c'était lui qui avait été désigné pour assurer l'ouverture de la boutique. Toutefois, il aimait commencer tôt le matin. Cela voulait dire qu'il pouvait préparer son café aussi fort qu'il le désirait et mettre la musique à fond pendant qu'il terminait de nettoyer le salon.

415 Ink était comme une seconde maison. Il avait fait son travail scolaire dans le bureau de l'arrière-boutique et avait appris le métier dans les cabines en travaillant avec des hommes et des femmes qui avaient passé leur vie entière à tatouer. Au fond, 415 Ink était autant son bébé qu'il était celui de Bear, et il était très protecteur envers ceux qui travaillaient avec lui et les clients qui venaient le voir pour que leur âme soit dessinée à même leur corps.

— Ah, s'exclama-t-il, tout en se délectant du calme qui l'entourait, qu'est-ce que c'est cool d'être ici tout seul.

Alors qu'il était en train de réapprovisionner les serviettes en papier, il trébucha, son talon s'accrochant à une aspérité qui se trouvait dans le sol en ciment. C'était idiot, car il savait très bien qu'elle était là. Chaque semaine, il se faisait avoir au moins une fois par jour, mais d'habitude, c'étaient ses baskets qui butaient contre la bosse. Cette fois-ci, Ivo ne parvint pas à garder son équilibre. Il fut certainement sauvé par sa longue expérience des talons, mais les murs solides des cabines que Bear avait construits il y a quelques années jouèrent à n'en pas douter un rôle essentiel en empêchant qu'il ne s'étale par terre.

— Bon sang, il vaut mieux que je change de chaussures avant que je ne me tue, grommela-t-il. Avec ma veine, Bear serait bien capable de débarquer avant que je n'aie eu le temps de mettre mes baskets.

Il sortit ses Converses de son casier et boitilla jusqu'au canapé près de l'entrée, tout en essayant de ne pas penser à Ruan et à ce qui était arrivé la dernière fois qu'il avait porté ces chaussures. Sa cheville lui faisait un peu mal, mais tout irait pour le mieux s'il évitait de trop l'utiliser pendant une ou deux heures. Il jeta les Converses sur le sofa afin de pouvoir s'asseoir et les mettre tranquillement. Ce fut alors qu'on frappa à la porte d'entrée du salon.

C'était le policier.

Son policier. Après qu'Ivo eut passé le week-end sans avoir une seule nouvelle du bel inspecteur, voilà que Nicholls était venu le voir en personne.

Ivo fut tellement surpris de le découvrir sur le seuil de sa boutique qu'il en oublia sa cheville douloureuse. Mal à l'aise, il ne sut pas quoi faire. Mais très vite, l'excitation se répandit en lui comme une décharge électrique.

Ruan ne s'était pas rasé depuis quelques jours. La pluie avait mouillé ses cheveux bruns foncés, les rendant presque noirs. Il portait un caban au-dessus d'une chemise gris sombre. Le col de son manteau avait été relevé pour protéger sa nuque du vent glacial, et ses jeans étaient sombres là où le tissu avait absorbé un peu d'eau. Ivo ne pouvait pas voir ses pieds, mais il imagina que le flic portait la même paire de santiags que les fois précédentes. Ses yeux vert-gris étaient orageux, aussi durs que le fer, et sa bouche ne souriait pas. Sa mâchoire se contracta quand son regard rencontra celui d'Ivo. Il frappa à la porte une nouvelle fois.

— Ouvre, grogna-t-il en montrant la poignée. Je veux te parler.

— La boutique n'ouvre pas avant midi. Si tu veux prendre un rendez-vous, appelle et laisse un message sur le répondeur. Quelqu'un te rappellera dès que possible, répondit Ivo.

Il fit exprès de marcher lentement jusqu'à la porte et de s'assurer que l'on entendait bien le bruit de ses talons sur le sol.

— Je ne sais pas à quoi ressemble l'emploi du temps de mes collègues, mais le mien est complet. Il va donc falloir que tu te trouves quelqu'un d'autre.

— Je ne veux pas de quelqu'un d'autre. Je te veux, *toi*, lança Ruan d'une voix rageuse de l'autre côté de la vitre, avant de regarder les pieds d'Ivo. Et dis-moi, comment se fait-il que tu sois obsédé par ces chaussures ?

— Je n'ouvrirai pas si c'est pour que tu me hurles dessus.

Ivo se pencha pour crier dans l'espace qui séparait la porte de son montant.

— Tu as l'air d'être énervé. Je n'ouvre pas la porte à ceux qui sont de cette humeur.

— Non, je ne le suis pas.

Ruan se mit à frissonner et referma les pans de son manteau.

— Je voulais te voir avant d'aller au boulot.

— Dans ce cas, arrête d'utiliser ta voix de flic, l'avertit-il, avant de déverrouiller la serrure et de laisser entrer Ruan. Et ne me prends pas la tête. Faut que je prépare la boutique et j'ai une longue séance dans deux heures. Je dois pouvoir rester concentré.

Ruan sembla vouloir répondre, mais comprit que ce ne serait pas dans son intérêt. Son attitude était difficile à lire. Il était aussi fermé qu'une huître. Il n'était pas venu seulement avec sa voix de flic. Son visage et sa manière de marcher reflétaient son autorité ; il n'avait pas besoin d'un badge. L'homme avec qui Ivo avait partagé un repas n'était plus qu'un souvenir lointain, mais quand ce dernier fit davantage attention, il remarqua que le regard de Ruan était contrit.

— Je suis désolé.

Ces mots ne sortirent pas facilement. La fierté de Ruan était tenace. Ivo n'avait pas besoin d'être télépathe pour reconnaître la lutte qui se jouait en l'inspecteur.

— Ce n'est pas facile. Je savais que tu serais ici, mais je n'étais pas sûr que je serais le bienvenu.

— Laisse-moi deviner... Tu nous as appelés durant le week-end pour connaître mon emploi du temps, dit Ivo d'une voix traînante, tout en fermant la porte derrière Ruan. Rappelle-moi de remonter les bretelles à ceux qui t'ont donné cette information.

— Sois gentil avec tes employés.

Les doigts de Ruan caressèrent la cuisse d'Ivo quand il passa devant lui. Ce dernier sentit comme une décharge électrique le parcourir.

— Je suis venu dimanche matin... et il se pourrait que j'aie montré mon badge. Peut-être que j'ai aussi laissé entendre que j'avais besoin de te parler, mais que je n'avais pas envie que tu saches que je viendrais.

— Je vais les baffer, répondit Ivo, amusé malgré lui. Ils sont censés prendre ton nom et ton numéro. On ne partage pas les emplois du temps des collègues, même si le gars a un badge. On ne sait jamais ce qui pourrait arriver.

— Eh bien, vu que j'ai parlé à ton frère Mace, tu aurais intérêt à prendre quelques kilos de plus si tu veux le baffer.

— Oh le con, murmura-t-il, avant de repartir en direction du canapé. Et sache que je peux avoir le dessus sur lui. Il a beau être fort et rapide, je suis extrêmement futé et impitoyable. Si tu veux me parler, fais-le donc pendant que je travaille.

Ruan arpenta le magasin. Les baskets posées sur le sofa l'attiraient comme un aimant. Il jeta un regard rapide aux pieds d'Ivo et son air renfrogné se transforma en grimace. Il secoua la tête, puis avança lentement entre le canapé et la table basse. Mais avant de s'asseoir, il hésita.

— Est-ce que ça peut supporter mon poids ? demanda-t-il en montrant la table.

— Écoute, huit clientes éméchées ont dansé dessus. Je pense que ça peut supporter ton petit cul.

La cheville d'Ivo n'était plus aussi douloureuse, mais il n'allait pas tenter sa chance, d'autant plus que la pluie avait rendu le sol glissant et qu'il avait déjà appris cette leçon des années auparavant. Il s'installa sur le canapé, enleva un de ses talons et se pencha pour attraper ses autres chaussures.

— Pourquoi est-ce que tu es venu ?

— Je voulais discuter de ce qui s'est passé l'autre jour, ou du moins commencer à en discuter, confessa Ruan d'une voix douce.

Il s'était assis sur le bord de la table, les coudes posés sur ses cuisses et les mains jointes entre ses genoux légèrement écartés. Son odeur était trop plaisante pour qu'Ivo fût à l'aise. Celui-ci était souvent troublé par ce qui l'entourait et, afin de calmer l'énergie frénétique qui s'emmagasinait en lui, il avait mis en place quelques rituels. L'odeur des agrumes en faisait partie et constituait l'une de ses faiblesses. L'inspecteur sentait le zeste de citron et l'orage.

— Je t'écoute.

Il regrettait un peu d'avoir ramené à la maison ses baskets noires et d'être venu ici avec les rouges, car il avait oublié d'échanger leurs lacets. Il dut travailler dur pour défaire un nœud à l'une des extrémités.

— J'ai du travail à faire et je n'ai pas bu assez de café.

— Est-ce que tu veux que j'aille t'en chercher ? proposa Ruan.

— Non, car peu importe ce que tu vas me dire, tu ne vas pas rester longtemps une fois que tu as auras terminé, répondit Ivo, sur un ton adouci. J'ai besoin de temps pour réfléchir.

— Je comprends, dit l'inspecteur en inclinant sa tête.

Ivo fut agréablement surpris de constater que Ruan s'était mis à le regarder droit dans les yeux. Il poursuivit, sans détourner le regard une seule fois :

— Je vais commencer par présenter mes excuses, mais c'est parce que j'aurais dû m'arrêter et réfléchir à ce que j'étais sur le point de dire. La raison pour laquelle j'ai fait cette réflexion reste valide. Je vais te demander de m'écouter simplement, afin que je puisse t'expliquer ma position.

— Continue, je t'en prie.

Ivo s'installa confortablement sur le canapé. Il posa ses pieds nus sur le tapis qui se trouvait sous la table basse. Il avait déjà oublié qu'il devait mettre ses chaussures.

— Est-ce que je vais *vraiment* avoir besoin de ce café ?

— Ce ne serait pas une mauvaise idée, répliqua Ruan, tout en attrapant l'une des Converses d'Ivo. Mets-les pendant que je vais te chercher une tasse de café. J'imagine que la cafetière est déjà allumée. Je peux sentir l'odeur d'ici.

— Oui, ajoute du lait et deux sucres, s'il te plaît, répondit Ivo, son attention de nouveau sur le nœud. Tu peux utiliser n'importe quel mug, sauf le biberon. C'est celui de Chris, et il ne supporte pas qu'on touche à ses affaires. C'est le gamin de quatre ans le plus dangereux du quartier. Tu n'as pas envie de le mettre en colère.

— C'est noté, dit Ruan avec un sourire. À tout de suite.


CE CAFÉ était parfait. La douce sensation crémeuse du liquide chaud dans sa gorge faillit faire gémir Ivo. Ruan, pour sa part, semblait le prendre sans sucre ni lait, une information que le jeune tatoueur nota, au cas où elle serait utile plus tard. Il n'avait jamais prêté attention aux préférences d'un autre homme en la matière. Pour cela, il aurait dû s'imaginer en train de se réveiller à côté de lui le matin, de lui préparer un café à emporter pendant qu'il mangeait sur le pouce un burrito pour son petit déjeuner avant d'aller au boulot. C'était un fantasme de bonheur domestique trop sirupeux pour qu'Ivo s'autorise à l'entretenir. Ceci dit, il se pencha pour renifler le mug de Ruan, afin de deviner s'il avait ajouté du sucre.

— Qu'est-ce que tu fais ?

Ruan recula avant de rapprocher la tasse de son nez.

— Ça ne sent rien de particulier.

— Je me demandais si ton café était sucré, dit-il en levant son propre mug, comme pour le saluer. Tout dépend de mon humeur, mais c'est en général comme ça que je le préfère.

— Je note. Tu as les mêmes goûts que ma partenaire, Maite. Mais elle fait pire : il y a des jours où elle y verse la moitié d'une vache et cinq kilos de sucre.

Ruan but une gorgée, prenant le temps de savourer le liquide serré.

— Celui-ci est bien mieux que le jus de chaussette que nous avons au commissariat.

— Je le fais venir d'une plantation familiale de Puna à Hawaï. Je voulais quelque chose de spécial aujourd'hui. Parfois, les lundis, ça craint, dit Ivo, les deux mains autour de sa tasse. Merci d'être allé me chercher mon café. Maintenant que j'ai mis mes chaussures, je t'écoute.

— T'es du genre à arracher le pansement direct, n'est-ce pas ?

Ivo nota l'amertume dans le rire de l'inspecteur, mais n'en fut pas dérangé outre mesure. Même quand ses frères s'efforçaient d'être honnêtes, leur fierté les retenait souvent. Il ne s'attendait pas à ce que Ruan soit différent.

— OK, allons-y.

— Tu as toute mon attention.

Ivo posa ses pieds sur le bord de la table basse afin d'être plus confortable.

— Par où est-ce que tu veux commencer ? demanda-t-il.

— Je crois que je peux seulement te dire ce que j'ai ressenti l'autre jour. Je vais m'efforcer d'être le plus honnête possible : je ne comprends pas cette histoire de talons.

La voix de Ruan se brisa. Le masque d'intransigeance et de froideur qu'il portait se fissura pour laisser entrevoir un peu de son humanité.

— Ne penses-tu pas que tu devrais comprendre ? demanda Ivo.

Quand celui-ci remarqua qu'il retenait son souffle, il se força à se détendre.

— Un peu, bien sûr. Pas parce que je les accepterais plus facilement si je comprenais, mais parce que ça a une signification particulière pour toi, murmura Ruan. Mais là n'est pas le propos. On discutera plus tard de la raison pour laquelle tu aimes tant ces talons. Aujourd'hui, concentrons-nous plutôt sur ma réaction. Quand je t'ai quitté et que je suis rentré à la maison, j'ai eu l'occasion d'en discuter avec Cranson, le propriétaire du bâtiment dans lequel je vis…

— Le vieillard qui m'a sifflé quand je suis venu te voir la dernière fois ? Il a rigolé quand je lui ai dit d'aller se faire voir.

— Oui, c'est lui. Il vient vraiment d'une autre époque. Il est bien plus rouillé que je ne le suis. Si ça peut excuser son comportement, sache qu'il t'a trouvé très sexy, dit Ruan avec un demi-sourire. Il a beaucoup de choses à dire, mais la plupart du temps, ça ne manque pas de sagesse.

— Et cette fois-ci ? demanda Ivo avec prudence.

Il sentait qu'il devait aborder cette conversation comme s'il marchait sur de la glace.

Ils se trouvaient tous les deux en terre inconnue, perdus au milieu d'une tempête qu'ils avaient créée. Ils cherchaient maintenant un endroit où s'abriter. Si leur relation avait été plus avancée, Ivo imaginait qu'ils auraient pu compter l'un sur l'autre, mais ce qui les liait était bien trop ténu, trop fragile pour que le vent du désaccord ne les sépare pas. Il ne devait pas oublier que c'était Ruan qui était responsable de ce vent violent. C'étaient ses pensées, ses mots qui les avaient mis dans cette situation.

Pour la première fois de sa vie, Ivo comprit ce qu'avait dû éprouver Bear en les élevant. Il n'y avait aucun moyen d'obtenir une explication quand la personne concernée ignorait la raison pour laquelle elle avait agi ainsi. Il devait se montrer patient et attendre que Ruan ait terminé de faire le tri dans ses émotions, mais il avait l'impression qu'il attendait que le couperet tombe, se préparant à la douleur fulgurante et au sang qui suivraient.

— Cranson me ressemble beaucoup d'une certaine manière. Ou plutôt, quand je le regarde, je vois comment je pourrais finir si je ne change pas. Il m'a fait voir des aspects de ma vie auxquels je n'avais jamais pensé et il m'a laissé avec une série de questions auxquelles je dois trouver une réponse. Des questions qui nous concernent, toi et moi.

Il haussa ses épaules.

— Mais, principalement, je dois découvrir ce que je veux faire de ma vie et qui je veux comme compagnon de route.

— Et est-ce que tu sais où chercher ?

Ivo prit une nouvelle gorgée, tout en regardant avec attention l'homme qui se trouvait en face de lui.

— Et soyons clairs, ajouta-t-il, peu importe ce qui arrivera entre nous, je demanderai au juge la garde partagée de ton chat. T'as intérêt à ne pas l'oublier.

Ivo le fit rire comme il l'espérait – un petit rire, mais c'était suffisant pour dissiper quelques ombres autour de Ruan. Celui-ci se détendit un peu. La tension dans ses mains diminua et il plia ses doigts à plusieurs reprises. Il garda ses yeux au sol.

— Faut dire qu'il ferait tout pour des câlins. Tu n'auras aucun mal à l'amadouer, admit Ruan. Il a été d'une excellente compagnie ce week-end, vu que j'ai passé beaucoup de temps à penser à toi et à chercher les mots pour expliquer à quel point je suis terrifié par tout ça. Je ne fréquente pas beaucoup de gens en dehors de mes collègues policiers. Je suis allé dans des clubs et j'ai parfois ramené un amant chez moi, mais c'était il y a longtemps. Je cherche encore à comprendre ce qu'être gay veut dire et comment ça s'applique à moi. Quand je vois à quel point tu es à l'aise avec tout ça, je mesure le chemin qu'il me reste à parcourir... Tu fais des choses qui me foutent les chocottes, murmura-t-il, faisant tourner la tasse dans ses larges mains et regardant les profondeurs du liquide noir comme si elles contenaient les réponses à toutes les questions de l'univers. Je n'ai jamais tenu la main, et encore moins embrassé un autre homme en public, de peur que l'on nous voie. J'ai été incapable de dire à ma grand-mère que j'étais gay. Je le regrette parfois, car elle est morte sans savoir qui j'étais.

— Est-ce qu'elle aurait été d'accord avec ça ?

Ivo posa sa tasse, puis se rapprocha de Ruan jusqu'à ce que leurs genoux se touchent.

— Et ta mère ?

— Ma grand-mère était une catholique très pratiquante. Je pense que je l'aurais déçue. Elle était comme ça. Ma mère ? Elle passe sa vie à chercher quelque chose qu'elle ne trouvera jamais, parce qu'elle pense que quelqu'un d'autre finira par remplir le vide qu'elle a en elle.

Ruan caressa la joue d'Ivo, puis suivit la ligne de sa mâchoire.

— Je crois que j'ai toujours eu peur de lui ressembler. Je suis du genre à prendre la fuite plutôt que de me regarder dans le miroir. Puis... voilà que tu débarques soudainement dans ma vie, et bam ! Je me prends le mur. Je dois choisir entre mon petit confort et un homme qui m'intrigue et me met au défi de changer.

— Je ne vais pas arrêter de porter des talons. Il y a même des jours où je mettrai des jupes. Et sache que, parfois, je porterai des chaussures de randonnées avec mes jupes.

Ivo brisa la tension entre eux aussi doucement qu'il put.

— Il faut que tu te demandes si tu vas pouvoir être avec moi en public comme ça. Je ne peux pas changer ni ne le devrais. De la même manière que tu ne peux pas me changer. Je ne dis pas que nous ne pouvons pas devenir de meilleures personnes, mais ça n'arrivera pas si nous étouffons qui nous sommes pour quelqu'un d'autre.

— Je le sais, murmura Ruan.

L'angoisse dans sa voix brisa le cœur d'Ivo. Incapable de s'en empêcher, il posa sa main sur le bras de Ruan et serra les muscles qui s'y trouvaient. L'inspecteur releva – enfin – la tête, et Ivo vit ce qu'il ressentait dans son âme être reflété dans le regard ému de Ruan.

— Je sais aussi que j'ai besoin de toi dans ma vie, car j'ai besoin de changer. Et même si j'adore Cranson, il ne devrait pas être le seul gay que je connaisse. Du coup, est-ce que ça te dit d'aider un flic à régler certains problèmes qu'il a depuis longtemps ? Même si c'est juste pour obtenir la garde alternée de son chat ? Il faut que je m'améliore. Et je sais que je dois le faire pour moi-même, mais je veux que tu sois à mes côtés pendant que j'essaye.

# XII

RUAN NE s'était pas attendu à ce qu'Ivo l'embrasse, mais la chaleur moite de sa bouche le revigora, comme une pluie légère sauvant son âme asséchée. Son esprit s'empressa de retenir tous les détails. Il savoura le goût qu'avait le jeune tatoueur, ainsi que la douceur de sa peau quand il lui caressa le visage.

Leurs corps se trouvaient dans une position inconfortable ; la douleur dans ses épaules et ses genoux sourdait sous la joie sensuelle qu'il éprouvait. Bouger revenait à courir le risque de briser le contact, mais Ruan devait tenter le coup.

Il le fit avec maladresse – son pied se prit dans un des talons qui gisaient au sol. Il le repoussa aussitôt et murmura des excuses rapides avant d'attirer Ivo à lui. Leur baiser ralentit. Ruan alla jusqu'à mordiller les lèvres de son amant afin de l'exciter. Il sentit le cœur de ce dernier battre la chamade.

Il aurait voulu lui dire – et lui faire – beaucoup de choses, mais le temps leur manquait et ils devaient aller doucement. Il désirait ardemment déshabiller Ivo et le coucher sur un lit, même si ce n'était que pour admirer la beauté de son corps. Il s'arrêta juste avant de caresser les fesses du jeune tatoueur.

Ses doigts touchèrent un morceau de peau chaude là où le jean d'Ivo était déchiré. Un des fils blancs céda quand son pouce poursuivit son exploration. Il pouvait sentir le soulagement se répandre en lui après un long week-end passé à douter et à déprimer en compagnie d'un vieillard qui partageait sa vision triste de la vie.

Avant Ivo, il n'avait jamais embrassé un homme sur un quai de la ville. Et il avait beau essayer, Ruan ne parvenait pas à se souvenir de la dernière fois qu'il avait embrassé quelqu'un, ni même de l'identité de cette personne. La bouche d'Ivo contre la sienne suffit à dissiper cette pensée fugace, ainsi que les souvenirs doux-amers de leur premier baiser.

— Je n'ai plus l'âge de me prendre pour un contorsionniste, murmura-t-il, après avoir repris sa respiration. Je… Tu as le goût de… Incroyable. Je

113

suis désolé. Je suis en train d'abuser… Je ne devrais pas… Je vais te laisser partir, car…

— Respire un bon coup, Nicholls. Puis ferme-la. Tu peux me relâcher. C'était censé être un petit baiser rapide pour te remonter le moral. C'est moi qui ai abusé, murmura Ivo, avant de mordiller la lèvre inférieure de Ruan. Tu gâches tout, tu sais. Toutes ces paroles. Il faut maintenant que je retourne travailler et que tu ailles sauver le monde. La prochaine fois que nous recommencerons, je crois qu'il serait préférable que tu ne portes pas ton arme. Ça fait bizarre quand je te pelote.

— C'est entendu.

Ruan expira longuement. Quand Ivo se détacha de lui, l'excitation céda sa place à la déception. L'air de la boutique était froid, ou du moins, ce fut l'impression qu'il en eut loin de la chaleur du corps de son amant. Il aurait voulu continuer, évidemment. Après tout, son sexe était bien plus dur que l'érection matinale qu'il avait quand il parvenait à obtenir plus de quatre heures de sommeil. Ivo s'éloigna de lui sans chanceler, ce qui donna envie à Ruan d'aller l'embrasser de nouveau. Il n'était pas normal qu'il fût le seul à ne pas bien tenir sur ses jambes.

— Je veux te voir. Ce soir. Pour sortir. Pour discuter un peu.

— Je ne sais pas encore, répondit-il, tout en se penchant pour réajuster une de ses baskets.

Ruan aperçut les yeux bleus d'Ivo à travers ses cheveux colorés qui tombaient devant son visage. Ce dernier lui jeta un rapide coup d'œil.

— Quoi ?

— Rien.

Ruan pouvait encore sentir la morsure des dents d'Ivo. Il s'allongea sur le canapé, se demandant comment il allait pouvoir suivre cet artiste plein d'énergie.

— Je te demande beaucoup, mais j'apprécie que tu m'aies embrassé. Ça n'aurait pas dû être si… passionné. Toi et moi devons établir des limites, car je ne sais pas où elles se trouvent parfois. Mais tout ça peut attendre que tu sois prêt à en discuter…

— En fait, non. Te dire que je ne sais pas encore, c'est stupide, car je sais. Je l'ai su dès que tu es entré dans le salon.

Une certaine intensité s'attardait encore dans les beaux yeux d'Ivo. Ruan était convaincu que ce visage, capable de briser le cœur de n'importe qui, avait appartenu jadis à Lucifer.

— Pourquoi jouer au chat et à la souris ? poursuivit Ivo. Je me comporte comme une merde. Si les gens aiment jouer à ce type de jeu, je refuse que ça soit notre cas. OK, on se voit ce soir, du coup. À quelle heure ?

— Je ne sais pas encore. Certainement, tard.

Perturbé, Ruan eut du mal à se lever du canapé avec sa dignité intacte. Son manteau s'était enroulé autour de ses genoux et les gouttes d'eau dans ses cheveux avaient coulé le long de sa nuque.

— Arrête de bouger, dit-il. Laisse-moi réfléchir un moment. Tu embrasses comme Spot mange.

— Il s'est barré avec une crevette la dernière fois.

— Oui, eh bien, tu as dû faire la même chose avec mon cerveau, car j'ai du mal à réfléchir, rétorqua Ruan. On se retrouve à sept heures ? Je t'appelle si j'ai du retard. Tout va dépendre de notre capacité à clôturer l'enquête. En général, avec Maite, nous sommes une équipe de choc, mais sait-on jamais.

— Maite ? Ta partenaire ?

Ivo termina d'ajuster ses chaussures et se releva. Ruan n'était pas de petite taille, mais même avec des baskets, Ivo semblait le surplomber, même s'il n'avait que quelques centimètres de plus.

— Elle est gentille ?

— Ouais. Jeune. Troisième génération de flics. Peut-être même quatrième.

Ruan parvint enfin à mettre de l'ordre dans ses habits. Il lissa son caban.

— Je connais sa famille depuis longtemps. Je l'aime bien. Elle fait certainement partie de mes meilleurs amis.

— Il faudra que je l'invite à déjeuner dans ce cas-là, déclara Ivo, un éclat malicieux dans le regard. Elle devrait pouvoir me raconter tes secrets.

— J'aimerais être celui qui te les dira plutôt qu'une femme avec qui j'ai passé cinq heures dans une voiture après qu'elle a avalé deux burritos aux haricots et au fromage.

Ruan leva ses mains en signe de paix quand Ivo le gronda du regard.

— Elle passe son temps à roter. Tu devrais entendre ça. Elle peut aussi réciter l'alphabet et chanter "Petit Papa Noël".

— Allez, oust, dehors. On se voit à dix-neuf heures. Attends, qu'est-ce que tu veux manger ? Mexicain ? Chinois ? Des pancakes ?

— Et si on décidait quand on se retrouve ?

Ruan réajusta l'étui de son arme et s'assura qu'elle était bien cachée sous son manteau.

— Si je décide maintenant, tu pourrais changer d'avis plus tard.

— Tant que tu es sur le menu, fit remarquer Ivo en ouvrant la porte à Ruan, je me fiche de ce que l'on mange. Bon, maintenant, va-t'en vite avant que je te déshabille. Oh, et une dernière chose : essaye de ne pas te faire tirer dessus. Il est hors de question que je mange mon dîner dans une cafétéria d'hôpital. Je suis du genre à tout manger, mais leur nourriture est vraiment dégueulasse.


— COMME SI c'était le moment d'attraper le tueur, ronchonna Ruan alors qu'il garait le véhicule sur sa place de parking derrière la maison.

La petite voiture de sport de Maite, recouverte de gouttes de pluie, luisait sous les lampadaires. Cette dernière grogna une réponse, sans que Ruan ne sache si elle en avait marre de ses sempiternelles plaintes ou si elle compatissait.

— Il fallait que ça tombe ce soir. On dirait que Dieu se moque de moi. Au moins, nous avons attrapé ce salaud, mais ça serait bien si les gens arrêtaient de s'entretuer.

— Ça ne me déplairait pas s'il y avait moins de meurtres. Tu sais le type de crimes que j'aimerais résoudre ?

Sa partenaire tendit le bras pour attraper sa veste en cuir, qu'elle avait jetée sur la banquette arrière.

— Je voudrais des effractions où quelqu'un rentre chez les gens pour faire leur lessive. Voire même passer l'aspirateur. Voilà le type de dossiers que je voudrais voir sur notre bureau.

— Depuis quand tu veux enquêter sur ta mère ? répondit-il. Tu veux monter et voir si j'ai quelque chose à manger dans le frigo ? Ou tu préfères rentrer chez toi ?

— Tu sais que je t'aime, mais il est minuit, et nous devons recommencer dans sept heures. Je vais rentrer chez moi, me verser un verre de vin et essayer de ne pas me noyer dans ma baignoire, parce que je suis épuisée.

Elle sortit de sa voiture, puis s'arrêta quand son regard se posa sur l'appartement de Ruan.

— Tu as oublié d'éteindre tes lumières, lui dit-elle.

— Je ne les ai pas allumées ce matin. Peut-être que Cranson est allé nourrir Spot. Ça lui arrive parfois, dit Ruan avec un petit rire. Il dit qu'il déteste le chat, mais très souvent quand je rentre chez moi, je trouve Spot endormi sur une pile d'herbe à chat et puant la sardine.

— Tu veux que j'attende que tu aies vérifié s'il y a un problème ? demanda-t-elle, la main déjà sur son arme. Je ne veux pas qu'il t'arrive une bricole.

— Tout ira bien. Il n'y a rien à voler, si ce n'est le chat, et ce n'est pas comme s'il était facile à embarquer. Descendre les escaliers avec lui dans les bras, c'est mission impossible. Donc aucun risque de ce côté-là.

Elle s'installa dans sa voiture. Quand elle alluma le moteur et commença à partir, il lui fit un signe de la main.

— À demain.

En quelques secondes, sa présence n'était plus qu'un souvenir. Ruan sentit la fatigue lui tomber soudainement dessus.

Le SMS qu'il avait envoyé à Ivo pour s'excuser avait été bref. Il lui avait promis qu'il se ferait pardonner le lendemain ou le jour d'après. La réponse n'était pas venue immédiatement et avait été un peu sèche, mais Ruan aurait très bien pu mal interpréter le ton. Il était difficile de savoir comment lire des mots sur un écran. D'autant plus que son humeur s'était immédiatement dégradée quand ils étaient entrés dans l'appartement de la victime.

Le meurtre avait été brutal. Il ne parvenait toujours pas à s'habituer à cette violence qui détruisait la vie d'autrui. Même la mort de ceux que la société considérait comme des rebuts l'affectait. Il comprenait à quel point il était impossible pour certains de se libérer du marasme dans lequel ils vivaient. Mais quand leur vie prenait soudainement fin, il se demandait s'ils auraient pu trouver une forme de salut, s'ils auraient pu s'élever au-dessus de la crasse.

Il n'avait pas menti en affirmant qu'il était las de ces meurtres. Il était déçu d'avoir manqué son dîner avec Ivo, mais ce n'était pas une tragédie. Il était flic, après tout – un flic chargé des homicides – et sa mission était d'agir et de parler au nom des morts. Et comme ces derniers ne semblaient pas respecter les horaires de bureau et que les meurtriers n'attendaient pas patiemment à côté du cadavre avec l'arme du crime dans les mains, la justice exigeait de ses enquêteurs de longues heures, mais aussi de nombreux sacrifices.

Ils avaient été victorieux ce soir-là. Ils avaient mis la main sur l'homme qui était entré par effraction dans la maison d'une vieille dame, l'avait surprise dans la cuisine, avant de la tuer en utilisant un des couteaux qu'il avait trouvés sur le comptoir. Il y avait eu de nombreux témoins et assez de preuves pour les mener jusque chez le meurtrier. L'arrestation s'était faite rapidement et sans débordement, mais la victime était toujours morte et cet homme, qui aurait pu faire des choix différents dans sa vie, était maintenant assis dans une petite cellule, en attendant de passer le reste de sa vie derrière les barreaux.

— À moins que le ministère public ne nous joue un mauvais tour, maugréa Ruan, en traversant la cour. L'odeur de cigare parvint jusqu'à lui. Il entendit Cranson tousser, presque entièrement caché dans l'obscurité. La porte-moustiquaire était maintenue entrouverte par une brique coincée entre l'encadrement et le battant. Il s'arrêta au début du chemin qui menait aux escaliers et appela le vieil homme.

— J'imagine que vous êtes allé nourrir le chat ? Les lumières sont allumées chez moi. Vous avez décidé de payer ma facture d'électricité ?

— Allez vous faire voir, murmura Cranson sans la moindre colère. Vous avez de la compagnie. Votre mignon aux longues jambes, celui qui est déjà venu une fois. Je lui ai donné ma clé. Assurez-vous qu'il me la rende.

— Et vous l'avez laissé entrer ?

Il n'existait qu'une personne aux jambes longues dans la vie de Ruan et il ne pouvait pas imaginer Ivo venir chez lui alors qu'il savait très bien que Ruan n'y serait pas. Fronçant les sourcils, ce dernier jeta un coup d'œil en direction de son appartement comme s'il pouvait voir à travers les murs. Cranson grogna quelque chose que Ruan interpréta comme un *oui* et son air se fit plus renfrogné encore.

— Ça fait combien de temps qu'il est là ?

— Deux heures. Peut-être trois.

Cranson alluma une allumette, avant de la placer devant l'extrémité de son cigare, qui s'était éteint. La lumière éclaira son visage, faisant briller les poils argentés de sa barbe hirsute.

— Il m'a tenu compagnie pendant une demi-heure. Peut-être davantage. Comme il m'a posé des questions sur mes tatouages, il a bien fallu que je lui réponde. Si j'étais à votre place et que j'avais une créature aussi jolie qui m'attend là-haut, je ne perdrais pas mon temps avec un vieux loup de mer. Je monterais l'escalier deux par deux pour profiter de ma nuit.

— Je vous ramènerai les clés, promit Ruan.

Il se demanda dans quelle situation il s'était mis quand il avait succombé à l'appel de cette sirène, son beau visage et sa personnalité compliquée.

— Et s'il me tue quand j'ouvre la porte, vous avez intérêt à prendre soin de mon chat.

— Ne rêvez pas, Nicholls. Je le refourguerai à cette femme rigolote qui vous sert de partenaire. Elle l'aime bien.

Il secoua l'allumette pour l'éteindre et fut de nouveau englouti par les ombres.

— Je vais rentrer dès que je finis cette bière. Ne faites pas trop de bruit surtout. Aucune envie d'entendre votre lit couiner pendant que j'essaye de dormir. Mais c'est vrai que vous n'êtes pas du genre à faire couiner un lit... Vous êtes pire qu'un moine.

— Il est minuit passé et ma journée a été longue. Je peux vous assurer que mon lit ne va pas couiner.

Il aurait souhaité que ce ne fût pas vrai, mais son corps était vidé de toute énergie et son cerveau douloureux à force d'avoir réfléchi.

— J'aurai beaucoup de chance si je parviens en haut de l'escalier.

Une marche funèbre sembla accompagner son ascension. Le bruit sourd de ses chaussures faisait écho aux battements fatigués de son cœur. Reposant son front contre sa porte d'entrée, Ruan prit quelques minutes pour faire le tri dans ses pensées, incertain de ce qu'il trouverait de l'autre côté. Il ignorait comment se comporter face à l'inattendu. Trouver Ivo chez lui était à la fois exaltant et effrayant. Devait-il y voir une violation de son intimité ? Cranson savait bien juger les caractères, et Ruan avait passé quelques minutes sur le canapé du salon de tatouage à tenir Ivo dans ses bras. Quand il tourna la poignée, il eut la sensation d'être un gamin de cinq ans qui s'attend à une énorme fête d'anniversaire organisée chez son dentiste...

Pour sûr, il y aurait un gâteau, mais il ne savait pas si on l'autoriserait à en manger.

Quand il pénétra à l'intérieur de son logement, Ruan fut accueilli par un spectacle qu'il n'aurait jamais cru possible. Mais en même temps, il n'avait jamais imaginé Ivo en train de lire des romans d'amour.

Le jeune tatoueur était confortablement installé sur le canapé modulable. Il avait même placé des coussins sous ses jambes. Spot était vautré sur lui, véritable tapis orange ronronnant aux yeux bridés. Comme les doigts d'Ivo le grattaient derrière les oreilles, le félin semblait afficher une mine ravie, voire un air suffisant. Quand la porte d'entrée s'ouvrit, Ivo releva la tête. Ses yeux étaient presque noirs sous l'ombre de ses longs cils, mais son visage était tout aussi joyeux que celui de Spot, et Ruan ne put s'empêcher de lui sourire en retour.

Il portait les mêmes jeans usés que le matin même, mais avait changé son t-shirt – celui-ci faisait la promotion d'un endroit de Los Angeles appelé Potter's Field et montrait un robot-jouet engagé dans un combat à mort avec Godzilla. Les pieds d'Ivo étaient nus, mais une paire de bottines en cuir noir avec des talons aiguilles et des semelles rouges, que Ruan connaissait bien, avait été posée près de l'entrée. Comme on pouvait s'y attendre, les doigts de pieds d'Ivo étaient vernis de noir.

Le plus surprenant était certainement l'odeur de pot-au-feu qui provenait de la cuisine – un ragoût de bœuf à l'arôme alléchant, dont Ruan savait qu'il n'avait pas les ingrédients quand il était parti au travail le matin même.

— Je pourrais t'arrêter pour effraction, lui dit-il en guise de salutation.

Ivo se mit à rire, tandis que son traître de chat demeurait sur les genoux de leur invité, son ronronnement assez fort pour être entendu à l'autre bout de la pièce.

— Dans les faits, ton proprio m'a laissé entrer. Vois donc avec lui.

— C'est déjà fait, répondit Ruan, qui ne se faisait pas assez confiance pour s'asseoir sur le canapé. Il m'a dit d'aller me faire voir, ou quelque chose dans le genre.

— Je l'aime bien. Il a des histoires assez cool. Et j'aimerais bien voir certains de ses tatouages à la lumière du jour, déclara Ivo, toujours confortablement installé sur le canapé et adressant à Ruan un sourire carnassier plein de promesses.

Ce dernier eut l'impression que son cœur allait se briser, car il était peu probable qu'il fût assez en forme pour faire autre chose que s'endormir aux pieds d'Ivo. Se sentant idiot, il se contenta de hocher la tête.

— Certaines des lignes sont effacées, mais l'encre est vieille, rien de synthétique. J'aimerais prendre des photos de ses tatouages et apprendre où il les a faits. Nous n'avons pas assez d'infos sur les tatouages du passé. Il serait une véritable mine d'or.

— On pourrait croire que tu es un professeur d'histoire.

Ruan se dirigea tranquillement vers la cuisine afin de jeter un coup d'œil au contenu du faitout. Il enleva le couvercle et inhala les effluves généreux du ragoût au bœuf et à la tomate.

— Eh bien, j'ai un master en histoire de l'art, indiqua Ivo pour compliquer davantage l'image que se faisait Ruan de lui. J'ai principalement étudié les tatouages et comment ils ont évolué depuis leur introduction dans l'art occidental. J'ai aussi beaucoup étudié la mythologie, car quand on tatoue, on finit presque par connaître tous les dieux et les créatures mythologiques.

— Donc tu n'es pas un ange qui vient livrer les repas du soir ? demanda Ruan, après avoir replacé le couvercle sur le faitout. T'es un homme très complexe et légèrement taré. Je ne sais pas quoi te dire à part merci pour la nourriture. Tu es la surprise incarnée.

— Oui, c'est ce que l'on me dit. Mais je n'aime pas qu'on me mette dans des cases, affirma Ivo en penchant légèrement la tête et en haussant les épaules. Je m'intéresse à tout ce qui pique mon intérêt et j'adore l'art. Savoir ce que les gens ont fait avant moi m'aide à être un meilleur artiste. Aucun intérêt à réinventer la roue quand on peut passer tout son temps à concevoir la voiture tout entière.

— Je ne crois pas que je resterai éveillé plus de dix minutes après avoir mangé, l'avertit Ruan. La journée a été épuisante et pas spécialement agréable.

— Je m'en doute.

Ivo retira le chat de ses genoux pour se lever. Après avoir glissé un marque-page entre les pages de son roman, Ivo lui dit :

— Et si on te nourrissait pour commencer ? Je suis venu, car je savais que ta journée avait été merdique et que tu n'avais rien mangé de sain, si tu avais mangé tout court. Du coup, ce soir, je t'ai apporté un ragoût de mon congélo. Tu peux discuter avec moi ou juste t'endormir. Dans tous les cas, je suis ici. Parfois, la seule façon de mettre un terme à une journée de merde, c'est de la terminer avec un ventre plein et quelqu'un qui apprécie ta compagnie.

# XIII

— JE SUIS incapable de bouger. Je crois que tu m'as cassé, grogna Ruan, s'étirant le plus possible jusqu'à ce qu'Ivo entende quelque chose craquer. Puis il laissa échapper un soupir de soulagement.

— Bon sang, qu'est-ce que tu m'as fait ?

— Je t'ai fait manger du pot-au-feu, répondit Ivo, amusé.

À l'aide de son pied nu, il éloigna son bol vide du bord de la table basse. Spot releva à peine la tête pendant que le bol s'éloignait lentement de lui. Il bougea un peu pour le suivre et fourra de nouveau sa tête à l'intérieur, dans l'espoir de trouver quelques restes alléchants.

— C'est le pain au levain qui a dû t'achever. Ça m'arrive à chaque fois. Surtout quand il est chaud et beurré.

Ivo était content d'avoir apporté une si grande quantité de ragoût. Il n'avait jamais dévalisé les réserves familiales auparavant, même si ses autres frères étaient coutumiers du fait. Comme ils avaient grandi avec un budget limité, ils avaient très tôt appris à être frugaux. Ils achetaient les dindes à bas prix pendant la période des fêtes et les gardaient dans le congélateur pendant des mois. Ils savaient qu'il était plus économique d'acheter des pièces de bœuf ou de porc chez le grossiste que de se les procurer au supermarché. Ils trouvaient leurs légumes congelés ou leurs larges pots de glace dans les entrepôts alimentaires qui approvisionnaient les restaurants. Mais ils avaient surtout appris à cuisiner en large quantité et à mettre des portions de côté pour plus tard. Cela leur permettait de manger ensemble dès qu'ils en avaient l'occasion, même quand ils n'avaient pas le temps de cuisiner.

Il avait demandé à Bear la permission de prendre le ragoût, se souvenant des nombreuses fois où il s'était rendu dans le garage pour récupérer un plat congelé et qu'il avait découvert qu'un de ses frères avait été plus rapide que lui. Comme chacun d'entre eux avait dorénavant sa propre maison, ce genre de situation se reproduisait moins souvent, mais il était vrai que Gus habitait non loin et, avec un enfant en bas âge, il venait souvent passer leurs réserves au crible, dans l'espoir de trouver de quoi préparer un repas que Chris accepterait de manger.

— Je croyais que tu m'avais dit que tu ne savais pas cuisiner, maugréa Ruan, la main sur son estomac.

Il avait mangé deux bols et presque la moitié du pain. Ses cheveux étaient toujours mouillés après la douche qu'Ivo lui avait fait prendre. À un moment du repas, alors qu'il était occupé à saucer le bol d'Ivo avec un morceau de pain, Ruan avait fini par s'appuyer contre l'épaule du jeune tatoueur.

— Et dire que je pensais manger un burrito congelé.

— Dans ce cas, tu aurais vraiment eu la dalle, car il n'y a rien dans ton frigo-congélo si ce n'est un sac de maïs à moitié vide et une banane.

Ivo changea de position afin d'être plus confortable et en profita pour passer son bras autour de Ruan. Quand il invita ce dernier à s'installer entre ses jambes, le policier hésita un bref moment. Mais son dos vint s'appuyer contre le torse d'Ivo.

Aucun des deux ne commenta à voix haute ce contact intime. On aurait plutôt dit qu'ils retenaient leur souffle pendant qu'ils observaient la réaction de l'autre et prétendaient qu'ils avaient fait cela des milliers de fois auparavant.

— Quoi que tu fasses, n'utilise jamais ce sac de maïs, admit Ruan, honteux. Je l'enveloppe dans une serviette de toilette et l'utilise quand le bas de mon dos me fait mal. Voilà pourquoi il y a du ruban adhésif tout autour.

Ivo se mit à rire en silence. Ruan avait posé sa main sur son ventre et le jeune tatoueur vint placer la sienne par-dessus. Tout en souriant largement, il joua avec les doigts du policier, suivant le contour des callosités que ce dernier avait entre son pouce et son index.

— J'ai bien fait de ne pas l'utiliser pour le ragoût dans ce cas.

— Hé ! Je ne sors jamais le maïs du sac. Il est toujours propre, protesta-t-il. Quand je m'assois sur le canapé, je le place contre mon dos. Voilà ce que c'est de vieillir. Des douleurs apparaissent là où il n'y avait rien auparavant. Mais comme je passe mes journées assis dans une voiture et que je ne marche pas beaucoup, ça ne me surprend guère. C'est l'inconvénient d'être inspecteur. Nous passons d'une chaise à l'autre. Puis, tout d'un coup, il faut courir après un coupable, tout en s'assurant que c'est bien la bonne personne.

— Être un tatoueur présente le même inconvénient, dit Ivo, qui frissonna quand Ruan entrelaça ses doigts. Je suis tellement concentré sur ce que je fais que je ne bouge pas, puis, deux heures après, quand mon client veut aller aux toilettes, je me retrouve avec les épaules et les jambes bloquées. Bear utilise un minuteur pour se rappeler qu'il doit se lever et s'étirer. Je devrais faire pareil, mais quand je suis pris par ce que je fais et que la personne ne bouge absolument pas, le temps passe trop vite. Je ne veux pas m'arrêter avant d'avoir fini.

— Je n'ai jamais réfléchi au quotidien d'un tatoueur, avoua Ruan, avant de pousser un grognement quand Spot sauta sur sa poitrine depuis la table basse, afin d'examiner leurs mains entrelacées. Tu vas me briser les côtes, si tu continues. Fichu chat ! Dis-moi ce que ça fait de tatouer quelqu'un.

— Ça dépend, en fait. La plupart du temps, les gens veulent quelque chose de petit, décidé sur le moment, ou quelque chose tiré d'un livre qu'ils aiment.

Ivo se mit à glousser quand Spot s'installa sur leurs doigts. Son postérieur était placé devant visage de Ruan et sa queue fouettait gentiment sa bouche. Ruan déplaça le chat pour le mettre sur ses jambes, puis il resserra sa main autour de celle d'Ivo et l'encouragea à poursuivre.

— Le mieux, c'est quand ils viennent me voir avec une idée particulière en tête et me demandent de la dessiner.

— Est-ce qu'ils viennent avec des exemples ou est-ce qu'ils te font confiance ?

— Ces tatouages-là sont comme les gens. Chacun d'entre eux est différent. Certains clients veulent un style particulier, mais d'autres viennent me voir parce qu'ils connaissent ma manière de tatouer et que c'est ce qu'ils veulent sur leur corps.

Ivo pensa au kelpie qu'il avait terminé dernièrement et au voyage qu'Heather avait fait pour le rencontrer.

— Ces tatouages ont une vraie histoire, souvent très intime. Tout tatouage devrait être un reflet de l'âme. Je crois que c'est l'avis de tous ceux qui travaillent au salon, ou en tout cas, c'est ce dont ils doivent être convaincus s'ils veulent bosser avec nous. Mais ces tatouages uniques, ceux qui m'émeuvent quand je les fais, sont comme une expérience spirituelle.

— Tout ça m'a l'air très intime, un peu comme aller à confesse, dit Ruan en se tournant un peu vers lui pour que leurs regards se rencontrent. Est-ce que tu aimes faire ces tatouages-là ? Pénétrer dans les pensées et les sentiments d'autrui ?

— Parfois. La plupart du temps, en fait, se corrigea Ivo. Il y a des moments où le plus dur, c'est de voir la personne se mettre à pleurer quand elle explique qu'elle est venue pour ne pas oublier quelqu'un ou quelque chose, mais certains clients sont incapables d'aller plus loin, une fois qu'ils ont vu le dessin. Ils s'en vont avant même de commencer, ou alors je fais le contour et je ne les revois jamais. Je trouve difficile d'accepter qu'il puisse y avoir quelque part un tatouage que je n'ai pas pu terminer. Dans chacun de ces cas, je considère qu'ils contiennent un morceau de ma propre âme. Évidemment, j'essaye de ne pas y penser, car je me retrouverais incapable de tatouer à nouveau. Il y a aussi des tatouages-fantômes qui m'obsèdent, ces histoires que je n'ai jamais tatouées, mais que j'aurais vraiment voulu dessiner sur une peau.

— Être flic, c'est pareil. Il y a des dossiers qu'on ne peut jamais abandonner, qui restent avec nous tout le temps.

Tout en hochant la tête, il fit glisser sa main libre sur la cuisse d'Ivo et la laissa là. Ce dernier vint entrelacer ses doigts aux siens.

— Je pense que nos deux métiers sont situés de chaque côté de ces événements tragiques, poursuivit Ruan. Le pile et face du chagrin. Je suis là pour ramasser les morceaux et toi, t'es là pour les recoller.

Être assis dans cette position, à parler simplement, était une expérience agréable. Ivo voulait connaître le quotidien de Ruan et il éprouvait une joie stupide en sachant qu'un simple ragoût avec du pain chaud beurré avait suffi à détendre le corps du policier. Parler du métier d'inspecteur allait certainement tout gâcher, mais Ivo sentait que c'était la meilleure chose à faire – Ruan avait certainement besoin d'une oreille compatissante. Il y avait eu des occasions où Ivo lui-même avait voulu désespérément qu'on l'écoute, qu'on l'épaule et qu'on lui dise que tout irait bien.

— Est-ce que ça t'énerve quand tu ne peux pas résoudre une enquête ? demanda-t-il d'une voix douce, ayant conscience qu'il s'aventurait sur un terrain délicat. Mon expérience est ridicule comparée à la tienne. Quand ces connards m'ont agressé la dernière fois, c'est le genre de choses qui t'arrive tous les jours, n'est-ce pas ? Comment ça se fait que ça ne t'affecte pas ?

— Ça ne me laisse pas indifférent. J'essaye de prendre une certaine distance, mais il y a des cas que je n'arriverai pas à oublier. Les horreurs que les gens font subir à leurs enfants ou à leurs grands-parents, murmura Ruan, les yeux plissés, voyant des scènes que lui seul pouvait voir. J'ai parfois l'impression d'être au milieu d'un champ de bataille où nous devons combattre une armée bien plus nombreuse que la nôtre. On se fait buter à chaque fois. On nous tire dessus quand on franchit une porte ; on doit

125

supporter les retombées médiatiques quand un flic véreux est démasqué. C'est dur de garder la tête haute parfois.

— Je hais les mauvais flics. Le pire, c'est que nous ne pouvons rien dire aux gens. Simplement que nous sommes désolés et que nous devons faire mieux. Peu importe tout le bien que nous faisons, il y a toujours un connard pour tout gâcher.

Il eut un rire sans joie et se laissa aller dans l'étreinte d'Ivo.

— Et puis, il y a ces enquêtes que je ne peux pas résoudre. Il y a ce gars que j'ai vu, un jour, pousser un caddie plein de cannettes vides et qu'on a retrouvé mort, poignardé, sans ses chaussures et son lourd manteau. Son souvenir ne me quitte pas. Dans d'autres cas, personne n'a rien vu ou ne veut parler, ce qui me gonfle énormément. C'est, par exemple, la mère qui refuse de me dire qui a battu son fils à mort ou la vieille femme qui meurt dans son appartement et dont on ne découvre le corps que deux semaines plus tard, quand elle aurait dû payer le loyer ou quand l'odeur devient difficile à ignorer.

— Est-ce que c'est ce qui est arrivé aujourd'hui ? voulut savoir Ivo, tout en passant ses bras autour du torse de Ruan.

Le chat poussa un petit grognement quand il étira son long corps. Sa patte arrière vint s'enfoncer dans l'entrejambe de Ruan, ce qui le fit grimacer.

— Est-ce que tu veux que je le décale ? demanda Ivo.

— Ne t'embête pas. Il reviendra exactement au même endroit si tu le pousses, déclara Ruan, avant de rire. Pour être honnête, s'il faut faire des comparaisons, aujourd'hui n'était pas une mauvaise journée. Un collègue m'a transmis des infos qui m'ont permis de clôturer l'enquête qu'on nous a refilée ce matin. Quand ça arrive, la journée est forcément bonne. On a raison quand on dit que les premières vingt-quatre heures sont capitales. Si on n'obtient aucune info avant la fin de la première journée, on peut être sûr qu'on va passer des plombes à interroger des gens ou à attendre les résultats des analyses. Le but, c'est de passer le plus rapidement possible au dossier suivant et de libérer les ressources pour qu'elles soient utilisées là où on en a le plus besoin. Aujourd'hui a donc été une journée correcte.

Ruan se mit à bâiller et dut lâcher la main d'Ivo pour recouvrir sa bouche. Il était tard, le matin finirait vite par arriver, mais aucun des deux ne semblait vouloir aller au lit. Le sommeil enveloppait déjà les pensées du jeune tatoueur, mais son cœur voulait rester éveillé pour toujours afin de profiter de la sensation de leurs corps chauds collés l'un à l'autre. Spot ronflait tranquillement et rêvait comme seuls rêvent les chats.

— Il est temps que tu ailles dormir, lança Ivo en essayant de masquer la tristesse qu'il éprouvait alors qu'il disait des mots qu'il ne voulait pas dire. J'imagine que tu travailles demain.

— Oui, malheureusement, admit Ruan.

Ses yeux verts se firent distants. Un moment plus tard, ses lèvres recouvrirent celles d'Ivo, une caresse qui laissa derrière elle un léger picotement.

— Je vais te demander quelque chose qui va te sembler peut-être ridicule, mais je ne veux pas que tu partes. Je ne te demande pas de coucher avec moi ou quoi que ce soit qui puisse te mettre mal à l'aise. Je comprendrai si tu préfères partir, mais est-ce que tu pourrais passer la nuit avec moi ? Simplement pour dormir. Je ne veux vraiment pas te laisser partir.


DEMANDER À Ivo de rester était certainement la décision la plus folle que Ruan ait prise depuis longtemps. Il ne savait pas ce qui lui était passé par la tête, ni ce dont il avait besoin, à part peut-être de tenir Ivo dans ses bras toute la nuit. Il était incapable de laisser s'échapper l'étoile filante qu'il avait réussi à attraper dans le ciel. Encore plus fou, Ivo avait dit *oui*. S'étaient ensuivies quelques minutes de bonheur domestique, où ils avaient mis de côté les restes de ragoût, avaient placé leurs bols dans le lave-vaisselle et avaient éteint les lumières du salon après avoir vérifié que la porte d'entrée était verrouillée.

Ils s'étaient embrassés après qu'Ivo eut terminé de se brosser les dents avec la nouvelle brosse à dents que Ruan avait achetée pour remplacer celle qu'il utilisait depuis des mois. Puis de nouveau après la douche d'Ivo, quand il était sorti de la salle de bain embuée, ne portant qu'un boxer que Ruan lui avait passé et un sweatshirt en coton avec le logo de la police de San Francisco. Cette tenue de nuit laissait entrevoir ses nombreux tatouages, mais au lieu de regarder cette peau dorée, Ruan avait dirigé son attention sur l'étoile qui se trouvait sur l'épaule du jeune homme et sur le lion flamboyant, entouré d'étincelles, qu'encadrait un vieux rouleau en parchemin sur lequel étaient écrits les mots « Fauteur de troubles. »

— Fauteur de troubles ?

Ruan avait envie d'embrasser la crinière enflammée du félin, mais il savait qu'il ne pouvait succomber à son désir. Ivo, cette nuit-là, était resté pour lui apporter un peu de réconfort, et même si Ruan le désirait, il avait besoin de bien plus pour satisfaire ses besoins. Il voulait connaître l'homme qui faisait face au monde en rugissant comme un lion et en portant des talons dangereusement hauts. Comme il l'avait appris plus tôt, les tatouages avaient habituellement une histoire. Il voulait connaître la signification de chacun des dessins qui recouvraient le corps d'Ivo.

— Pourquoi un lion ?

— C'est comme ça que Bear m'appelait quand il m'a recueilli. Son petit lion fauteur de troubles, précisa Ivo, avant de grimper sur le lit king-size pour tomber sur un énorme chat étiré sur toute sa longueur. J'étais un véritable petit monstre quand les services sociaux ont finalement accepté que je sois avec mes frères. Est-ce qu'on doit s'installer autour de Spot ou est-ce qu'il va finir par bouger ? Earl s'en va en général, mais c'est un chien. Si je bouge trop, il finit par se lever et trouver un autre lit où dormir.

— Il va bouger, mais il est possible qu'il revienne, grogna Ruan en essayant de pousser Spot vers l'extrémité du lit. Dis-moi ce que signifie cette étoile sur ton épaule.

— C'est une étoile nautique. Chacun d'entre nous a dessiné une des pointes. Quand on les connecte, on obtient 415 Ink.

Ivo attendit que Ruan ait terminé de tirer la couverture, puis se glissa dans le lit. La tête appuyée sur le coude, il regarda Ruan pendant que celui-ci préparait ses vêtements pour le lendemain et s'assurait que son arme était sécurisée.

— À l'origine, l'étoile nautique représentait l'étoile Polaire. On croyait qu'elle pouvait permettre au marin de rentrer chez lui. Voilà ce que ça signifie. C'est ce qu'on utilise pour retrouver le chemin de la maison quand on s'éloigne un peu trop. C'est la promesse qu'on ne sera jamais séparés trop longtemps.

Les seuls exemples de fraternité dont Ruan avait fait l'expérience se trouvaient tous dans la police, et il y avait des moments où ces relations étaient tendues, mises à l'épreuve par des mauvaises décisions de la hiérarchie et par des collègues à la moralité douteuse. Même si les policiers pouvaient êtres considérés comme des frères d'armes, Ivo décrivait un lien plus profond qui les unissait tous les cinq. Ils s'étaient retrouvés sur une mer déchaînée sans personne pour les guider, si ce n'était leur frère aîné, dont le rêve était de leur bâtir une maison. Cette étoile avait été dessinée maladroitement à certains endroits ; ses extrémités n'avaient pas toutes la même longueur. Mais elle scintillait sur la peau d'Ivo, un phare sombre sur une mer d'ivoire dorée.

Spot roula sur lui-même jusqu'à ce qu'il soit contre le jeune tatoueur et demeura les pattes en l'air dans l'espoir qu'il lui gratte le ventre. Ivo exauça son souhait, ébouriffant la fourrure épaisse le long de son estomac. Ruan n'avait pas envie d'éteindre les lumières, mais il était fatigué, et Ivo avait les yeux cernés. Quand il appuya sur l'interrupteur, l'obscurité les enveloppa aussitôt, mais un peu de lumière provenant de la rue s'insinua entre les rideaux, ce qui lui permit de retrouver le lit sans trop de difficulté.

Se mettre sous les couvertures à côté d'Ivo fut une expérience sublime. La chaleur de ce dernier avait réchauffé les draps. La sensation érotique de sa peau nue contre la sienne faillit rendre Ruan fou. Avec un rire silencieux, il l'attira à lui. Le chat n'apprécia pas ce changement de position. Comme il se retrouvait coincé entre les deux, Spot poussa un grognement avant de s'installer au niveau de leurs jambes. Avec le poids du félin pour les ancrer, ils s'installèrent confortablement dans la mer de coussins que Ruan gardait contre la tête de lit.

— À quelle heure est-ce que tu dois te réveiller demain ? demanda Ivo, son murmure comme une caresse sur le torse de l'inspecteur. Quand est-ce que la Vérité et la Justice doivent être au commissariat ?

— À huit heures au plus tard, répondit Ruan, amusé. Maite arrivera un peu plus tard, car elle a quelque chose à régler avec sa famille. Puis nous avons des interrogatoires prévus pour le reste de la journée. Et toi ?

— Je fais l'ouverture. Deux collègues sont absents et notre emploi du temps est rempli à ras bord.

Ivo se rapprocha davantage de Ruan, si bien que ses cheveux chatouillèrent le nez de ce dernier.

— Ça fait bizarre. Je n'ai jamais fait une soirée pyjama auparavant. Ou du moins, pas comme ça. Est-ce qu'il ne fallait pas que je te fasse d'abord une tresse ?

— Mes cheveux sont trop courts pour ça. En plus, j'ai peur que me vernir les ongles ne gâche un peu la réputation de méchant inspecteur que j'essaye d'avoir au boulot, répondit-il avec un large sourire. Ne parlons même pas de tes chaussures. Mes pieds sont bien plus gros que les tiens.

— Oh, je paierais pour voir ça, rigola Ivo. Il m'a fallu du temps pour apprendre à marcher avec ces talons. En plus, mes jambes sont trop longues. Je te jure, la première fois que j'ai essayé, on aurait dit un lama soûl qui faisait du patin à glace – un lama aveugle totalement bourré.

Ruan voulut poser la question le plus gentiment possible, mais il trouva son ton trop dur quand il demanda :

— Et quel âge avais-tu ?

Voilà qu'ils s'aventuraient sur un terrain instable, aussi privé et intime que les tatouages sur le corps d'Ivo. Ces talons avaient une histoire, une raison qui avait poussé un jeune homme à les mettre pour la première fois et à sortir dans la rue. Ruan voulait vraiment savoir. Il avait besoin de dépasser son désir immédiat pour le jeune tatoueur, de gratter sous la surface afin d'apprendre à le comprendre et d'expliquer qui il était.

— Je pense que j'avais douze ans.

Ivo se tourna pour s'éloigner un peu de Ruan. Ce dernier se consola en se rappelant que son bras était toujours passé autour des épaules de son invité. Refusant de le laisser partir, Ruan bougea à son tour. Il repoussa Spot afin de pouvoir se placer en chien de fusil.

— Peut-être que j'étais sur le point d'avoir treize ans ? poursuivit Ivo. Je ne sais vraiment pas. Toute cette période est assez floue dans ma mémoire. Les services sociaux me faisaient passer d'une famille d'accueil à une autre. Du coup, mes souvenirs se sont emmêlés.

Comme si Ivo avait deviné la question que Ruan allait poser, il cessa soudainement de bouger et garda le silence, respirant à peine alors qu'il était allongé dans les bras du policier. Le chat monta sur lui et alla se placer sur son ventre, posant sa tête contre son torse. Il se mit à ronronner quand Ivo gratta ses oreilles. La lumière qui provenait des rideaux transforma les yeux mi-clos du félin en miroirs dorés. Ruan n'envia jamais autant le plaisir de son chat qu'à ce moment-là, mais Spot était une distraction bienvenue, un poids réconfortant et affectueux pour faire barrage à la douleur que Ruan allait infliger malgré lui.

— Tu n'es pas obligé de me le raconter si tu ne veux pas, précisa-t-il, tout en enlevant une mèche de cheveux noirs qui tombait devant les cils d'Ivo. Mais j'aimerais beaucoup savoir pourquoi tu as commencé à porter ces talons.

# XIV

UNE LÉGÈRE pluie tombait à l'extérieur. Les bruits étouffés de l'eau sur l'asphalte et sur le toit de la maison pénétraient la chambre. Quand les voitures roulaient sur les flaques, on pouvait entendre des petites vagues s'écraser contre les trottoirs. La maison était ancienne, mais son toit solide ; ses bardeaux atténuaient le son des gouttes et les faisaient glisser dans les gouttières métalliques qui étaient accrochées aux corniches. Les tic-tic-tic de l'eau redoublèrent d'intensité en même temps que l'averse. La fenêtre de la chambre, qui donnait sur la rue, était heureusement protégée de la pluie.

Ivo trouva ironique qu'il plût alors qu'il mettait son cœur et son âme à nu pour cet homme dont il avait rêvé pendant des années. Le policier qui le tenait dans ses bras n'était pas éloigné de l'homme viril qu'il avait imaginé dans ses fantasmes d'adolescent. Il était aussi solide que le toit qui les protégeait de l'orage, tenant à l'écart non seulement la pluie, mais aussi la saleté qui l'accompagnait.

Ivo sentit le battement du cœur de son amant sous ses doigts, un rythme similaire à la panique et à l'angoisse qui pulsaient dans ses pensées. Son inquiétude arrivait par vagues, brisant les murs qu'il avait élevés pour la tenir à distance. Il fut surpris de constater que cette marée envahissante ne semblait pas lui faire aussi mal que dans le passé. Il n'avait aucune raison de cacher ses secrets, surtout pas à Ruan. Et même s'ils ne se connaissaient que relativement peu, le policier – son policier – était intervenu à chaque fois qu'Ivo avait eu besoin de lui.

Sans parler du fait qu'il possédait un énorme chat orange de la taille d'une Volkswagen Coccinelle… Ivo commençait à croire qu'il était en train de tomber amoureux du chat autant que de son propriétaire. Ruan allait devoir apprendre certaines choses – ces secrets qu'Ivo était fatigué de garder. Il avait perdu des amis et parfois même un ou deux amants, quand il avait parlé de qui il était et des bagages qu'il portait avec lui constamment. Il pouvait seulement espérer qu'il ne perdrait pas Ruan de la même manière.

Ruan s'éclaircit la voix. Ses doigts agrippèrent le haut de son bras.

— Tu n'es pas obligé si…

— Il faut juste que je décide par où commencer, avoua Ivo, qui aurait aimé que ce fût plus facile. Mon passé est tellement bordélique. Je ne sais pas par quel bout le prendre. Je crois qu'une grosse partie de ce que je suis aujourd'hui peut être expliquée par cette période de ma vie. Ça ressemble à une soupe insipide. Voilà l'impression que j'en avais quand j'étais petit et que j'étais coincé dans le système. Je ne peux même pas t'expliquer ce que j'ai ressenti quand j'ai compris que celle qui s'occupait de moi n'était pas ma mère. Tout le monde l'appelait Maman, mais pas moi, et j'étais tout petit. Je ne sais pas quel âge j'avais, mais je n'étais pas encore scolarisé. Je me souviens juste d'avoir été en colère et d'avoir éprouvé beaucoup de peine, parce que j'essayais de faire d'elle ma mère, de l'appeler ainsi, mais elle me prenait à part et elle me disait non, appelle-moi… Je ne me souviens même plus de son nom, mais je me rappelle un petit peu son visage. Elle avait beaucoup de cheveux. Ils étaient teints en rouge et ils étaient très frisés.

— Quel âge avais-tu quand ils t'ont enlevé à ta mère ? Ta vraie mère ? demanda Ruan. Est-ce que tu sais pourquoi ?

— Oui. J'étais très jeune. Et la raison, c'était parce que c'était une très mauvaise mère. Elle avait accueilli Bear, car elle croyait qu'elle aurait davantage d'argent. Les parents de mon frère étaient morts, et elle pensait qu'elle pouvait obtenir de l'argent grâce au procès et à leur assurance, mais elle n'a pas touché un centime, puisque ça a été placé en fidéicommis jusqu'à la majorité de Bear. Elle se droguait. Je crois qu'elle avait arrêté quand elle était enceinte – j'en sais rien – mais ce qui est sûr, c'est qu'une nuit, le jumeau de Gus, Puck, a essayé de me tuer. Alors le cauchemar a vraiment commencé, murmura Ivo, avant de sourire quand Ruan, choqué, retint sa respiration. Puck était… Difficile de le décrire, car ils l'ont gardé loin de moi – les services sociaux, je veux dire – et ensuite, ma mère a fini par le tuer et s'est tuée à son tour. Comme tu vois, c'était vraiment la merde. Voilà pourquoi Gus ne va pas bien dans sa tête. Tout ça parce que ma mère était vraiment une merde.

— Tu te souviens d'elle ?

— Pas énormément, vu qu'elle n'était pas autorisée à nous voir sans supervision. Un jour, elle a récupéré Gus et Puck à l'école. Voilà pourquoi ils ont fini… mais ce n'est pas à moi de te le raconter. Il faudra demander à Gus. Je ne la connaissais pas vraiment. Je garde surtout le souvenir de ma colère, car je n'avais personne à qui me raccrocher. Le fait que je veuille appeler cette femme Maman a certainement été la raison pour laquelle ils m'ont retiré de sa maison. Faut dire que j'avais commencé à taper les autres gamins, parce qu'ils étaient autorisés à être plus proches d'elle que moi. Voilà de quoi je me souviens, avoua Ivo, des nœuds dans son estomac et sa respiration saccadée.

Spot changea de position, mais demeura sur son torse. Il exposa davantage l'arrière de ses oreilles pour qu'Ivo le gratte comme il fallait. Ce dernier céda à ses ordres avec entrain.

— Les premières années ont été extrêmement déroutantes. J'avais sept ou huit ans quand Bear est revenu dans ma vie. Il faisait le siège des services sociaux pour qu'ils le laissent nous voir, Gus et moi. Il semblait être la première personne à se soucier de ce qui m'arrivait. Le seul à être présent constamment, car ils n'arrêtaient pas de me bouger d'une famille d'accueil à l'autre. Au final, il parvenait toujours à me retrouver et il me promettait à chaque fois qu'il me ramènerait un jour à la maison. Il fallait juste que je sois patient. Tu me connais. À quel point est-ce que tu crois que je suis patient ?

— Certainement bien plus que ce que tu crois.

Ivo sentit les vibrations causées par la voix grave de Ruan jusque dans ses côtes, là où leurs corps se touchaient.

— J'imagine que Bear a tenu sa promesse.

— Oui. Il a juste fallu beaucoup de temps pour que les services sociaux me laissent partir et, même à ce moment-là, ils n'ont pas facilité les choses. Gus et Mace étaient déjà là, et Luke essayait lui aussi de s'échapper du système. Et comme tu peux l'imaginer, j'étais furieux contre le monde entier. À chaque fois que Gus se battait ou que j'avais des ennuis à l'école, ils venaient me prendre pour me mettre dans une famille d'accueil qui s'en branlait de moi.

Le plafond se mit à onduler, sa surface se troublant derrière les larmes qui envahissaient les yeux d'Ivo. Il refusait que son passé l'attriste. Ce qu'il avait vécu ne le méritait pas. En réalité, ses larmes étaient causées par les regrets et la frustration qu'il avait éprouvés de ne pouvoir rien faire pendant cette période de sa vie où il avait eu besoin d'être fort.

— Tu voulais savoir pour les talons ? C'est à cause d'un ado qui s'appelait Jeremy. C'est à ce moment-là que j'ai réalisé que je n'étais pas le seul garçon bizarre au monde.

Ruan garda le silence, et Ivo en fut reconnaissant. Habituellement, quand il essayait de partager ce qu'il avait ressenti, les gens croyaient qu'ils avaient besoin de le rassurer. Ou, pire encore, il avait cessé de compter les séances avec des psys ou des assistants sociaux qui refusaient d'accepter son point de vue et affirmaient qu'il en faisait trop, qu'il mentait pour être au centre de l'attention. Il aurait voulu qu'on le laisse tranquille. Il désirait ardemment faire l'expérience du monde par lui-même, en toute liberté, sans qu'on l'enferme dans une case que quelqu'un d'autre avait confectionnée.

— Je ne dis pas que toutes les maisons d'accueils sont nulles, car, très souvent, on trouve des gens qui s'occupent des enfants des autres – des gamins un peu barrés – et ils essayent simplement de leur offrir une vie un peu normale. Le problème, c'est que la vie normale n'existe pas pour nous. On n'a aucune idée de ce que c'est. C'est comme prendre un chien et essayer de le faire vivre dans un arbre. C'est comme ça que je l'ai vécu. Tout le monde autour de toi est un oiseau, et toi, t'es ce cabot qu'on a traîné difficilement tout en haut des branches.

Ivo prit une longue inspiration tremblante, se replongeant dans des souvenirs qu'il ne visitait plus que dans ses cauchemars.

— Je devais avoir douze ans. Comme je te l'ai dit, tout est emmêlé. Ils me faisaient prendre des médocs – et Dieu seul sait à quel point je détestais cette merde – mais la situation était bien pire dans ma tête qu'elle ne l'est maintenant. Ils m'avaient encore une fois éloigné de Bear et ils refusaient que je voie ma famille. On m'a mis dans une maison d'accueil avec cet autre gamin, qui s'appelait Jeremy. Il était plus vieux que moi, et on aurait dit qu'il ne savait même pas ce qu'était un placard, tellement il ne cachait rien de ce qu'il était.

— Le problème, c'était que le père de cette famille d'accueil détestait les pédales. C'était le mot qu'il employait. Tous les jours, quand Jeremy rentrait à la maison, ce connard disait : "Regardez, la putain de pédale est de retour". Tout ce qui sortait de sa bouche, c'était du poison, mais on était coincés, car on n'avait pas d'autre endroit où aller.

Il cligna des yeux, surpris de constater que ses yeux étaient aussi secs que du sable.

— Jeremy s'en fichait. Ou du moins, il ne le montrait à personne, mais dans notre chambre, il pleurait énormément – tu sais, ce type de sanglots horribles. En plus, il était loin d'être mignon. Il devait avoir dix-sept ans. Son visage était couvert d'acné. Tous les matins, il se maquillait et parfois il portait ces hauts talons rouges à paillettes. C'est lui qui m'a appris comment appliquer du mascara et qui m'a dit qu'un jour peut-être, si je le voulais, je pourrais porter ses talons pour voir comment ça faisait.

— Qu'est-ce qui est arrivé ? À Jeremy ? murmura Ruan, tout en caressant le dos de Spot.

— Il a reçu beaucoup de coups. Le père de la famille d'accueil avait l'habitude de le battre parfois, quand il était saoul. Personne ne disait rien au sujet des bleus sur son visage, et il prétendait que rien n'était arrivé, mais… Je serais incapable de te dire quand il a arrêté de pleurer. Je ne cesse de me répéter que j'aurais dû savoir que quelque chose ne tournait pas rond, parce qu'il avait un caractère passionné. Il adorait les habits, le maquillage et l'art. On passait des heures dans le noir à discuter de tout et de rien au lieu de dormir. Je lui disais que Bear viendrait nous chercher, car j'étais encore assez jeune pour croire que si on attendait assez longtemps, quelqu'un viendrait nous sauver.

Il avala sa salive, sentant les muscles de sa gorge se resserrer.

— Je lui parlais de Bear et des autres. Je ne sais pas ce qu'il pensait vraiment, mais il me disait qu'il lui tardait de les rencontrer. Puis, un jour, tout ça… toutes ces promesses… ont disparu.

— Je ne sais plus pourquoi nous sommes rentrés tard un soir. Ça devait avoir un lien avec l'école, mais c'était juste moi et les parents qui étions sortis. Jeremy était resté à la maison. Ça devait être quelque chose d'aussi stupide qu'une fête des sciences, et j'avais dû gagner un prix. Je me souviens d'avoir été excité à l'idée de lui montrer quelque chose sans importance. Je me suis rendu dans la chambre, mais il faisait noir. Il était trop tôt dans la soirée pour qu'il soit allé se coucher, mais la chambre était plongée dans le noir.

Ivo ferma ses yeux. Il aurait voulu oublier la scène qui restait gravée dans son cerveau, mais le souvenir ne disparaîtrait jamais. Et jamais, c'était beaucoup trop long pour garder en soi cette image traumatisante.

— Notre chambre était située au bout du couloir à l'étage. Il fallait un peu tourner à gauche, si bien que la lumière du couloir ne parvenait pas vraiment jusque dans la chambre, mais je me rappelle avoir vu le rouge scintillant des talons hauts de Jeremy se balancer dans l'obscurité. Ça n'avait aucun sens. Je n'ai pas compris ce que je voyais, car ils flottaient au niveau de ma poitrine. Puis j'ai allumé et je l'ai vu.

— Je ne crois pas que c'est la corde qu'il a utilisée qui l'a étouffé, mais bien le monde. C'était ces mots que les gens lui jetaient à la figure pour lui faire mal et toutes ces fois où il a prétendu ne pas être blessé.

Ivo sursauta quand les doigts de Ruan vinrent chasser les larmes qui coulaient sur ses joues.

— J'ai pris ses chaussures. Je les lui ai enlevées et je les ai cachées dans mes affaires avant d'avertir les autres. Je sais pas pourquoi. C'est

135

simplement ce que j'ai fait. Et quand les services sociaux sont venus me récupérer, je les ai mises au fond du sac poubelle qu'ils m'ont donné pour que j'y mette mes affaires et je les ai emportées avec moi.

Le pire n'avait pas encore été raconté. Ivo ignorait s'il aurait assez de force pour dire à Ruan le reste de cette sombre histoire. Il ressentit l'impuissance qui l'avait jadis paralysée. Son âme semblait à nouveau étouffée. Quand Ruan le prit dans ses bras, il le remarqua à peine. Il en prit conscience seulement quand le chat poussa un miaulement, agacé d'avoir été chassé de sa place confortable. Le corps d'Ivo tremblait. Il y eut un doux baiser sur sa bouche et un autre à sa tempe. Une simple caresse qui parvint néanmoins à atténuer la douleur dans son cœur.

— La situation empira avant de s'améliorer, avoua-t-il, haïssant le sanglot étouffé qui recouvrit ses mots. Quand je suis parvenu à rejoindre Bear et mes autres frères, j'avais les idées confuses et j'essayais désespérément d'être le parfait petit garçon. Tout ce que je faisais, je le faisais dans ce but. Mais chaque seconde me donnait l'impression que quelqu'un était en train d'enfoncer des clous dans mon cerveau. Et un jour, je ne l'ai plus supporté.

— Raconte-moi. Dis-moi ce que tu veux dire exactement, murmura Ruan. Qu'est-ce qui se passait ?

Ivo ne savait pas commencer l'expliquer à un homme qui portait sa masculinité aussi facilement qu'un léopard ses taches. Il avait trouvé très frustrant d'essayer d'expliquer à Bear ce qu'il ressentait à l'époque. Il avait la sensation d'être coincé dans un labyrinthe de confusion, incertain quant au chemin à prendre. Même si la situation était bien meilleure maintenant, Ivo ne savait pas s'il pouvait être entièrement honnête en présence de Ruan et lui dire ce que ça faisait d'avancer dans la vie comme s'il était enfermé dans un miroir qui lui permettait de voir, mais qui l'empêchait de toucher les gens autour de lui.

— Il faut que tu saches qu'il y a quelque chose qui ne va pas avec mon cerveau. On m'a collé beaucoup d'étiquettes, mais aucune n'a vraiment d'importance, car les gens font juste des suppositions. Il ne suffit pas de prélever du sang ou de passer une radio et bam ! On te fait un diagnostic immédiat et tu es guéri. Parfois, il y a trop de bruit autour de moi. Et on dirait un pendule – dont l'extrémité est tranchante – qui se balance et qui lacère mon cerveau. Ça me fait mal et ça me fait saigner, mais c'est pas suffisant pour me tuer.

Il avala sa salive, se préparant au moment où Ruan se détacherait de lui. Ce n'était qu'une question de temps. Ça arrivait toujours, et Ivo se demanda s'il avait laissé ses vêtements à un endroit où il pourrait facilement les trouver avant d'avoir à prendre la porte. Mais un autre baiser sur son front apaisa ces pensées, et il parvint à les chasser.

— Ça va mieux maintenant. Je prends une petite dose d'un médicament léger, ce qui me permet de garder le contrôle. Et parfois, même si ça vibre toujours dans ma tête, comme si un dentiste utilisait sa fraise sur mon cerveau, dessiner, par exemple, me permet de rester calme.

— C'est aussi le cas quand je suis avec certaines personnes. Comme Bear, murmura Ivo.

Depuis qu'il était entré dans cet appartement plus tôt dans la soirée, il avait eu peur de faire cet aveu. Il décida qu'il était temps de franchir le pas :

— Ou quand je suis avec toi. En ta présence, je me sens mieux. Je n'ai pas l'impression que je dois essayer d'être normal, ou le plus normal possible. Je peux te parler sans avoir à surveiller tout ce que je dis. Il arrive à mon cerveau de penser des trucs avec lesquels ma langue n'est pas d'accord. Parfois, je dis des conneries, mais ce n'est que bien plus tard que je me demande ce qui m'a pris. Mais les choses étaient différentes avant. Je faisais tout mon possible pour ne pas me démarquer des autres. Car on m'avait enlevé à ma famille à cause de ce que j'étais. Et pendant très longtemps, j'ai eu peur que Bear et les autres me haïssent, car j'étais une source inépuisable de problèmes. Comme Puck.

— J'ai vu comment tes frères se comportent en ta présence. J'ai vu la tête de Bear quand je t'ai ramené à la maison cette nuit-là. Il était tellement soulagé que tu ailles bien qu'il aurait pu en vomir, plaisanta Ruan, traçant avec son doigt les contours de la lèvre inférieure d'Ivo. Sache que, jusqu'à présent, deux de tes frères m'ont menacé de représailles si je te faisais du mal. Il n'y a donc aucun doute sur l'amour qu'ils ont pour toi. Il faut avoir des couilles pour menacer un gars qui porte une arme.

— Luke était l'un d'entre eux ? Il n'a pas peur des flingues. Je dirais même qu'il peut se débarrasser de quelqu'un avec une simple paille en papier.

Comme Ruan, dubitatif, haussait un sourcil moqueur, Ivo se contenta de hocher la tête.

— N'oublie pas que j'étais alors un gamin et qu'il y avait tellement de bruits dans ma tête que je ne pouvais pas m'en tirer indemne. J'avais l'impression que j'étais un obstacle et que rien de ce que je faisais ne convenait. J'avais tellement envie de devenir un tatoueur, mais j'étais trop jeune et je ne comprenais pas pourquoi je ne pouvais pas – pourquoi j'étais assez bon pour nettoyer le salon, mais pas assez pour y travailler. Tu sais, la loi et le reste, ça n'a pas beaucoup de sens pour un ado un peu perdu.

— La loi et le reste, ça a beaucoup d'importance, répondit Ruan. Qu'en est-il des chaussures ?

— Un jour, et n'oublie pas que c'était quelques mois à peine après avoir tellement essayé que je n'avais plus la force d'aller plus loin, murmura Ivo.

Il se perdit un moment dans le bruit de la pluie et dans la chaleur de Ruan contre lui. Leurs corps étaient si proches qu'il pouvait sentir chaque muscle de l'inspecteur, le sexe lourd de ce dernier contre sa cuisse, la pression de sa main sur son estomac, qui s'élevait à chaque fois qu'Ivo respirait.

— J'étais perdu. C'est la meilleure description que je peux te donner. Je ne comprenais même plus pourquoi il était si important à mes yeux que je ne sois pas moi-même. J'avais l'habitude de me réveiller au milieu de la nuit et de pleurer sans aucune raison, puis je passais mes journées à déambuler avec la sensation que tout était mort en moi. Puis un jour est arrivé où j'ai arrêté de ressentir quoi que ce soit. J'ai su à ce moment-là que je n'étais qu'un obstacle au bonheur des autres et que leurs vies seraient meilleures si je disparaissais.

— Nous avons cette petite pièce qui a probablement été une salle à manger avant que quelqu'un ne décide de la transformer en salon. Elle a une forme assez bizarre et le papier peint le plus laid de la galaxie – il y a des couches et des couches hideuses de tapisserie. Ils ont peint les moulures tellement de fois qu'il ne reste plus qu'une vague protubérance qui fait le tour du plafond et de la cheminée. À l'époque, il devait y avoir un lustre, mais, je ne sais pas ce qui est arrivé, peut-être que quelqu'un l'a utilisé pour se balancer, quoi qu'il en soit, le plafond s'est fissuré et on pouvait voir les poutrelles qui soutiennent l'étage du dessus.

Il sentit Ruan se raidir. L'inspecteur avait certainement deviné où il voulait en venir. Leurs cœurs donnaient l'impression d'être synchrones ; ils battaient rapidement, malgré le fait qu'ils étaient tous deux allongés sur le lit.

— Je suis rentré de l'école. La maison était vide. Et j'ai compris que c'était la fin. J'avais pris l'habitude de venir dans cette pièce et de regarder pendant des heures ce papier peint hideux, parce que c'était comme ça que je voyais ma vie. Personne n'aimait cette pièce. Elle ne convenait pas pour cette maison, mais personne n'avait le temps pour l'embellir et personne ne s'en souciait.

— Je suis donc allé chercher les chaussures de Jeremy, je les ai mises et j'ai attaché à l'une de ces poutres une corde en nylon que l'on utilisait pour ficeler les bâches, murmura Ivo, incapable de s'empêcher de toucher sa gorge, là où les fibres avaient brûlé sa peau. Quand on étouffe, la mort n'est pas immédiate. Et je ne pouvais rien trouver pour supporter mes jambes. Il n'y avait rien autour de moi pour me sauver. Je me souviens de m'être balancé, la corde autour du cou, puis tout est devenu noir. Quand j'ai repris conscience, j'étais dans les bras de Bear, qui me disait de respirer et qui hurlait pour que Mace appelle une ambulance. Ils étaient rentrés à la maison plus tôt que prévu et m'avaient trouvé là. Exactement comme j'avais trouvé Jeremy.

— Ils ont dû avoir très peur. Je les ai vus en ta présence. Tu fais vraiment partie de leurs vies.

— Je le sais maintenant, mais ce n'était pas vraiment le cas à l'époque, avoua-t-il, avant de rire amèrement. Quand les services sociaux ont voulu me reprendre, mes frères se sont battus comme si leurs vies en dépendaient. Bear a menacé d'aller au Canada pour que personne ne nous retrouve. La juge qui était chargée de notre dossier m'a pris à part dans son bureau pour me demander où je voulais vivre. Je lui ai dit que je voulais rester avec mes frères. Elle s'est assurée que les services sociaux ne s'approchent plus jamais de moi.

— Tu vois, j'ai toujours voulu porter ces chaussures. Mettre du maquillage. Porter une veste en cuir et des bottes militaires. Je ne voulais pas vivre dans la case dans laquelle je m'étais mis, car j'avais détesté chaque minute de ce confinement.

Ivo se tourna vers Ruan pour l'étreindre. Il enchevêtra leurs jambes pour qu'ils soient l'un contre l'autre le plus possible. Tout en plongeant son regard dans le sien, Ivo embrassa la bouche de son amant, puis lui mordilla le bout de son nez.

— Mes frères m'ont fait asseoir et ont écouté ce que j'avais à dire… J'ai réussi à leur avouer ce que je ressentais. À quel point je n'aimais pas les cheveux courts, les chemises boutonnées jusqu'en haut et le club d'échecs. Je voulais lire des romans d'amour et devenir tatoueur, et même, si j'en avais envie, porter des talons hauts avec un pantalon en cuir. Ils se sont montrés compréhensifs. Ils ont dit qu'ils étaient d'accord, que j'avais le droit.

— Oui, ils ont raison, murmura Ruan, avant de dérober le souffle d'Ivo dans un baiser ravageur.

Ils eurent du mal à arrêter, mais Ruan lui donna une chance de récupérer sa respiration. Il lui dit :

— Il n'y a rien de mal à être un fauteur de troubles, mon chéri. Bien au contraire.

# XV

— JE TE verrai donc ce soir ? demanda Ruan à travers la vitre ouverte de son SUV. Je te promets que j'accepte de faire tout ce que tu veux faire tant que je garde mes habits sur moi. Ou, du moins, sur moi tant qu'on est en public.

Il pleuvait encore le lendemain matin au réveil, mais leur humeur n'en fut pas affectée. Ils s'étaient tous les deux réveillés lentement, étirant leurs corps, tout en demeurant enlacés, avant d'utiliser la salle de bain chacun à son tour. Ils avaient dû esquiver Spot, qui était tout particulièrement bruyant, car il était d'humeur câline et aurait accepté des caresses du premier étranger venu. Quand ils furent prêts à partir, Ivo alla garer sa voiture derrière la maison et salua Cranson, qui était en train de s'affairer autour d'un massif de rosiers en fleur.

Il avait choisi ses Converses plutôt que ses talons et avait accepté le t-shirt que Ruan lui avait proposé. Il pouvait porter son jean deux jours d'affilée sans problème, mais aller au travail avec le même t-shirt, c'était chercher les ennuis. Il aurait été la risée de ses collègues. Pendant qu'il fouillait le placard de Ruan et passait en revue les vêtements de ce dernier, il avait eu la sensation d'être un adolescent, mais il s'en fichait. Il n'avait jamais considéré sérieusement le fait d'avoir un petit ami, préférant passer d'un gars à l'autre, mais Ruan n'était pas un coup d'un soir.

L'inspecteur était du genre à se souvenir comment il prenait son café. Pendant qu'Ivo était dans la salle de bain, il lui prépara une tasse. Il ne fit aucun commentaire sur le vieux t-shirt de la police de San Francisco ou sur le fait que son invité avait emprunté une paire de chaussettes, mais Ruan eut un sourire malicieux quand il lui tendit le mug fumant. Ils n'avaient pas voulu prendre un petitdéjeuner, mais quand Ivo s'appuya contre la porte de la voiture un peu plus tard, son estomac se mit à gargouiller.

— J'aurais dû te donner à manger avant de te déposer au boulot, fit Ruan avec une grimace. Il faut que j'aie autre chose que de la nourriture pour chat dans cette maison.

— Oui, je ne peux pas vider notre congélo à chaque fois. Je vais poser mes affaires à l'intérieur et aller me chercher quelque chose à manger. Il est suffisamment tard pour ça. Je peux acheter un hamburger ou quelque chose d'autre à Frankie's, déclara Ivo, les avant-bras placés sur le rebord de la vitre.

Il ne voulait pas que Ruan s'en aille, mais le policier devait être au commissariat dans moins de quinze minutes et c'était le temps qu'il mettrait certainement avec le trafic qu'il y avait.

— On se voit cette après-midi.

— T'es sûr que ça te va d'être ici si tôt ? Vous n'ouvrez pas avant midi.

Comme il regardait autour de lui avec attention, Ruan donna vraiment l'impression d'être un policier.

— Je sais… Tu es un adulte. Et ça fait des années que tu fais ça. Je… m'inquiète juste.

— Tout va bien. Embrasse-moi et disparais avant que je ne regrette d'être sorti de ton lit, le pressa Ivo. En temps normal, quelqu'un d'autre devrait faire l'ouverture, mais nous n'avons pas assez de personnel en ce moment.

Il s'agissait de leur douzième baiser. Il finirait par perdre le compte, mais pour le moment, Ivo voulait en connaître le nombre exact. Ce fut fait avec précipitation. Son dos protesta quand il dut se pencher davantage, mais Ruan alla aussi à sa rencontre. Il passa ses doigts dans les cheveux d'Ivo, rendus humides à cause de la pluie.

Ce dernier ne fut conscient du froid qui l'entourait qu'un bref moment. Puis il s'abandonna au baiser. Il aimait sentir les cheveux épais de Ruan sous ses doigts, comme de la soie grège sur son cuir chevelu. Ses pouces finissaient toujours par caresser le haut des oreilles de l'inspecteur, là où la peau était tout particulièrement sensible. Il savait que le visage de ce dernier, quand il le reverrait en fin de journée, ne serait plus glabre. Sa mâchoire serait recouverte d'un début de barbe noire. Mais pour le moment, sa peau était lisse et douce. Ruan avait manqué quelques poils sous son menton, vers la droite, mais personne ne le remarquerait, à moins de toucher son visage.

Ce fut la bouche de l'inspecteur qui absorba toute l'attention d'Ivo. Il savait comment embrasser et chatouiller les désirs qui sommeillaient à l'intérieur du jeune tatoueur. Ils prirent le temps de savourer la sensation de la chair contre leurs lèvres et d'explorer le paysage encore peu familier de la peau et des os.

Lorsqu'Ivo comprit qu'il allait manquer d'air, il s'écarta enfin de Ruan, qui eut un petit sourire satisfait. Il fut amusé de constater sa propre irritation ; il aurait voulu faire durer ce moment, continuer son exploration. Le policier se débrouillait toujours pour le frustrer – Ivo voulait davantage d'air, davantage de baisers, davantage de tout. Il ignorait ce qu'il désirait en priorité – une nuit dans les bras puissants de Ruan ou manger chinois, assis sur le canapé en sa compagnie. Une partie de jambe en l'air était évidemment en haut de sa liste, mais Ruan semblait exciter bien plus que l'entrejambe d'Ivo – quelque chose enfoui profondément dans son âme s'éveillait quand le policier était à ses côtés.

— Dis-moi quand tu as un jour de congé. Je ferai en sorte de changer mon emploi du temps, murmura Ivo, avant de voler rapidement un treizième baiser. Et sache que je me retiens d'ajouter un truc du genre "seulement si tu veux passer la journée avec moi" ou autre chose qui montrerait à quel point je manque de confiance en moi quand tu es dans les environs. Je vais donc partir du principe que tu veux passer ton temps libre avec moi simplement pour déterminer si je te rends fou ou si tu aimes bien ma compagnie.

— Nous savons déjà que tu me rends fou, plaisanta Ruan, tout en touchant le lobe percé de l'oreille d'Ivo. Mais ce que j'aimerais vraiment, c'est que tu te réveilles dans mon lit le jour où nous n'aurons pas à aller au boulot. Aucune pression pour qu'on aille plus loin sous les draps. D'ailleurs, si tu veux, je peux même dormir sur le canapé, mais j'ai beaucoup aimé me réveiller avec toi aujourd'hui. Je veux recommencer et te préparer les meilleures gaufres surgelées que tu aies jamais eues pour ton petit déjeuner.

— Je ne sais pas, le taquina Ivo. Je suis un pro quand il s'agit d'utiliser un grille-pain.

— Fais-moi savoir où je te retrouve ce soir. Normalement, ma journée devrait être courte, à moins que quelque chose n'arrive."

Ruan fit un signe de tête en direction de la porte arrière du salon.

— Bon, maintenant, fais-moi plaisir et va à l'intérieur pendant que je suis encore ici. Je serai moins inquiet.

— Primo, il fait jour, déclara Ivo en levant les yeux au ciel, puis il montra son sac en bandoulière à Ruan. Deuxio, dès que je pose mes affaires et lance la cafetière, je ressors immédiatement pour m'acheter un truc à manger. Alors, à moins que tu restes ici une heure de plus…

— J'ai compris… Mais je t'appelle plus tard pour vérifier que tu vas bien, déclara son policier, avant de démarrer le moteur. Ou peut-être que ce sera simplement pour entendre ta voix. Si tu m'appelles et que je ne réponds pas, c'est parce que je suis occupé, mais je te rappellerai. Promis. Passe une bonne journée, petit tigre, et je te vois plus tard.

— Petit tigre ? demanda Ivo, un sourcil haussé. Vraiment ?

— Écoute. Ne fais pas le difficile. Il est tôt, et c'est ce qui est sorti de ma bouche, déclara Ruan en grimaçant. Dépêche-toi, que je puisse prétendre que tu es en sécurité à l'intérieur.

Après être rentré dans le magasin, Ivo ferma la porte derrière lui, puis resta immobile, éclairé par les lumières vives du couloir. L'odeur du café vint aussitôt l'amadouer, et il entendit des voix qu'il reconnut aussitôt dire des messes basses. Quelqu'un faisait même glisser un tabouret. Il enleva sa veste et l'accrocha au porte-manteaux qui se trouvait dans la salle de repos, puis se dirigea vers l'entrée principale de la boutique. Comme sa curiosité grandissait, son estomac se mit à protester.

Earl fut le premier à le remarquer. Il se leva et se précipita vers lui, ses griffes cliquetant sur le sol en béton poli. Il percuta Ivo avec force, mais ce dernier maintint son équilibre. Il essaya de comprendre pourquoi Bear, Mace et Luke étaient là avant neuf heures du matin. Il passa rapidement en revue les différentes possibilités et paniqua quand il constata l'absence de Gus, mais les autres ne semblaient pas particulièrement inquiets. Au contraire, leur inquiétude apparut seulement quand ils le virent faire son entrée dans la pièce.

Il était la raison de leur présence, ce qui altéra son humeur.

— Je ne me souviens pas d'avoir organisé une réunion de famille, dit-il aussi calmement que possible.

Il se dirigea vers sa cabine, où Mace était en train de déballer un rouleau de papier. Il bouscula l'épaule de son grand frère et secoua la tête.

— N'y pense même pas. C'est moi qui prépare mes affaires. Si tu veux aider, occupe-toi de celles de Rob. Puis vous pourrez enfin me dire ce que vous fichez ici.

— Tu n'es pas rentré hier soir, dit Bear en se levant du tabouret qui se trouvait derrière l'accueil.

Même quand il courbait ses épaules, Bear donnait toujours l'impression de surplomber ceux qui l'entouraient. Il avait passé une grande partie de sa vie à se faire plus petit qu'il ne l'était, essayant de ne pas intimider les professeurs et les assistants sociaux qu'il rencontrait au quotidien quand il se battait pour garder sa famille. Ses yeux gris-bleu étaient semblables à ceux de Gus, mais là où le regard de ce dernier était dur et parfois méfiant, l'expression de Bear était souvent ouverte, presque sereine, pendant qu'il écoutait avec attention les gens qui lui parlaient. Même maintenant, alors que ses sourcils froncés lui donnaient un air renfrogné, l'inquiétude pouvait facilement se lire sur son visage. Ivo soupira, sachant que sa colère finirait par s'émousser devant le calme impénétrable de Bear.

— Je t'ai envoyé un SMS. Je t'ai dit que je ne rentrais pas à la maison, fit-il remarquer. Du coup, tu as organisé une réunion de famille ? À la boutique ? Est-ce que Gus a oublié où elle se trouve ? Ou est-ce qu'il s'est défilé cette fois ?

— Il est allé chercher des donuts, indiqua Luke, avant de tapoter l'épaule d'Ivo quand il passa devant lui pour se rendre à la salle de repos. Le café est prêt. Je vous l'amène.

— Vous avez envoyé Gus chercher des donuts ? Pourquoi ? Il achète toujours des beignets fourrés, se plaignit Ivo. Si vous devez me passer un savon, ayez au moins la décence d'amener mes donuts préférés.

— Personne ne va te passer un savon, indiqua Mace de sa voix grave.

Il se trouvait derrière Ivo, tel un signe avant-coureur de l'apocalypse. Coincé entre deux de ses frères, Ivo sentit sa nervosité augmenter inutilement, mais Mace s'éloigna, emmenant Earl avec lui.

— Et oui, continua Mace, j'ai bien précisé des donuts. Il est le seul à aimer ces fichus beignets.

— J'adore ceux qui sont appelés *"Devil's Food"*. Vous savez, ceux qui sont au chocolat, murmura Luke.

Il évita le chien, qui gambadait, et le repoussa pour qu'il puisse poser, sur la table basse près du canapé, le plateau sur lequel se trouvaient les tasses de café.

— C'est ce que j'appelle de vrais beignets. Earl, va te coucher.

Ivo fut encore une fois agacé de constater que le chien obéissait à Luke, même si ça faisait plusieurs années que ce dernier avait quitté le domicile familial. Comme toujours, le corniaud se précipita vers son lit, sa longue langue éclaboussant de bave les alentours. Bear se pencha pour donner une tape au chien quand celui-ci passa devant lui. Puis il alla chercher le tabouret qui se trouvait derrière la réception. Le canapé était trop petit pour qu'ils puissent tous s'y asseoir, mais Ivo refusa qu'on le mette sur la sellette. Il prit possession d'un bout du canapé et laissa l'autre extrémité à un de ses frères. Il ignora le fauteuil en velours violet et son coussin aussi dur que de la brique.

Bear plaça le tabouret à côté du canapé, près de là où se trouvait Ivo, et s'installa dessus. Le siège accueillit sa lourde musculature sans un bruit. Mace s'assit à côté d'Ivo, mais cette fois-ci le divan protesta, menaçant de céder sous cet assaut brutal. Luke regarda un moment le fauteuil violet,

145

mais préféra aller chercher une chaise dans une cabine à proximité. Pris en sandwich entre ses frères, Ivo ne pouvait plus s'échapper, d'autant plus que Luke s'était placé devant lui. Il aurait préféré s'attaquer à Bear ou à Mace, plutôt que d'avoir affaire au plus petit des frères. Il était sur le point d'aller s'asseoir sur le fauteuil violet inconfortable, afin de pouvoir prendre la fuite au besoin, quand il fut interrompu par l'arrivée de Gus.

— Hé ! Est-ce que le connard est finalement… ? Merde. Il est déjà là. J'imagine qu'on peut plus parler dans son dos.

Gus entra dans la pièce avec sa démarche arrogante, une large boîte rectangulaire et un égo surdimensionné. Ivo et lui se ressemblaient beaucoup, ou du moins, cela aurait été le cas si Ivo ne détestait pas les cheveux blonds foncés qui leur venaient de leur mère. Gus avait, toutefois, des épaules plus larges. Il laissa presque tomber la boîte de donuts sur la table.

— Voilà. Et oui, ils sont à la levure, Ivo. J'en ai même pris au chocolat. Je ne sais pas pourquoi vous n'aimez pas les beignets fourrés. Mon mec les adore.

— Rey mangerait de la nourriture pour chien si on lui mettait une gamelle devant le nez, critiqua Ivo, avant d'ouvrir la boîte de donuts. Ton bonhomme n'est pas difficile. Regarde son meilleur ami, là. Qui choisirait Mace comme pote, sérieux ?

— Va te faire voir, petit morveux, répondit l'intéressé.

Mace attrapa le donut recouvert de sucre glace qu'Ivo était sur le point de prendre.

— T'es vraiment un escargot, le nargua-t-il.

— Que j'aille me faire voir ? Mais allez tous vous pendre !

Tout en grognant, Ivo récupéra une torsade au sucre, qui se trouvait au fond de la boîte.

— Pourquoi est-ce que vous êtes tous rassemblés ici ? Je sais très bien que ce n'est pas parce que je ne suis pas rentré à la maison hier soir.

— Nous sommes inquiets… commença Bear.

— *Ils* sont inquiets, corrigea Gus. Moi, je m'en branle. Je suis venu pour les donuts. Il fallait que je me lève pour amener Chris à la maternelle. Si je retourne pas me coucher après l'avoir déposé, il me faut au moins un donut.

— Eh bien, voilà ! Vous avez vos donuts.

Ivo mordit dans le sien et le garda dans sa bouche pendant qu'il se versait du café.

— Maintenant, rentrez chez vous.

— T'as une tête à faire peur aux morts, ce matin, déclara Luke, le regard sombre. Qu'est-ce qui t'est arrivé ?

Il fallait vraiment qu'ils achètent un nouveau canapé. Dieu seul savait combien de derrières avaient aplati les coussins et abîmé le châssis du sofa. Ivo pouvait sentir chaque bosse et chaque barre de renfort le long de son corps. Il était fatigué. Le mug de café qu'il avait bu au réveil n'avait en rien éclairci ses pensées brumeuses, mais il fallait bien commencer quelque part. Le fait que ses frères lui tombent dessus n'aidait pas non plus. La joie qu'il avait ressentie en mettant le t-shirt de Ruan ce matin-là commençait à se dissiper. Une colère noire était en train de la remplacer lentement, de même qu'un sentiment d'impuissance. Ils n'étaient pas venus pour écouter son explication. À vrai dire, ils ne feraient aucun effort pour entendre quoi que ce soit.

Il était toujours libre d'aller se pendre, s'il le désirait, et c'était bien le souci. Car il l'avait déjà fait, et ils ne parvenaient pas à se débarrasser du sentiment de culpabilité et des reproches qui les hantaient au quotidien.

— Si ma tête fait peur à voir, c'est parce que j'ai passé quasiment toute la nuit à parler de *ça* au gars que j'aime bien, commença-t-il, avant de mâcher furieusement le reste de sa torsade et de la faire descendre avec un peu de café. Je n'avais pas prévu de dormir là-bas. Même si ce ne sont pas vos affaires, sachez que nous avons discuté toute la nuit. Alors qu'un orage nous passait au-dessus de la tête, je suis resté dans ses bras et j'ai partagé son lit avec un chat de quinze kilos. Nous avons parlé d'un peu de tout. Je lui ai raconté ce que ça fait d'avoir un cerveau qui ne tourne pas rond, et il m'a dit ce que ça fait d'être un flic de la criminelle qui a reçu une éducation catho. Bear, je t'ai envoyé un message pour ne pas que tu t'inquiètes. Et j'ai fait tout ce que j'avais à faire pour que *personne* ne s'inquiète.

— C'est un flic, déclara Mace, comme si Ivo était censé comprendre la signification de cette objection.

Mace se mit à soupirer, certainement à cause du regard vide que lui adressa Ivo.

— Des fois, les policiers ne sont pas vraiment équilibrés dans leur tête. Sans parler du fait qu'il a une arme.

— Et toi, tu as bien une hache. Ça veut pas dire pour autant que tu vas te précipiter dans le premier hôtel venu pour rejouer une scène de *Shining*.

Sa tasse était vide, mais Luke la remplit de nouveau et ajouta du lait et du sucre avant qu'Ivo ne le fasse.

— Je l'aime bien. Et je pense que je suis en train de tomber amoureux. Mais avant que vous ne commenciez vos commentaires désobligeants, laissez-moi vous rappeler que vous n'êtes pas des modèles en matière de relations amoureuses. Gus jouait au yo-yo avec Rey. Mace, tu t'es comporté comme Rhett Butler avec Rob. Luke, t'es mort de peur à l'idée de sortir avec quelqu'un, parce que tu crains de tuer cette personne le jour où tu te mettras en colère, et Bear – sache que je t'aime de tout mon cœur – mais va falloir sortir de la maison et te trouver des rencards. Faut arrêter de jouer à la maman poule. Tu n'as pas à prendre soin de nous jusqu'à l'âge adulte pour être enfin autorisé à aller t'amuser un peu.

— Vraiment ?

Bear leva ses épais sourcils comme si Ivo n'était pas capable de reconnaître le sarcasme dans sa voix.

— La maman poule ?

— C'est ce qui m'est venu en premier à l'esprit. Ne te laisse pas distraire par des détails.

Ivo était reconnaissant d'avoir pu boire une autre tasse de café avant de se lancer dans sa petite tirade, car son frère aîné venait de croiser ses bras sur sa poitrine et le toisait d'un air menaçant.

— Et Luke, j'ai juste dit ça parce que... eh bien, c'est la vérité. T'es un des gars les plus sympas que je connaisse. Tu serais certainement le plus gentil d'entre nous, si Bear ne t'avait pas piqué la place. Ce que j'essaye de dire, c'est que je vais bien. Je fais tranquillement mon petit bout de chemin et je ne serais pas dans cette position si vous n'aviez pas été là.

— C'est ce dont j'ai pris conscience hier soir. J'étais dans le lit à côté de Ruan et j'étais en train d'en apprendre davantage sur sa vie, et ça m'a ouvert les yeux. Je n'ai jamais pensé que je serais le plus équilibré dans mon couple. Je ne veux pas dire qu'il est barré, parce que ce mot s'applique à moi seul, mais j'ai pris conscience que ma vie était plus remplie – *mieux* remplie – que la sienne.

Le café était un peu trop sucré, mais il se garda d'en faire la remarque à voix haute. Malheureusement, il n'y avait aucun moyen de s'en resservir sans insulter Luke, qui était déjà bien énervé. Ivo dut reconnaître qu'à l'exception de ce dernier, ses autres frères l'écoutaient avec attention.

— Il n'a pas la chance d'avoir dans sa vie des gens comme vous. Il n'a pas la famille que j'ai. Il a des amis, évidemment : un vieux loup de mer de la marine marchande qui possède la maison dans laquelle il vit et sa partenaire. Mais sa famille ? Rien qui ressemble à ce que j'ai. Quand je lui ai raconté ma tentative de suicide, ce qui m'a fait le plus de mal, ce n'était pas cet aveu, mais la prise de conscience qu'il est bien plus seul que je ne le suis. C'est ça qui m'a fait du mal. Je l'ai tenu dans mes bras autant qu'il m'a tenu dans les siens. C'était la meilleure partie de la nuit. J'ai découvert que je pouvais être suffisamment fort pour que l'autre se sente en sécurité. Même s'il a une arme.

— Alors, c'est sérieux ? murmura Bear.

L'inquiétude sur son visage se fit moins intense et se transforma en expression songeuse.

— Il est bien plus vieux que toi.

— Votre Honneur, en réponse à cet argument, je voudrais présenter à la cour le cas de Rob et Mace, rétorqua Ivo, qui eut un large sourire quand Gus s'étouffa en essayant de se retenir de rire. Je comprends que vous vous inquiétez, car vous ne le connaissez pas. Tous ceux qui ont intégré notre famille sont des gens que nous connaissons depuis longtemps. Ruan vient juste de débarquer, donc c'est un inconnu, et c'est vrai qu'il a en plus un flingue et un badge. Chaque jour, il se mêle de la vie merdique des gens, dans l'espoir de faire de ce monde un endroit un peu plus sympa à vivre. Et il fait ça sans avoir des gens comme vous dans sa vie pour le soutenir. Je veux changer ça. J'aime être avec lui, j'aime sa façon de calmer les bruits dans ma tête et de me faire rire, parce que nous sommes si différents. Nous allons devoir faire beaucoup d'effort pour faire marcher cette relation, mais je ne peux pas passer mon temps à m'inquiéter du fait que vous désapprouvez. Aucune idée si la relation sera longue ou brève. Dur à dire. Mais j'espère qu'elle durera. Et contrairement à certaines personnes dont je ne mentionnerai pas le nom – n'est-ce pas, Luke ? – aucun membre de son entourage ne va me menacer si je me comporte mal avec lui. Et je trouve ça triste.

— Oh, je peux aussi te menacer, si tu veux, déclara Gus, depuis le fauteuil violet. Ça fait des années que ça dure. Autant le faire pour une bonne cause.

— Bon, même si je suis ravi que vous ayez apporté des donuts, je vous rappelle que le salon est censé être un endroit neutre, où je suis en sécurité. Vous vous en souvenez ?

Ivo faisait référence à une promesse qu'ils s'étaient faite quand ils avaient ouvert 415 Ink.

— Aucune dispute familiale ne devait avoir lieu ici. C'est un endroit où on laisse nos problèmes à la porte, parce que j'ai besoin – nous avons tous

149

besoin – d'un lieu où nous pouvons oublier les ennuis pour quelques heures. Est-ce que j'ai raison ? Ou vous avez décidé de rompre votre promesse sans me le dire ?

Ivo avait simplement besoin de voir que Bear était désolé d'avoir enfreint cette règle. Son frère aîné hocha la tête et dit :

— Non, tu as raison. Mais comprends bien que tu resteras toujours notre petit frère. Nous continuerons de nous inquiéter, non pas à cause de ton passé, mais parce que nous voulons que tu aies un futur. OK ?

— OK, je peux essayer de comprendre, même si je ne serai pas toujours d'accord.

Ivo jeta un regard en direction de la boîte rose posée sur la table et soupira en pensant à ce que Gus avait acheté.

— Si vous ne partez pas tout de suite, rendez-vous utiles et aidez-moi à préparer le salon pour que j'aie le temps de travailler sur le tatouage que je vais faire demain. Et je vais avoir besoin de quelque chose à manger. Peut-être un burrito en guise de petit déjeuner. Ce con là-bas ne semble pas comprendre quand on lui dit clairement de ne pas acheter ces fichus beignets fourrés.

# XVI

LEUR RENDEZ-VOUS romantique fut annulé ce soir-là. La mort avait frappé à nouveau, obligeant Ruan à écouter quelques-unes de ses histoires morbides autour d'un mauvais café et durant un dîner pris à la va-vite. Maite et lui furent mis sur une affaire une heure à peine après avoir déposé Ivo à 415 Ink ce matin-là. En fin de journée, il rentra à la maison pour prendre une douche, se raser et essayer de dormir deux heures d'affilée. Il réussit à parler à Ivo quelques minutes au téléphone, mais ce n'était pas suffisant. Durant les jours qui suivirent, à chaque fois qu'il rentrait chez lui, il trouvait son chat nourri et quelques sandwiches dans le frigo, accompagnés de jolies notes signées de la main de son petit ami, qui lui assurait qu'ils trouveraient des occasions de passer du temps ensemble une fois que tout se serait calmé.

Mais la vie refusa de coopérer, si bien que Ruan fut souvent pris d'une colère silencieuse. Il aurait voulu attraper le meurtrier afin de ne plus perdre ce temps qui lui paraissait si précieux, car il désirait ardemment mettre son amant à nu et explorer librement l'âme de ce dernier.

À la place, il dut se contenter de vivre en compagnie de la mort et de la destruction. Il ne sentait déjà plus l'amertume huileuse du café qu'ils préparaient dans la salle de repos. Il en vint même à envisager d'ajouter de l'eau à celui de l'avant-veille afin de gagner du temps et d'éviter de répéter les mêmes gestes encore et encore.

Par chance, une nouvelle recrue finit par se sacrifier, et Ruan repartit avec une tasse remplie à ras bord d'un café de qualité convenable. Il évita ainsi de s'empoisonner.

Ils étaient sur le point d'éliminer une série de suspects. Ils avaient passé en revue les alibis et avaient visionné tellement d'enregistrements de vidéosurveillance que les yeux de Ruan lui faisaient mal. Leur lieu de travail ne disposait d'aucune fenêtre, car il était perdu au milieu d'un labyrinthe de bureaux, de boxes et de salles d'interrogatoire, si bien qu'il était difficile de voir le temps passer. Le bruit des voix autour d'eux les aidait, cependant. Les conversations avaient tendance à s'intensifier à mesure que le soleil parcourait le ciel morne de San Francisco. S'il ne pouvait pas voir la lumière du jour, il ne manquait jamais de constater à quel point ses collègues étaient épuisés quand ils terminaient leur garde en fin d'après-midi.

— Le distributeur automatique n'a plus de chips, se plaignit Maite, avant de s'effondrer sur son siège, qui se mit à couiner.

Elle jeta dans la direction de Ruan une barre chocolatée, qui atterrit au milieu de la paperasse qu'il avait empilée quelques minutes plus tôt.

— Voilà pour toi. J'ai été obligée d'acheter du chocolat, qui ne manquera pas de finir sur mes hanches jusqu'à ce que je me rende à la gym. Si on me force à manger une barre à la noix de coco recouverte de chocolat noir, je peux t'assurer que, toi aussi, tu vas te sacrifier.

—Comment ça se fait que la mienne soit au caramel et à la cacahouète, dans ce cas ?

Ruan prit la friandise et la retourna pour lire la date d'expiration.

— Ça fait combien de temps qu'elle est dans cette machine ? Elle est certainement assez vieille pour être autorisée à rentrer dans un bar et à me payer un verre.

— Toi, tu ne connais absolument rien à la relation passionnelle qu'entretiennent les policiers avec le chocolat, déclara sa partenaire avec une moue dédaigneuse. Tu peux me croire quand je te dis qu'il y a des jours où certains d'entre nous seraient capables de tuer leurs mères pour une poignée de M & M's. Sois heureux que je t'aie rapporté celle-là plutôt que celle au riz soufflé, car elle est toujours rassie et se coince facilement entre les dents. Bon, montre-moi la prochaine tâche à faire, que j'ouvre les bons fichiers. À moins que tu veuilles que je parcoure à nouveau ceux que tu as déjà étudiés, au cas où tu aurais manqué quelque chose.

— Suppes, j'en suis arrivé au point où je ne serais même pas capable de voir un éléphant avec un chapeau de clown en train de jongler avec des bébés phoques, si jamais il y en avait un sur ces fichues vidéos, dit-il tout en indiquant le fichier sur lequel il avait travaillé. Là. Occupe-toi du suivant.

Après une demi-heure passée à regarder des gens remplir leur réservoir d'essence à trois heures du matin, Ruan remarqua que le commissariat commençait à s'agiter. En général, le bruit fluctuait en fonction du chassé-croisé des inspecteurs, qui traînaient derrière eux des suspects pour les interroger dans une des pièces situées au fond du couloir. Ne souhaitant pas manquer quelque chose sur son écran, Ruan ne leva pas la tête quand les murmures s'électrisèrent. Maite dut lui donner un coup dans les côtes pour qu'il regarde autour de lui ce qui se passait.

— Le commandant est là, siffla-t-elle. Et regarde comme il est bien accompagné.

— Qu'il est beau, murmura Joan Castro, une des inspecteurs que Maite avait recrutés de force pour passer en revue les enregistrements. Voilà le genre d'animal dangereux que j'aimerais bien apprivoiser.

— Le gars à côté de lui, pas le commandant, ajouta Maite en levant les yeux au ciel. La femme de Morgan t'éventrerait si tu l'imaginais seulement sans ses habits.

— Je ne peux pas dire que ça ne m'ait jamais traversé l'esprit, avoua Joan. Mais tu as raison, l'autre gars est canon.

Le commandant Donal Morgan remplissait le commissariat de sa seule présence. Il portait son étoile dorée comme un bouclier, protégeant tous ceux qui se tenaient derrière lui. Presque tous ses enfants avaient eux aussi rejoint les rangs de la police, si bien que le clan Morgan était toujours au centre des murmures et des rumeurs qui agitaient les couloirs de la police de San Francisco. Ils avaient la réputation d'être des flics qui travaillaient dur et étaient entièrement dévoués à leur métier. Ruan considérait qu'il était chanceux de travailler sous les ordres d'un tel homme, qui avait passé tant d'années dans les rues de la ville à arrêter les criminels de tous bords. Il fut néanmoins surpris de le voir en compagnie d'Ivo.

Il était tard, bien trop tard pour que le commandant fût encore au commissariat, mais cela n'arrêtait jamais Morgan. Ruan ne comptait plus les nombreuses occasions où il s'était préparé à rentrer chez lui pour dormir quelques heures et avait constaté que son chef était encore dans son bureau à écouter un inspecteur lui faire son rapport.

Ivo… Il ne s'était pas attendu à le voir ici.

Habitué à la puanteur d'une salle remplie de policiers, Ruan n'avait jamais imaginé que quelque chose pourrait un jour faire disparaître en un clin d'œil l'odeur de tabac froid, de café amer et de sueur qui s'accrochait aux murs et aux piliers, mais la présence d'Ivo suffit à lui faire oublier momentanément où il se trouvait.

La nuit avait suivi ce dernier dans le bâtiment, enroulant autour de son long corps une brise fraîche. Il portait un jean noir déchiré et une veste en cuir. En dessous, il avait un t-shirt avec le logo de 415 Ink, qui épousait parfaitement ses muscles. Ivo était la sensualité incarnée, se dirigeant vers Ruan avec ses bottines de cowboy usées. Ses yeux d'un bleu profond étaient soulignés de Kohl et ses joues bronzées étaient rosies, certainement sous l'effet du vent qui fouettait les rues de la ville. La main de Morgan sur l'épaule d'Ivo était un signe inquiétant, mais les sacs en plastique lourds qui provenaient du restaurant chinois préféré d'Ivo contenaient la promesse d'un repas bien plus consistant que la barre chocolatée que Maite lui avait ramenée du distributeur.

Tout autant délicieux que dangereux, Ivo se tenait patiemment aux côtés de Morgan, alors que celui-ci s'était arrêté pour parler à un policier, mais ses yeux dérivèrent jusqu'à Ruan, et le sourire insolent qui apparut sur son visage ne fit qu'inquiéter davantage Ruan. Tout le monde regardait le jeune tatoueur, et si tous les flics avaient une caractéristique en commun, c'était bien le désir de débusquer la vérité coûte que coûte. Ivo était un puzzle, une magnifique énigme, que l'on escortait dans la tanière de superprédateurs sans que ces derniers ne sachent si cet homme était une proie ou un chasseur.

— Nicholls.

L'accent traînant de Morgan se fit entendre au-dessus des bavardages du commissariat.

— Regardez qui j'ai trouvé dehors. Comme il vous cherchait, je me suis dit que j'allais vous l'amener avant de rentrer à la maison.

Le sourire qu'Ivo adressa à Ruan se fit plus malicieux à mesure qu'il avançait vers lui. L'inspecteur calcula qu'il lui faudrait au moins cinq minutes avant qu'il n'arrive à son bureau – à peine assez de temps pour faire déguerpir Maite par l'arrière du bâtiment et verrouiller la porte derrière elle. Si elle acceptait de partir, évidemment. À en juger par les petits grognements de plaisir qui s'échappaient de la gorge de sa partenaire, Ruan considéra qu'il n'avait aucune chance de mettre fin à sa curiosité.

— C'est lui, ton tatoueur ? chuchota-t-elle en enfonçant ses ongles dans son bras. Doux Jésus, pourquoi diable voulais-tu me le cacher ? Punaise, il est jeune. Comment est-ce que tu tiens le coup ? Faut que tu commences à prendre des vitamines avant que tu ne meures d'un arrêt cardiaque. Pff, il est beaucoup trop bien pour toi, cher partenaire.

— Quoi ? Nicholls sort avec lui ? voulut savoir Joan, avant de pousser un long sifflement admiratif. Je croyais qu'il ne faisait que travailler et dormir.

— Je vous donne à chacune 20 balles pour que vous fichiez le camp, déclara Ruan tout en examinant le contenu de son portefeuille et en se demandant s'il avait assez. Et même quarante, si vous promettez de me rendre un autre service plus tard.

— Tu n'as pas assez d'argent sur ton compte en banque pour que j'accepte de ne pas rencontrer ton petit copain, déclara Maite avec un large sourire. Tu ne m'as jamais dit qu'il était à ce point sexy. Non, aucune chance que je bouge d'un seul centimètre.

— Je prends les quarante dollars, dit Joan. Je dois remplir le réservoir de ma voiture. Tu m'es redevable, Nicholls.

Tout le monde suivait la progression d'Ivo à l'intérieur du commissariat. Ruan se redressa, se préparant à la collision entre sa vie privée et sa vie professionnelle.

De près, Morgan était encore plus charismatique. Sa posture avait quelque chose de protecteur et, dans son regard futé, se trouvait un éclat d'acier. Alors qu'il approchait avec Ivo derrière lui, malgré la chaleur de son sourire, il y avait encore une certaine froideur dans ses manières.

— J'ignorais que vous fréquentiez Ivo, déclara Morgan d'une voix basse.

L'acier de son regard sembla descendre dans sa voix. Ruan comprit l'avertissement.

— Une bonne famille. Je les connais depuis très longtemps.

— Je l'ignorais, Monsieur, déclara Ruan prudemment. Ivo et moi… apprenons à nous connaître, mais, en effet, il a une bonne famille. Je ne les ai pas tous rencontrés encore, mais ça ne fait déjà aucun doute.

— Quand j'ai vu Ivo pour la première fois, il était plus petit que le comptoir de son salon, répondit Morgan, chaque mot renforçant l'impression qu'il menaçait Ruan d'une lame contre sa gorge. Il faut que j'y aille, mais j'espère vous voir la prochaine fois que nous ferons un barbecue en famille, Nicholls. Ce serait bien de pouvoir discuter un peu, loin du commissariat. Rien de mieux pour connaître un homme. La meilleure manière, c'est de le voir en compagnie de sa famille.

— Oui, Monsieur, répondit Ruan en sentant comme une pression sur sa poitrine.

Passer son bras autour de la taille d'Ivo lui sembla naturel, mais les sacs firent beaucoup de bruit, et il battit en retraite pour lui laisser un peu d'espace.

— Il me tarde, ajouta-t-il enfin.

C'était loin d'être le cas. Il eut l'impression que le sol s'était mis à trembler et était sur le point de l'avaler tout entier. Lui qui aimait avancer en terrain connu, voilà qu'on venait de le projeter dans un monde étrange et dangereux.

155

Il n'avait jamais été ouvertement en couple, et, jamais au grand jamais, son petit ami n'était venu à son boulot avec des sacs entiers de nourriture, pendant que son chef et mentor se tenait à côté de lui comme un oncle suspicieux. Ruan ne savait pas comment répondre au comportement inattendu de Morgan. Ce dernier l'avait toujours protégé et l'inspecteur n'était pas heureux de se retrouver pour la première fois de l'autre côté de son épée et de son bouclier. Embrasser Ivo fut la première idée qui lui traversa l'esprit, principalement parce que c'était le plus naturel, mais il n'avait aucune envie de mettre de l'huile sur le feu et de devoir supporter pendant des semaines entières les ragots sans fin de ses collègues.

Le sourire d'Ivo se moquait de lui et semblait le mettre au défi. Ruan devait agir immédiatement, et aussi étrange que cela puisse paraître, il lui fallait faire une déclaration… même si elle devait avoir lieu au milieu de ce nid de vipères, rempli de gens qu'il admirait, avec qui il travaillait et pour qui, à l'occasion, il se serait sacrifié.

— Merde, murmura Ruan, avant de se pencher vers Ivo pour l'embrasser. Allons-y.

Les réactions autour de lui ne se firent pas attendre. Ses oreilles en furent sonnées, ou peut-être était-ce simplement le battement de son cœur dans sa poitrine, mais il regretta que ce baiser n'eût pas duré plus longtemps.

Ivo avait apporté davantage que la nuit et de la nourriture avec lui. Ses tendres lèvres lui promettaient de le sauver du marécage déprimant dans lequel il était embourbé. Un désir grandit à l'intérieur de Ruan. Il avait envie de déposer son amant sur un lit et de l'embrasser passionnément jusqu'à ce que leurs esprits soient vidés de toute pensée. Le bref contact entre leurs corps enflamma Ruan. Il s'écarta de son amant lentement, avec réticence.

— Mince, tu me rends fou, murmura-t-il, avant d'embrasser rapidement à nouveau le sourire grandissant d'Ivo. Bonsoir.

— Bonsoir, répondit ce dernier.

Il leva ses deux sacs et les posa sur le bureau de l'inspecteur.

— J'ai… euh… apporté le repas. Est-ce que tu peux faire une pause ? Si tu ne peux pas, je te laisse la nourriture et je rentre chez moi. Je me suis déjà arrêté chez toi pour nourrir le chat.

— Je crois qu'il a le temps de se nourrir, intervint Maite. Il faut bien qu'un homme mange, n'est-ce pas ? La salle de conférence numéro deux est libre, si vous voulez un peu d'intimité.

— Pas sûr qu'on en ait beaucoup, répondit Ruan, amusé malgré lui. Les murs sont en verre. C'est comme manger dans un aquarium avec une bande de requins qui nage tout autour. Et c'est vous les requins, s'il faut préciser.

— On se fiche de l'intimité. Allez manger. Je m'en vais retrouver mon épouse, ajouta Morgan en faisant un signe de tête à Ruan avant de taper gentiment l'épaule d'Ivo. Tu me dis s'il ne te traite pas bien, fiston. Nous avons beaucoup d'affaires non résolues qu'il faut archiver en bas. Certaines remontent à plus de cinquante ans.

— Ah ! Il ne survivrait pas à Mace et à Luke s'il s'amusait à mettre le bordel, répondit Ivo, avec un large sourire. Et encore, ils n'auraient que ce que je laisserais derrière moi une fois que j'en aurais fini avec lui.

Menacé de tous côtés, Ruan soupira.

— J'ai du temps de libre. Mes yeux ont commencé à saigner, et mon estomac doit penser que je fais la grève de la faim.

— Parfait, car j'ai tout apporté, déclara Ivo en jetant un regard en direction de sacs. J'ai acheté une sélection de plats pour ta partenaire. J'espère qu'elle aime le chow mein, le cochon grillé et les crevettes aux noix.

— Est-ce que je peux t'épouser tout de suite ? J'adore tout ça, répondit-elle en tendant sa main. Enchantée. Moi, c'est Maite Suppes. Je suis la partenaire de Ruan. On se tutoie, n'est-ce pas ?

— Bien entendu. Je m'appelle Ivo Rogers.

Il lui serra la main.

— Je suis son... Eh bien, je ne sais pas encore.

— Peu importe ce que nous sommes l'un pour l'autre. Tout va. Tout me va, intervint Ruan. Ou presque. Tiens, et si tu sortais la nourriture du troll et la laissais sur son bureau ? Il faut qu'elle arrête de manger des cochonneries. Dépêchons-nous d'aller à la salle de conférence. Il faut que je ferme quelques fichiers sur l'ordi, puis j'irai chercher deux bouteilles d'eau, à moins que tu ne préfères du soda.

— Tu essayes de te débarrasser de moi ? demanda Ivo, un sourcil arqué, avant d'éclater de rire quand Ruan acquiesça. Il faut que je devine quels plats sont ceux de Maite. Indique-moi où tu veux que j'aille me cacher. Je m'occupe de préparer la nourriture.

— Là-bas, dit Ruan en montrant la porte ouverte de la salle de conférence. Donne-moi cinq minutes. Six, si je dois aller cacher le cadavre de ma partenaire.

— Il est carrément trop bien pour toi. Regarde-moi ce cul et ces jambes.

Maite siffla d'admiration en regardant Ivo s'éloigner. Ruan se retourna vers elle, les sourcils froncés.

— Oh, ne me regarde pas comme ça, continua-t-elle. Toi qui avais l'habitude de passer tes soirées assis dans un rocking-chair en compagnie d'un vieillard, voilà que tu sors avec un mec tellement sexy qu'un hétéro y regarderait à deux fois.

— J'attends mes quarante balles, Nicholls, l'avertit Joan depuis son bureau, situé à quelques mètres d'eux. Je n'ai pas eu droit à un repas…

— Partage avec Maite, rétorqua-t-il.

Sa bouche était encore chaude suite au baiser qu'il avait échangé avec Ivo, mais il ne put retenir un frisson en repensant à la menace voilée de son chef.

— Suppes, rends-moi un service et essaye de… calmer les bruits de couloir. Je suis en train de paniquer. C'est pas comme si j'étais dans le placard, mais…

— Tu n'as jamais eu auparavant de mec sexy, ami avec le commandant, qui t'amène ton dîner ? termina-t-elle pour lui. Je sais. Ne t'inquiète pas. Tu gères bien. Réfléchis deux secondes. Tu as un gars qui accepte de venir te nourrir. Ici, on se considère chanceux si on met la main sur une barre chocolatée expirée et du café dégueu. Personne ne se soucie de savoir si c'est un gars ou une meuf. C'est le fait qu'il t'ait apporté de la nourriture qui nous intéresse. Et aussi, peut-être, le fait qu'il semble bien connaître le chef. Jolie épée de Damoclès au-dessus de ta tête, cher partenaire. Va remplir ton estomac de nourriture et parler avec ton petit copain. Je vais oublier ma tristesse et ma vie amoureuse inexistante en me bâfrant de chow mein et de cochon grillé. Et je t'en prie, ne va pas tout gâcher. Je me fiche de savoir ce que Morgan va te faire, mais j'aime beaucoup celui qui pense à la partenaire de son mec quand il lui apporte son repas.

— Oui, c'est bien Ivo. Il ne manque pas de générosité, murmura Ruan.

— En plus, il a nourri ton chat, souligna-t-elle. Si ce n'est pas de l'amour entre vous, c'est que tu ne le mérites pas. Surtout quand on sait à quel point ton chat est monstrueux quand il mange.

— ON EST entrés par la porte arrière et… imagine la scène. Au lieu de débarquer au milieu de trafiquants de drogue, on s'est entassés avec nos flingues dans une petite cuisine remplie de vieilles Portugaises. Elles avaient les bras enfoncés dans de la chair à saucisse et des tripes de porc.

Maite fit une pause pour reprendre son souffle.

— Et ton mec, là – totalement imperturbable – qui dit : « oh, désolé. Nous cherchions des trafiquants de drogue. Ne vous inquiétez pas, nous paierons pour la porte et nous reviendrons pour manger des saucisses. »

— Hé ! L'odeur était délicieuse. Ce n'était pas de ma faute si les stups nous avaient donné un mauvais tuyau.

Ruan fouilla un des sacs pour trouver un sachet de moutarde.

— Qu'est-ce que tu fiches encore ici, Maite ? Qu'est-il arrivé à l'intimité que tu nous avais promise ?

— Hé oh ! C'est Ivo qui m'a proposé du *char siu bao* et du *har gow*. J'aurais été bien idiote de me priver, rétorqua Maite, avant d'ouvrir un récipient de nourriture que lui avait passé Ivo. Ça sent super bon. Il faut que tu me dises où tu as acheté ça. Je vais aller vivre dans leurs cuisines.

— Prends un menu, râla Ruan en fourrant un des tracts publicitaires dans le sac de Maite. Maintenant, dégage.

— Je l'aime bien, déclara Ivo, après que Maite eut fermé la porte de la salle de conférence derrière elle.

Celle-ci s'arrêta immédiatement pour faire des grimaces à Ruan de l'autre côté de la cloison en verre, puis retourna à son bureau avec une assiette pleine de nourriture.

— Elle te remet à ta place facilement. On dirait une petite sœur.

— C'est un phénomène, admit-il, tout en baissant les stores pour leur donner un peu d'intimité. Je l'aime beaucoup, mais c'est une véritable enfant gâtée.

— C'est parce qu'elle connaît tous tes secrets.

Ivo sépara les deux baguettes et gratta le bois avec son ongle jusqu'à ce qu'il n'y ait plus d'échardes. Puis il prit celles de Ruan pour faire de même, pendant que ce dernier ajustait la hauteur de sa chaise à cause de ses longues jambes.

— Nous allons devoir manger rapidement. J'ai déjà pris beaucoup de ton temps.

— Pas tellement. C'est bien de faire une pause. J'étais en train de mourir à petit feu.

L'odeur de la nourriture avait de quoi faire saliver ; l'estomac de Ruan grogna son mécontentement, se demandant pourquoi il était toujours vide.

— Merci pour tout ça. T'es une vraie perle.

— Ça me donne une excuse pour te voir et m'assurer que tu manges, répondit Ivo, avant de se pencher pour embrasser l'inspecteur sur le coin de la bouche. C'était génial de voir Donal. Ça faisait des mois que je l'avais pas vu. Quand j'étais plus jeune, j'en pinçais énormément pour Connor. Puis un autre flic m'a ramené à la maison quand j'avais dix-sept ans et a pris sa place.

— Je n'arrive pas à imaginer que je puisse prendre la place de Connor Morgan dans le cœur de quelqu'un, plaisanta Ruan, tout en mélangeant la moutarde et le *shoyu* dans un petit gobelet en papier. Mais je te remercie d'avoir caressé mon égo dans le bon sens.

— Connor est sympa, mais il est trop... comment dire ? Il a besoin de quelqu'un de gentil. Tu vois ? Forest est parfait pour lui. Ils sont adorables et vont très bien ensemble, un peu comme la tarte aux pommes et la glace à la vanille.

Ivo ouvrit les boîtes en plastique et les plaça devant leurs assiettes.

— Je ne suis pas gentil comme eux. Il y a même des jours où je suis franchement déplaisant. Ces deux-là sont réveillés par le chant mélodieux du rossignol. Moi, j'ai droit au croassement d'un corbeau déplumé qui a volé la nourriture d'Earl – sans mentionner les cinq tasses de café noir dont j'ai besoin pour faire fonctionner mon cerveau. C'est toi qui me corresponds. En plus, j'aime ton chat. Si ça ne marche pas entre nous, je garderai Spot.

— Il sera certainement d'accord. En ce moment, il te voit plus souvent que moi, admit Ruan, pendant qu'Ivo lui servait de la nourriture.

Malgré ce qu'il disait, Ivo aimait prendre soin des autres. Le fait qu'il donne à Ruan les crevettes qu'il trouvait dans son *chow mein* en était la parfaite illustration. Une vie passée en compagnie d'Ivo ne serait certainement pas remplie de grands gestes romantiques, mais Ruan savait qu'il n'avait pas besoin de déclarations d'amour affichées sur tous les murs ou lors d'un feu d'artifice, dans le ciel nocturne. Il fut surpris de découvrir qu'il aimait qu'on prenne soin de lui. Ivo prêtait attention aux petits détails de la vie de Ruan – par exemple, le fait qu'il aime les crevettes ou qu'il mélange de la moutarde à sa sauce *shoyu* avant d'y tremper ses rouleaux de printemps. Ruan trouvait très plaisant de dîner avec le jeune tatoueur dans cette petite pièce. Il n'avait pas besoin d'un dîner dans un restaurant huppé, avec bougies et violons. Le bruit d'un commissariat, rempli de policiers qui travaillaient dur pour résoudre une série de crimes, était comme une douce musique à ses oreilles. Et la chaleur plaisante de la jambe d'Ivo contre sa cuisse lui suffisait amplement.

Il était amoureux de lui – Ruan en était déjà certain. Il lui était impossible d'imaginer une manière de vivre sa vie plus agréable que celle-ci. Il adorait partager des plats à emporter avec ce magnifique tatoueur, qui ne manquait jamais de le surprendre à chaque fois qu'il pensait l'avoir compris.

— Quelque chose ne va pas avec la nourriture ?

Ivo tenait un ravioli *shu mai* à quelques centimètres de sa bouche, sa base plate dégoulinante d'huile pimentée et de *shoyu*.

— Tu ne manges pas.

— J'étais en train de me dire que je passais un excellent moment en ta compagnie. Je ne pourrais rêver de mieux, déclara Ruan, avant de transpercer une crevette avec sa baguette. Ça fait bizarre de ne pas avoir à partager ma nourriture avec Spot. Ce bâtard dérobe des trucs dans mon assiette sans la moindre culpabilité.

— Ouais, avec un chat, ce qui est à toi est à lui et ce qui est à lui est à lui, plaisanta Ivo. Je me demandais ce que je ressentirais si je venais ici… avec tous ces flingues et ces policiers. Puis, quand je suis arrivé et que Donal m'a repéré à la réception, j'ai eu peur d'être allé trop loin. Tu ne voulais peut-être pas que je débarque à ton boulot. J'aurais dû t'appeler d'abord.

— Appelle-moi simplement pour vérifier que je suis bien au commissariat, déclara Ruan, la bouche pleine de nouilles de riz. Si j'ai été choqué, c'est simplement parce que personne ne vient jamais me voir. Tu n'imagines pas à quel point je suis heureux de te voir. Quand je ne sais plus où donner de la tête à cause du boulot, chaque seconde passée en ta compagnie m'est précieuse. Ça me rappelle à quoi ressemble une vie normale. Comment ça se fait que tu connaisses le commandant ? C'est ça qui m'a le plus choqué dans l'histoire.

— Lui et Connor se sont fait tatouer par Bear il y a longtemps. L'écusson de la police de San Francisco. Parce que, tu sais, ce sont des super-flics, précisa Ivo avec un sourire malicieux. Kane en a aussi eu un quand il est devenu lieutenant, pour qu'ils aient tous le même. J'imagine que les jumeaux se feront aussi tatouer quand ils prendront du grade. Je ne les connais pas. Je crois pas que je pourrais travailler pour Donal. Il est comme Connor. Trop flic pour moi. Mais la version père de famille. Sa femme, c'est quelque chose. J'adore Brigid.

— Je l'ai rencontrée une fois. Un véritable tsunami, avoua Ruan. Si je devais croiser quelqu'un le soir, dans une allée sombre, je préfèrerais rencontrer le commandant plutôt que sa femme. Lui au moins m'adresserait d'abord la parole. Elle... je parierais qu'elle m'éventrerait d'abord.

— Oui, elle prendrait plaisir à sentir ton sang couler sur ses mains, acquiesça Ivo. Elle n'utiliserait pas un flingue. Elle préférerait te sentir mourir.

— Qu'est-ce que tu penses des armes ? Je suis curieux.

Il bougea sa chaise pour faire face à Ivo. Leurs genoux se touchèrent.

— Après tout, je suis un flic. L'arme fait partie de la panoplie. Je sais que ça te met mal à l'aise, mais je ne veux pas que ça t'angoisse.

Ivo garda le silence pour commencer. Sélectionnant quelques dim sums, il arrangea les raviolis chinois dans son assiette, puis prit son temps pour sélectionner celui qu'il allait tremper dans sa sauce. Son choix se porta sur un *gau gee*, qu'il mordit pour en aspirer le contenu. Tout en mâchant, il regarda autour de lui, mais refusa de poser son regard sur Ruan.

— Rassure-toi, je ne me suis jamais fait tirer dessus, dit-il finalement, tout en levant les yeux vers Ruan. Je crois que je les trouve juste très effrayantes. Elles sont imprévisibles. Il faut avoir confiance en celui qui la tient. Il pourrait être incompétent, soûl ou défoncé. Avec un couteau, tu peux espérer t'en sortir, mais c'est pas le cas avec un flingue. On ne peut rien maîtriser quand on se fait tirer dessus. Et puis, je ne suis pas du genre à faire confiance au premier venu.

— Toi, ça va. Tu rentres chez toi, tu mets ton flingue sous verrou et tu n'es pas du genre à te soûler ou à te mettre en colère. Je me sens en sécurité avec toi, mais je ne peux pas dire que c'est le cas quand je suis avec d'autres personnes, avoua Ivo. Peut-être que je suis influencé par ce qui est arrivé à Luke, mais quoi qu'il en soit, on parle de quelque chose qui fait un gros trou dans le corps de quelqu'un. Les armes à feu sont faites pour tuer. Je déteste ne pas pouvoir contrôler ce qui m'arrive. Et c'est ça le pire avec les flingues, je n'ai aucun contrôle.

— Qu'est-ce qui est arrivé à Luke ? demanda Ruan, avant de secouer la tête et de lever sa main en signe d'excuse. Non, oublie. Je suis désolé. Ce n'est pas à toi de me le dire. Je veux juste que tu te sentes en sécurité quand je porte mon arme. Ça fait partie de mon boulot, et j'aime les flingues, mais jamais je ne voudrais en pointer un dans ta direction. Ou sur n'importe qui d'autre, d'ailleurs. Si je le fais, c'est parce que je dois me défendre ou protéger quelqu'un d'autre. C'est mon métier.

— Tu promets que tu n'iras pas tuer Bambi ? le taquina Ivo. Ou Daffy Duck ?

— Ça n'arrivera pas. J'ai eu l'occasion d'aller chasser avec ma grand-mère. C'était une tireuse hors pair. Du coup, j'ai grandi au milieu des armes à feu, mais il y a quelque chose que j'ai découvert au sujet de la chasse, répondit-il avec tristesse. Je n'aime pas tuer et je déteste préparer la carcasse d'un animal. Je le ferai si je dois le faire, mais je n'ai pas l'âme d'un chasseur. Pour moi, on a une arme quand on est flic. Ça me suffit. Je sais d'où provient ma viande. Je sais bien qu'elle n'apparaît pas comme par magie dans des barquettes en styromousse, mais je n'éprouve pas le besoin de chasser pour remplir mon congélo. Je préfère faire d'autres activités, comme dîner avec toi, ici et maintenant.

— Vraiment ? C'est sympa, évidemment, mais je préfèrerais être chez toi en train d'empêcher ton chat de nous piquer une crevette, car nous pourrions finir au lit juste après, rétorqua Ivo, avant de voler un morceau de porc dans l'assiette de Ruan.

— Mon cœur, je veux être avec toi en toute circonstance, murmura-t-il.

Il se pencha pour lécher la sauce aigre-douce qui était demeurée sur les lèvres d'Ivo.

— N'oublie pas, je me fiche de l'endroit où nous sommes tant que nous sommes ensemble.

# XVII

QUAND LA mort s'installait, pensait Ruan avec amertume, un meurtre en appelait un autre, et il leur revenait de mettre un terme à cette vengeance meurtrière, même si lui et ses collègues semblaient toujours avoir un ou deux coups de retard. Six jours après la visite d'Ivo, son commissariat travaillait toujours à plein régime. Ruan était épuisé, mais chaque interrogatoire, chaque déposition, les rapprochait de la fin. Puis, le septième jour, comme si Dieu avait exigé de se reposer, toute l'affaire se trouva résolue, et ils purent mettre derrière les barreaux l'homme qui avait terrorisé tout un quartier.

À vingt-deux heures, il décida qu'il était temps de rentrer chez lui. La pile de paperasse qu'ils devaient traiter était aussi basse que possible, et ce qui restait pouvait bien attendre qu'ils reviennent le surlendemain. Quand Maite déclara que son cerveau engourdi ne pouvait plus en supporter davantage, il fut d'accord avec elle. À force de boire du café préparé au boulot, un trou avait fini par apparaître dans son estomac. Et les chips et les cookies que proposait le distributeur automatique étaient franchement rassis.

— J'ai la sensation qu'un camion m'est passé dessus, déclara Maite en bâillant.

Elle mit sa veste alors qu'elle partait en direction du parking. Un froid mordant avait fait son apparition, amenant avec lui du brouillard. Elle enfonça son bonnet jusqu'aux sourcils pour essayer de rester au chaud.

— Tu penses que ton gamin a nourri le chat pour que tu puisses aller dormir direct ?

— Ce n'est plus un gamin. Combien de fois encore est-ce qu'il faut que je me répète ? demanda Ruan avec le sourire, avant d'ignorer le doigt d'honneur qu'elle lui fit. Fais attention sur la route. Si tu ne rentres pas à la maison en un seul morceau, ta mère va venir me demander des comptes. Elle m'a déjà averti qu'elle a un couteau avec mon nom dessus. Je t'en prie, fais en sorte qu'elle ne l'utilise pas.

— Elle aurait mieux fait d'en faire usage quand Dennis s'est fait tirer dessus. C'est lui qui a eu besoin que tu le sauves, déclara-t-elle, tout en ouvrant sa voiture de sport. C'est la faute de Papa si on est tous devenus policiers. Je ne comprends pas pourquoi elle te menace. T'as déjà sauvé la vie d'un de ses enfants. N'est-ce pas suffisant ?

— J'en sais rien. Tu me diras quand tu l'auras découvert. Envoie le bonjour à Richard de ma part, et dis-lui que j'aimerais bien qu'il redevienne mon partenaire. Au moins, à l'époque, sa femme ne me menaçait pas de me couper les roubignoles si jamais quelqu'un blessait ses bébés.

Ruan balaya du regard sa banquette arrière, plus par habitude qu'autre chose, avant d'ouvrir la portière.

— N'oublie pas que nous ne travaillons pas demain. Si tu pointes le bout de ton nez, c'est toi qui finiras les rapports.

— Aucune chance que ça arrive, Nicholls. La fille à maman que je suis a un rendez-vous romantique avec un livre épais, un coin de cheminée et une grande tasse de café, rétorqua-t-elle en s'installant dans sa voiture. Il se pourrait bien que je ne mette pas de culotte.

— Un détail dont je me serais bien passé, Suppes, répondit-il à travers la vitre baissée de sa voiture, alors qu'elle passait lentement devant lui en conduisant. Bon sang, j'ai bien cru que cette semaine ne finirait jamais.

Le trajet de retour se fit dans le flou – une succession monotone d'ombres, de lampadaires et de piétons. Quand il arriva dans l'allée à côté de la maison, les yeux de Ruan brûlaient. Il avait passé trop d'heures à fixer son écran d'ordinateur. Les lumières étaient allumées dans son appartement, ce qui ne le surprit pas, car il était déjà habitué aux visites nocturnes d'Ivo. Celui-ci laissait toujours la lampe du salon allumée, ainsi que la télévision. Afin que le chat ne s'ennuie pas quand il était seul, Ivo mettait à l'écran une vidéo avec des oiseaux.

— Je vais me jeter dans mon...

Son esprit se figea quand il remarqua la présence de l'énorme International Harvester Scout garée à côté de la vieille bagnole de Cranson, près des poubelles. Sa place de parking avait été laissée libre.

— Oh, Dieu ne peut pas être aussi gentil avec moi aujourd'hui. Il doit s'agir d'un mirage.

S'il ne comptait pas la fois où ils avaient mangé à toute vitesse des tacos, assis dans sa voiture derrière 415 Ink, il n'avait pas vu Ivo en personne récemment. Cette séparation forcée avait été adoucie par des SMS et des appels de courte durée. Aux dernières nouvelles, la voiture d'Ivo était au garage pour qu'on lui change ses freins. Il utilisait la Scout de Bear, heureux de ne pas avoir à emprunter le minivan que les frères utilisaient en temps normal comme véhicule de remplacement quand une de leurs voitures tombait en panne. Après avoir éteint le moteur, Ruan jeta un regard en direction de la véranda pendant qu'il attrapait sa veste sur la banquette arrière. Les radiateurs de Cranson étaient éteints et la lumière était allumée dans sa chambre, un signe que le vieux marin s'apprêtait à aller au lit plus tôt qu'à son habitude.

Les escaliers étaient aussi hauts et longs que l'Everest. Ou plutôt, ce fut l'impression que ses jambes en eurent quand il dut se traîner jusqu'à chez lui. Après avoir ouvert la porte d'entrée, il pénétra dans l'appartement chaud et fut accueilli par le ronronnement d'un chat énorme. Ivo était en train de déposer le panier à linge sur le canapé. Surpris par l'arrivée de Ruan, il se saisit immédiatement de la lourde tasse qui était posée sur la table basse, puis éclata de rire quand il prit conscience de l'identité de l'intrus.

Ruan trouva le spectacle de cet homme au jean usé et aux pieds nus extrêmement sexy. Comme la ceinture d'Ivo était basse sur ses hanches, une partie de son corps musculeux était exposée sous l'ourlet de son t-shirt. Le logo craquelé de la police de San Francisco était tendu sur son torse sculpté. Le tissu, qui avait jadis été d'un bleu vif, avait maintenant une couleur gris tourterelle et s'alliait parfaitement au bleu profond de ses yeux et au doré de sa peau. Les mèches de ses cheveux noirs étaient comme un arc-en-ciel d'hématite, les nuances de rose et de violet plus claires que les turquoises et les bleus. Cette variation de teintes adoucissait les ombres sévères de son visage, mettant en valeur ce qui était mignon plutôt que ce qui était beau, accentuant la forme arrondie de ses lèvres et soulignant sa forte mâchoire.

Il était certainement l'homme le plus beau que Ruan ait jamais rencontré. Et il se tenait là, au milieu de l'appartement de son petit ami, à faire la lessive. Cette image parfaite de vie de famille aurait été amusante si Ivo ne s'était pas préparé à guerroyer avec, pour seule arme, une tasse de café épaisse et un caractère redoutable. Ruan n'avait rien pour se défendre contre Ivo, véritable ange hargneux assoiffé de sang.

— Merde, j'ai failli te défoncer le crâne avec ça, dit ce dernier avant d'éclater de nouveau de rire. T'es à la maison. Et même plus tôt que prévu. J'allais partir une fois les vêtements pliés. Je me suis dit que tu n'aurais pas le temps de faire la lessive. Je me suis donc permis de jouer à la fouine et de saisir l'occasion de plier tes sous-vêtements.

— Tu peux faire ça quand tu veux. Je n'ai pas assez de mots pour te remercier d'avoir pris soin de ma vie durant toute cette affaire, marmonna Ruan, tout en posant sa veste sur le porte-manteau. Oh mon Dieu, comme ça fait plaisir de te voir ! Viens ici.

Mais le chat en décida autrement. Spot, s'étirant de toute sa longueur sur Ruan, planta ses griffes dans le jean de son maître et poussa de nombreux miaulements. Tout en riant, Ruan le souleva dans les airs et le mit par-dessus son épaule. Il pencha sa tête quand Ivo vint l'embrasser.

Sur les lèvres du jeune tatoueur, la cannelle avait un goût plus sucré que d'habitude, mais Ruan fut surpris d'y trouver aussi des traces d'épices. Son exploration dura longtemps. Il recouvrit le rire de son amant d'une nuée de baisers. Petit à petit, le désir enflamma leurs bouches. Spot se lassa d'être pris en sandwich entre les deux et fouetta de sa queue le visage de Ruan. Puis il sortit ses griffes pour essayer de trouver l'appui nécessaire afin de s'échapper.

— Il vaut mieux que tu le poses au sol, murmura Ivo contre la bouche du policier. J'ai mis des tacos dans ton frigo et des glaces à l'eau dans le freezer. Laisse-moi terminer de plier tes habits, et je te laisse tranquille.

Laisser s'éloigner Ivo était bien plus difficile que libérer le chat, mais il ne pouvait pas faire l'un sans l'autre. Les sourcils froncés, il frotta les griffures que lui avait faites Spot sous sa chemise, tout en suivant Ivo dans la cuisine. Comme il n'y avait pas passé beaucoup de temps, il aurait dû se sentir tel un étranger dans sa propre maison, mais l'éclairage du salon et le parfum délicat de l'assouplissant suffisaient à le convaincre qu'il était rentré chez lui. Presque autant que le baiser de feu qu'il avait échangé avec Ivo devant la porte d'entrée.

— L'affaire est classée, nous avons attrapé le meurtrier, et je ne peux penser à meilleure récompense que de me réveiller à tes côtés demain matin. Je n'ai pas à me lever aux aurores. On nous a autorisés à prendre deux jours de repos après avoir autant trimé. Il ne nous reste plus qu'un peu de paperasse. Le reste va dépendre des analyses du labo.

Les yeux de Ruan se posèrent sur le derrière d'Ivo quand celui-ci se pencha pour attraper un sachet en papier blanc dans le frigo.

— Si tu peux rester, évidemment. Je sais que nous n'avons pas eu beaucoup de temps ensemble. J'aimerais te promettre que ça n'arrive pas souvent, mais les gens se comportent comme des bâtards entre eux et…

— Et tu es payé à attraper les méchants, termina Ivo à sa place, tout en plaçant le sac de tacos sur le comptoir. Pendant que je réchauffe la nourriture dans le four, pourquoi est-ce que tu ne vas pas prendre une douche ? La salade à l'intérieur ne sera pas terrible, mais la viande est bien meilleure chaude. Je peux rester avec toi, et si tu veux, tu peux m'accompagner à San Jose. C'est là que j'avais prévu d'aller après mon passage ici. Il y a une convention de tatouages. J'allais m'y rendre ce soir, trouver un hôtel pas cher et revenir ici pas trop tard demain pour nourrir le chat.

Comprenant qu'une des personnes qu'il préférait le plus parlait de lui, Spot se mit à miauler depuis son perchoir installé derrière le canapé. Il finit par sauter dans le tas d'habits qu'Ivo avait sortis du sèche-linge quelques minutes plus tôt. Tout en sortant les tacos de leur sachet, ce dernier soupira et secoua la tête.

— Voilà un programme intéressant. Je t'inviterai pour le petit déjeuner dans ce cas, déclara Ruan.

Il vint passer ses bras autour de la taille d'Ivo, qui se tenait de dos. Pendant un moment, ils restèrent ainsi, sans bouger, respirant au même rythme. Puis Ivo pencha la tête en arrière et laissa reposer sa tempe contre la joue de l'inspecteur.

— J'aimerais vraiment que tu restes cette nuit. Je dors mieux quand tu es à mes côtés. Je me réveille de meilleure humeur, si je peux m'étirer avec toi dans mon lit. En plus, Spot a une autre personne sur laquelle dormir, et tu sais à quel point ce bâtard peut être lourd.

— Si tu veux m'accompagner, il faut que tu sois d'accord avec ma manière de m'habiller, prévint Ivo. Ce type d'événement n'est pas pour tout le monde, et j'aime m'y rendre habillé comme je l'entends. Si ça ne te convient pas…

— Ça m'ira. Ce sera un bon moyen pour moi de travailler sur mes problèmes, tout en découvrant l'univers dans lequel tu évolues.

Ruan ne comprenait pas encore tout au sujet d'Ivo. D'après ce qu'il avait compris, la communauté des tatoueurs rassemblait de fortes personnalités. Il voulait voir les gens avec lesquels Ivo était en contact et comment il interagissait avec les artistes qui ne faisaient pas partie de sa famille ou de sa boutique.

— Est-ce qu'il y aura beaucoup de tatoueurs là-bas ?

— Ouais. Les pros s'y rendent pour se faire tatouer par d'autres artistes. C'est le meilleur moyen de voir le type de dessins qu'ils font. Parfois, notre salon tient un stand à certains de ces événements, mais nous étions trop occupés pour organiser ça, la dernière fois qu'ils nous ont contactés. Il y a des nouveaux venus prometteurs que je veux rencontrer. Bear m'a demandé d'inviter ceux avec qui j'aimerais collaborer.

Ivo se détacha lentement de Ruan.

— Donc je n'y vais pas seulement pour le plaisir. Ça fait partie de mon boulot. Certains de ces artistes ne seront peut-être pas sympas. Il faut que je rencontre un gars qui fabrique des dermographes sur mesure. Il y a aussi les nouvelles encres à découvrir. Bref, c'est beaucoup de marche et beaucoup de discussions. Si ça te dit, ça serait cool de t'avoir avec moi. Mais comme c'est ton jour de congé, moi, à ta place, je resterais au lit.

Indécis, Ivo mordilla sa lèvre inférieure, ce qui n'échappa pas à Ruan. Le jeune homme était nerveux et semblait manquer de confiance en lui. Était-ce à cause de l'exposition ? Ou avait-il peur de demander à Ruan de l'accompagner ? Les indices étaient discrets, masqués en grande partie par sa forte personnalité, mais Ruan commençait à repérer les feintes d'Ivo. Ce dernier pouvait tapoter ses doigts sur le comptoir ou bien regarder brièvement le plafond afin de rassembler ses pensées. Peu importait les signes. L'inspecteur était résolu à aplanir les difficultés pour lui, comme Ivo l'avait fait quand Ruan avait dépensé toute son énergie à mettre la main sur un meurtrier.

— Faire la grasse matinée, ça donne évidemment envie, mais je pense que je préfèrerais passer la journée avec toi.

Ruan posa un baiser léger sur la nuque d'Ivo. C'était la caresse la plus petite qu'il pouvait se permettre. Il avait peur de ne pas pouvoir se retenir s'il tentait davantage. Il sentait qu'il aurait pu très facilement traîner le jeune tatoueur sur le canapé afin de lui faire l'amour au milieu du linge fraîchement lavé.

— Je vais prendre ma douche et quand je reviens, je veux entendre tout ce que tu as fait aujourd'hui – en plus de ma lessive – et ensuite, peut-être, si je ne m'endors pas pendant le repas, on pourra envisager d'autres manières d'occuper notre nuit.

ÉVIDEMMENT, IL s'endormit.

Il y avait chez lui des tacos et un bel homme, et il s'endormit sur le canapé.

Si Ivo ne l'avait pas réveillé pour qu'il aille dans sa chambre, il aurait eu droit à des douleurs dans tout le corps après avoir passé une nuit entière sur le sofa, entortillé comme une poupée cassée qu'un enfant aurait abandonnée au milieu d'une cour détrempée.

Ivo était allé prendre une douche, puis avait enfilé un marcel et un pantalon de pyjama. L'odeur du savon sur la peau de ce dernier excita aussitôt Ruan. C'était bien là un comportement primitif, digne d'un homme des cavernes, mais l'inspecteur aimait sentir son corps réagir de la sorte. Il prit pareillement plaisir à voir Ivo porter les vêtements qu'il lui avait prêtés.

(Pour tout dire, il aimait tout chez Ivo. Jusqu'à sa manière de prendre son café le matin... Le grognement appréciatif qu'il poussait lorsqu'il buvait sa première gorgée, ainsi que le sourire qu'il lui adressait, à moitié dissimulé derrière le mug...)

Ruan voulait plonger ses doigts dans la chevelure multicolore d'Ivo et tirer sa tête en arrière afin de pouvoir explorer chaque centimètre de sa gorge. Il voulait embrasser les tatouages qui recouvraient sa peau et découvrir les zones où Ivo était chatouilleux.

Leur nuit ensemble lui apporta le réconfort dont il avait besoin. Deux âmes, deux corps pressés l'un contre l'autre, à la recherche de sensualité plutôt que de plaisir sexuel, il est vrai, mais Ruan n'en était pas moins habité d'un désir brûlant pour son amant.

Le son qu'il émit quand Ivo le toucha était censé être sexy, mais évoqua davantage l'étranglement d'un alligator – une sorte de petit cri coincé dans sa gorge, incapable de se libérer de l'emprise d'une langue engourdie et de méninges embrumées. Ivo, qui se tenait au-dessus de lui, fit une grimace adorable. Tout en essayant de défaire le nœud du pantalon de ce dernier, Ruan lui adressa un large sourire.

Il n'y avait pas de sous-vêtements sous le tissu en coton. Celui-ci épousait parfaitement les cuisses musclées d'Ivo et la courbe de son sexe contre sa jambe gauche. Ces jambes étaient puissantes. Incroyablement longues et incommensurablement gracieuses, elles semblaient ne connaître aucune fin. Ruan voulait éperdument qu'elles soient refermées autour de sa taille ou posées sur ses épaules.

— Allez, arrête de grommeler.

Les mains d'Ivo étaient fortes, à moins que ce ne fussent ses bras. Ruan n'était pas assez réveillé pour remarquer autre chose que les biceps contractés d'Ivo. Celui-ci venait de se pencher pour le relever du canapé.

— Tu vas le regretter demain matin si jamais je t'abandonne ici.

— Je suis vraiment désolé, marmonna-t-il en se redressant lentement. Je me suis endormi sur toi. Est-ce que j'ai au moins mangé des tacos ?

— Oui, trois. Spot t'a aidé à terminer le troisième, que tu avais laissé dans ton assiette. Ce chat est très serviable.

Ruan arrêta soudainement de bouger et fit le mort, espérant qu'Ivo ne parviendrait plus à le bouger. Un regard bleu-nuit acéré lui dit exactement ce que celui-ci pensait de son plan.

— Tu es assez réveillé pour marcher tout seul jusqu'à la chambre. Soit tu te lèves, soit je t'abandonne ici. Et je passe la nuit avec le chat.

— Est-ce que c'est une menace ? le taquina-t-il, tout en se relevant et posant ses pieds au sol.

Ivo se décala pour qu'il ait assez d'espace.

— Je sais très bien la place qu'il prend. En plus, il pète. Ça a empiré depuis que tu as commencé à le nourrir. Qu'est-ce que tu lui as donné à manger, ce soir ?

— De l'émincé de policier avec de la sauce à la sardine, répondit Ivo en éteignant les lumières du salon.

La lampe qu'il avait allumée dans la chambre éclairait faiblement le couloir.

— Dépêche-toi. Lève-toi et va au lit. Demain, on va passer la journée à marcher et à éviter les cons. Tu vas avoir besoin d'énergie. Attraper les tueurs, c'est rien comparé aux artistes quand ils sont de mauvaise humeur.

171

# XVIII

IL Y avait eu de nombreuses nuits durant lesquelles Ivo était encore éveillé à trois heures du matin. Les raisons étaient variées. Parfois, c'était l'heure à laquelle il rentrait de boîte, à l'époque où il n'était pas responsable d'un salon de tatouage et de ses employés. À d'autres occasions, c'était le choc d'un souvenir si vivant qu'il se réveillait, et il passait ensuite des heures à essayer de retrouver le sommeil qui s'était enfui. Il y avait même eu quelques fois où son neveu, Chris, s'était mis à les appeler, le plus souvent pour se rassurer et vérifier que ses oncles étaient bien présents dans la maison. Il était aussi arrivé à ce dernier d'essayer d'extorquer à Bear ou à Ivo de la glace, en prétendant que ça le calmerait assez pour retourner dormir.

Cette fois-ci, la cause en fut Ruan. Ivo remarqua son absence dans le lit, suivi du clic de l'interrupteur dans la salle de bain, et enfin la lumière sous la porte.

Il n'aurait pas dû être dérangé par l'espace vide à côté de lui. Il avait dormi seul pendant de nombreuses années. Il avait rarement partagé un lit, et quand ça avait été le cas, il avait été le premier à déguerpir, avant même que le soleil ne se lève. Son comportement avec Ruan n'aurait pas pu être plus différent – son corps était collé à celui de l'inspecteur, et un cocon doux de couvertures entourait leurs jambes, ce qui créait un parfait hamac pour le chat. Prenant appui sur un coude, Ivo attendit que Ruan revienne et laissa ses yeux s'ajuster à la pénombre de cobalt et d'or qui régnait dans la chambre.

Ruan, le torse nu, à moitié endormi, éteignit la lumière avant d'ouvrir la porte afin de ne pas déranger son amant. Ivo apprécia ce geste. Et une envie s'éveilla en lui. Il était trois heures du matin, mais il lui sembla que c'était le meilleur moment pour cela.

Le thorax du policier était dur, ses muscles épais et ses épaules larges. Il avait une carrure parfaite pour se battre. Ses hanches étaient étroites et ses bras assez longs pour lancer un bon crochet. Il n'y avait aucun doute sur le fait que c'était un bagarreur. Les rideaux, qu'ils avaient rapidement fermés, laissaient passer assez de lumière pour qu'il pût voir les traces d'une vie tumultueuse passée à arpenter les rues sur son corps. La peau de l'inspecteur était recouverte d'un réseau de cicatrices et d'imperfections.

La lumière dorée rencontra le visage de Ruan, sculptant d'abord sa lèvre inférieure, puis soulignant sa pommette et ses yeux à mesure qu'il avançait lentement dans la chambre. Sa barbe de quelques jours lui donnait un air de pirate ou de contrebandier – ce qui le rendait encore plus sexy aux yeux d'Ivo. Son sourire était doux comme la promesse d'une excuse, mais en total désaccord avec l'éclat malicieux de son regard.

— Désolé, je ne voulais pas te réveiller.

L'éraillement de sa voix chatouilla les entrailles d'Ivo, attisant le désir qu'il éprouvait pour lui depuis leur première rencontre.

— Il est trop tôt, ajouta-t-il.

— Ou très tard, murmura Ivo, avant de frissonner quand Ruan pénétra dans le lit et amena avec lui un courant d'air froid. Bon sang, il fait froid.

— Ouais, j'ai mis le chauffage en route.

Il décala la couette pour qu'elle les recouvre tous deux.

— Spot m'a réveillé quand il est allé se réfugier sous les couvertures, bâilla-t-il. Il n'aime pas le froid. Ou ma vessie, car ce bâtard a appuyé dessus jusqu'à ce que j'aille aux toilettes.

L'excitation de Ruan vint se presser contre la cuisse d'Ivo – un rappel qu'il était fait de chair et de chaleur. Le sexe du jeune tatoueur répondit à cet appel aussitôt, et la tension qu'ils avaient attisée depuis quelques semaines s'installa de nouveau entre eux. Leur désir était presque douloureux. C'était la première fois qu'Ivo en faisait l'expérience, et malgré l'heure indue, il voulait se glisser au-dessus du corps solide de Ruan et ne plus connaître que sa chaleur.

— Je ne veux pas te le demander pour te piéger, dit Ivo, essayant de le rassurer, en vain car Ruan plissa immédiatement ses yeux. Ne me regarde pas comme ça. J'ai besoin de te demander un truc.

— Est-ce que ça va changer ce qu'il y a entre nous ? demanda Ruan, tout en bougeant pour que l'oreiller soutienne ses épaules. Parce que j'ai réfléchi à certains trucs. Principalement, à nous.

— Dis-moi ce que tu attends de notre relation, dans ce cas.

Couché sur le côté, Ivo étudia le visage de Ruan, heureux de le voir sans le masque de policier qu'il portait habituellement. Il y avait de nombreuses émotions dans ses yeux, et sa bouche s'étirait en un sourire ironique. Le chauffage se mit en marche, et une vague d'air chaud se répandit dans la chambre. Ivo abaissa la couverture, ce qui mit à nu le torse de son amant. Ses mamelons sombres étaient durcis, certainement à cause du froid ou à cause des ongles d'Ivo qui les avaient frôlés.

— Dis-moi tout, l'incita ce dernier.

— Si tu continues à jouer avec mes tétons, je vais arrêter de parler et commencer autre chose, l'avertit Ruan. Ce que j'attends de notre relation ? La vérité, c'est que tu es entré dans ma vie de manière imperceptible, ce qui est drôle, vu que tu es la personne la moins discrète que je connaisse. Mais, ce soir, quand je t'ai vu dans l'appartement, j'ai immédiatement pensé que j'étais rentré à la maison.

— Faut dire que tu vis ici, plaisanta Ivo. Tu as même un tigre à dents de sabre pour garder l'endroit. Certes, il est pas très bon pour ça, mais il est là. Si un voleur se pointe avec du poulet ou du poisson, Spot saura le lui prendre sans problème.

— C'est pas faux, dit Ruan avec un sourire en coin.

Comme Ivo caressait de nouveau son torse, le regard de l'inspecteur se perdit dans le vide.

— En général, je dépose mes affaires ici et je m'arrête en bas pour parler à Cranson, mais j'ai toujours eu l'impression que mon appart était simplement un endroit de passage. Et je sais que nous ne nous fréquentons pas depuis longtemps, mais tu fais déjà partie de mon monde. Je vais au boulot et je patauge dans les problèmes des autres, mais je sais que tu es là, que tu penses à moi et ça me remonte le moral. Évidemment, il me reste des problèmes à régler dans ma vie…

— C'est aussi mon cas.

Ivo grimaça en se rappelant les fantômes qui vivaient dans sa tête et les problèmes qu'il traînait derrière lui.

— Tu ne t'en sors pas trop mal, concéda-t-il.

— Merci, répondit Ruan, puis il pesta quand Ivo pinça son téton. Arrête ça. J'essaye d'être sérieux.

— Je n'aime pas les gens sérieux, car ça veut souvent dire que la situation ne va pas tourner à mon avantage, avoua-t-il. Combien de fois est-ce que j'ai entendu quelqu'un me dire : "assieds-toi, il faut qu'on parle" ? Tu peux être sûr que ce n'était jamais une bonne nouvelle. Mon bonheur était à chaque fois anéanti. Tu es quelque chose – quelqu'un – de vraiment bien, et je ne veux pas te perdre.

Faire preuve d'autant d'honnêteté n'était pas facile. Être vulnérable. Ouvrir sa poitrine et offrir son cœur à Ruan, dans l'espoir qu'il ne fût pas jeté au sol et brisé en mille morceaux. Ivo était fatigué de toujours devoir se rafistoler, d'attendre qu'on lui dise de dégager. Il avait fréquenté un nombre incalculable de familles d'accueil avant de pouvoir s'installer avec ses frères. L'incertitude et la crainte qu'elle suscitait étaient toujours présentes. Il y avait comme un poids constant sur sa poitrine, et il trouvait difficile de faire entièrement confiance aux gens qu'il aimait.

C'était aussi le cas avec Ruan.

— Mon cœur, tu ne vas pas me perdre, murmura l'inspecteur, avant d'embrasser les doigts d'Ivo. Je ne sais pas comment notre relation va se développer, mais ce qui est sûr, c'est que je veux que tu sois présent dans chaque moment de ma vie. Peu importe la destination finale. Où nous vivons. J'ai su que j'étais tombé amoureux au moment même où je t'ai vu repousser ces gars avec ta batte de baseball. Aussi stupide que ça puisse paraître, c'est la vérité. T'es un battant, mais tu veux aussi tout savoir et tout explorer. Tu remets en cause ma manière de voir les choses sans me remettre en cause personnellement. Voilà le type de petit ami dont j'ai besoin. Tu es celui que je veux dans ma vie.

Ils se déshabillèrent lentement, mais ils avaient peu à enlever. Ivo se mit à rire quand Ruan coinça son pied dans son pantalon. Spot décida alors que c'était le moment de lancer une attaque kamikaze sur le lit. Il était déterminé à en découdre avec ce qui bougeait sous la couverture. Ivo changea de position pour regarder Ruan, mécontent et légèrement griffé, déposer le chat dans le couloir, avant de fermer la porte de la chambre derrière lui.

— Rappelle-moi encore pourquoi j'aime ce chat ? demanda Ruan, tel un véritable guerrier irlandais, entièrement nu et fier dans la pénombre.

— Parce que lui et moi sommes pareils ?

Ivo souhaita qu'il y ait davantage de lumière dans la chambre. Il tira d'un coup sec les rideaux pour régler ce problème.

— Je veux te voir.

— Prie pour que les voisins de l'autre côté de la rue n'aient pas de jumelles, car je suis sûr qu'ils peuvent tout voir dans cette chambre.

Ruan traversa la pièce. Il s'arrêta devant le lit quand Ivo leva sa main.

— Quoi ?

— Il y a des préservatifs et du gel lubrifiant dans mon sac.

Ivo indiqua la commode d'un signe de tête.

— À gauche. Dans le coin.

— Tu es très sûr de toi, dis-moi, le taquina Ruan, qui se dépêcha d'ouvrir le sac. Attends, on était pas censés passer la nuit ensemble à l'origine.

— Je les ai dans mon sac depuis quelques temps déjà, en prévision de ce moment, déclara Ivo d'une voix basse. Ne gâche pas ce moment avec tes suspicions ridicules.

— Je plaisantais. Promis.

Il lui montra les sachets qu'il avait trouvés.

— Pour être honnête, j'avais aussi prévu d'en acheter depuis un moment, mais je n'ai pas eu le temps.

— Votre vie est difficile, monsieur l'Inspecteur.

Faisant signe à Ruan de le rejoindre en pliant le bout de son doigt, Ivo lui adressa un sourire coquin.

— Viens ici que je te fasse un bisou magique.


IVO APPRÉCIAIT le sexe, mais c'était devenu un souvenir lointain, qu'il avait enfoui sous de longues heures de travail, passées au salon ou à rechercher d'anciennes techniques de tatouage. Il aimait l'acte en soi, la manière dont le corps prenait son plaisir et se trouvait rassasié pour un moment, ce qui suffisait à empêcher qu'il ne devienne fou. Le sexe lui permettait d'entrevoir brièvement ce à quoi ressemblait le monde pour des gens normaux. Toucher le corps d'un autre homme lui permettait de s'ancrer, ou c'était ce qu'il avait pensé jusque-là.

Mais le moment intime qu'il passa avec Ruan – le poids de ce dernier sur lui, la peau tendre d'une gorge que l'on mordille, les mains calleuses sur les cuisses de l'amant – fut ce qui l'ancra le plus à la réalité.

La plupart des gens voulaient voler. Ils imaginaient des ailes avec tous les matériaux possibles, des plumes au métal ; ils visualisaient le vent qui les soulevait du sol pour les faire danser parmi les nuages et ils sentaient son souffle sur leur visage. Ivo désirait ardemment avoir le sol sous ses pieds, la solidité d'une autre âme à côté de lui, plonger ses doigts dans les hautes herbes, les enrouler autour de sa main jusqu'à ce qu'il fusionne avec le monde qui l'entourait. Il savait qu'il y avait des tempêtes menaçantes à l'horizon. Il avait ressenti leur puissance destructrice de près et avait fui l'incertitude du vent avec des bleus sur la peau et des os brisés. Il avait appris à tempérer ses envies de ciel, grâce à son art et à ses rêves, mais la présence de Ruan à ses côtés lui servait de pierre angulaire à laquelle se raccrocher.

— J'aime te toucher, soupira Ruan, sa langue courant sur le téton d'Ivo.

Ses mains semblaient être partout – et peut-être qu'elles l'étaient. Quoi qu'il en soit, Ivo se tortillait sous leurs caresses et, dès qu'elles disparaissaient pour explorer une autre partie de son corps, il brûlait d'envie qu'elles reviennent à l'endroit qu'elles avaient déserté.

— J'aime le goût de ta peau.

Des éclairs traversaient le corps du jeune tatoueur, électrisant ses nerfs et contractant ses muscles. Ce corps plein de désirs répondait au toucher de Ruan. Il était en feu ; son sexe se dressa, supplia d'être touché ; son extrémité, luisante d'anticipation, frémit quand la langue de Ruan vint à son encontre. Le frôlement des dents sur son gland suffit presque à le faire jouir. Il était si près de l'orgasme qu'il ne pouvait que se tortiller et supplier son amant.

Même ses mains pétrissaient les épaules de Ruan dans une supplique pathétique pour mettre un terme à cette torture délicieuse.

Il avait la sensation de planer, mais la douleur était celle d'un rasoir sur sa peau. Sa verge lui faisait mal. Ruan fit une pause, soufflant sur la peau mouillée de son amant. Son souffle était comme une brise fraîche, mais ce ne fut pas suffisant pour apaiser le besoin lancinant qui s'enfonçait davantage dans les entrailles d'Ivo.

— Doux Jésus, si tu ne me fais pas jouir, je vais devenir fou, murmura ce dernier, tout en essayant d'attraper la queue dure de Ruan. Laisse-moi te toucher, au moins.

— Si tu me touches, je n'aurai pas la chance de m'enfoncer en toi ce soir, grogna-t-il.

Il se mit à rire et étira son bras au-dessus du torse d'Ivo pour attraper un des préservatifs qu'ils avaient laissés sur un oreiller.

— Je suis un vieil homme, ne l'oublie pas. Je vais certainement m'évanouir d'épuisement dès qu'on aura terminé.

— T'es pas vieux, répondit Ivo, tout en retenant un petit rire quand il constata que Ruan n'arrivait pas à ouvrir le paquet. Avec tous les sachets de ramen que tu as dû déchirer, ne me dis pas que tu ne sais pas ouvrir ça ? Allez, laisse-moi faire.

— Je t'en prie. Je dois m'occuper d'autre chose.

Ruan lança le préservatif sur l'estomac d'Ivo. Il attrapa le tube en plastique qui contenait le gel lubrifiant et ouvrit son extrémité.

— Lève tes genoux, que je te regarde.

Obéir à Ruan sembla le mener à l'apogée de l'excitation et de la luxure. Les oreillers qui soutenaient ses épaules lui permettaient de voir ce que Ruan faisait. Les doigts recouverts de lubrifiant, l'inspecteur commença son travail avec une telle lenteur qu'Ivo en oublia qu'il devait ouvrir le préservatif. Il l'avait entre ses doigts, l'enveloppe déjà déchirée, mais pas suffisamment pour pouvoir en extraire le morceau de latex. Quand les doigts de Ruan se glissèrent en lui, il en oublia jusqu'à son nom.

Le policier savait ce qu'il faisait. Il n'y avait aucun doute sur le sujet. Tout en se penchant au-dessus d'Ivo, il fit en sorte que ce dernier puisse attraper la longueur rigide qui pressait contre sa peau. Il ouvrit la bouche pour accueillir avec joie le baiser d'Ivo. Puis ses doigts insistèrent et le pénétrèrent de toute leur longueur. Le jeune tatoueur s'arqua aussitôt.

— Bon sang, dit ce dernier en essayant de supporter la douleur passagère. Tes doigts sont longs.

Cela faisait longtemps qu'il n'avait pas partagé un lit avec quelqu'un. Il n'avait trouvé personne d'assez intéressant pour aller au-delà d'une simple danse. Ruan, au contraire, l'intriguait constamment et le réconfortait à égale mesure. En cet instant, ce dernier prenait tout son temps pour torturer le corps de son amant. Il fallait à Ivo un contrôle total de lui-même pour éviter qu'il ne se vide de toute sa semence sur l'estomac musclé de Ruan.

— Tu l'as ouvert ?

Ses doigts caressaient toujours l'intimité caverneuse d'Ivo.

— Sinon, je continue toute la nuit, si tu préfères.

— Espèce de connard, jura Ivo, le souffle court. Attends. Merde. Non, pas ça. Je peux vraiment pas penser quand tu fais ça.

Ivo termina de déchirer l'emballage du préservatif avec ses dents. Il faillit perdre l'anneau de latex dans les draps. Le rire de Ruan ne l'aida pas à se concentrer, car les vibrations voyagèrent jusque dans son intimité. Sa verge menaçait d'exploser à tout moment, si bien qu'Ivo n'était pas certain qu'il tiendrait longtemps quand Ruan finirait par le pénétrer.

— Viens ici. Laisse-moi te le mettre, ordonna-t-il, avant d'attraper la queue de Ruan. Tu me rends fou.

Quand l'inspecteur retira lentement ses doigts, la respiration d'Ivo s'affola. Ce dernier eut l'impression d'être vide ; il s'était vite habitué à la chaleur de Ruan en lui. Il avait besoin de plus. Tout de suite. Malheureusement, le préservatif se montra récalcitrant, refusant de se dérouler sur le sexe de son amant, malgré leurs meilleurs efforts. Le second préservatif accepta d'être plus docile. De frustration, Ruan était sur le point de jeter le premier au sol quand Ivo l'arrêta.

— Tu veux que ton fils le trouve ? Parce qu'avec la chance qu'on a, on va terminer aux urgences vétérinaires un samedi soir. Je ne veux pas avoir à expliquer comment ton chat a fini avec une capote dans le ventre.

Il saisit le morceau de latex qui les avait trahis et le remit dans son emballage.

— J'ai vraiment pas envie de terminer la nuit comme ça.

— Je déteste que tu aies raison, grommela Ruan. En effet, j'ai une meilleure idée pour occuper notre samedi soir. Tu pourrais me chevaucher, par exemple, ou te mettre à quatre pattes. J'aime l'idée de t'avoir nu durant des heures pendant que je cherche le moyen de te rendre fou.

— Je croyais que tu avais dit que tu étais vieux, lui rappela Ivo.

Il renifla l'odeur puissante de la vanille qui provenait du gel que Ruan appliquait sur sa queue.

— T'as changé d'avis ? Tu veux me prouver que t'es jeune et vigoureux ?

— Exactement. J'ai changé d'avis sur beaucoup de choses, murmura Ruan, se penchant pour l'embrasser de nouveau. Mais je n'ai pas changé d'avis sur toi. Arrête de te tortiller. Tu ne me facilites pas la tâche.

— Arrête de m'embrasser, rétorqua-t-il. À cause de toi, c'est presque impossible de ne pas se tortiller.

La première pénétration fut superficielle, mais la douleur était telle qu'elle fut difficile à supporter. Ceci dit, elle fut assez délicieuse pour qu'Ivo désire davantage. Il obtint ce qu'il voulait un instant plus tard, lorsque Ruan lui donna un coup de boutoir. Le gland épais força les muscles à s'étirer pour l'accueillir en entier. Ivo s'enfonça dans le lit, tout en accrochant ses jambes autour de la taille de l'inspecteur, ce qui permit à ce dernier de s'enfoncer davantage à l'intérieur de lui. Quelques coups à peine suffirent à Ruan pour être enfoncé jusqu'à la garde. Ses testicules caressaient la courbe des fesses d'Ivo et ses hanches étaient calées entre les jambes du jeune homme.

Ruan gémit, fermant les yeux pour un moment, puis soupira.

— Bon sang, tu es si bon autour de moi. Et tes jambes, mon Dieu ! Elles me rendent fou.

Ivo avait une réponse à ça, un commentaire percutant qui lui vint à l'esprit, mais il l'oublia aussitôt que Ruan se mit à bouger, levant ses hanches pour que sa queue le pénètre aussi profondément que possible. Le rythme lent et profond brisa le peu de retenue qui lui restait. Ivo sentit ses nerfs être parcourus de délicieux picotements. Il ne servait à rien de supplier Ruan de continuer, mais lorsqu'Ivo contracta son anus, l'inspecteur le pénétra avec davantage de force, ses ongles s'enfonçant pareillement dans les hanches du tatoueur.

La sueur se mit à perler sur le ventre de ce dernier. L'air de la chambre se remplit de leurs halètements. Il faisait chaud. Trop chaud. Un oreiller glissa loin des épaules d'Ivo, ce qui ne fit que l'enfoncer davantage dans le matelas. L'angle d'attaque de Ruan se modifia. D'un coup brusque, il le pénétra de toute sa longueur.

Ivo comprit qu'il ne survivrait pas longtemps à ce rythme. Sa jouissance était sur le point d'échapper à son contrôle. Comprenant la situation, Ruan commença à ralentir. Ivo reprit sa respiration, les talons accrochés aux hanches du policier. Il mordit son épaule, ce qui arracha un petit rire à Ruan. Ivo renouvela sa morsure, mais les doigts de son amant se mirent à caresser sa queue, si bien qu'il se rappela qu'il ne retiendrait plus longtemps sa jouissance.

Quelques allers-retours suffirent à la faire éclater. Son corps se crispa. Il eut l'impression de surfer sur un tsunami de sensations. Ses hanches rencontrèrent violemment la queue de Ruan, qui continuait à le butiner avec passion. Il mordilla sa gorge, et Ivo pencha sa tête en arrière, s'abandonnant à l'assaut, oubliant de respirer. Puis sa poitrine laissa de nouveau passer l'air, et il cria de plaisir.

Leurs corps ralentirent leurs mouvements effrénés. Ruan se mit à grogner au moment où il donna un dernier coup de hanche. Il remplit l'intimité de son amant avec une chaleur que ce dernier sentit jusqu'à l'extrémité de ses doigts de pied. Ruan, contre lui, supportant ses hanches, ne fit aucun effort pour bouger. Son sexe était assez large pour donner à Ivo l'impression d'être déchiré en deux.

— T'as amené combien de capotes ? murmura Ruan, tout en caressant les cheveux mouillés d'Ivo.

Sa queue était à moitié dure, toujours à l'intérieur du tatoueur.

En entendant cette question, l'excitation sembla reprendre possession des entrailles d'Ivo.

— Si tu me donnes quelques minutes, poursuivit l'inspecteur, j'aimerais bien te voir sur tes genoux, les fesses en l'air. Si nous sommes chanceux, il se pourrait bien que je sois toujours en toi quand le soleil fera son apparition.

# XIX

— Putain… grogna Ruan quand il leva les yeux sur l'homme aux longues jambes qui venait d'entrer dans le salon. Je… Merde, je ne sais pas quoi te dire.

Ruan n'aurait jamais pu s'attendre à cela. Ivo avait remisé son accoutrement de petite fille catholique coquine et l'avait remplacé par une déclaration puissante de sa masculinité, qu'il avait enveloppée d'atours traditionnellement féminins. Son kilt écossais était long. (Le motif du tartan provenait du troisième bataillon d'Écosse, celui que l'on surnommait le Black Watch.) Un simple t-shirt blanc épousait parfaitement les muscles de son torse. Sa veste en cuir noir brillait d'un éclat féroce et complétait ses bottes, qui étaient de la même matière et de la même couleur. Les talons de ses chaussures, tout en n'étant pas dangereusement hauts, ajoutaient cinq centimètres à la taille d'Ivo.

Mais c'était le visage de ce dernier qui perturbait Ruan et l'empêchait de respirer normalement.

Ses yeux étaient d'un bleu vif, au milieu d'un paysage brumeux. Il ne s'agissait pas d'une simple ligne de mascara ou d'une touche discrète de fard à paupières. Ivo s'était préparé à la guerre. Sous ses yeux, il y avait comme des entailles d'un noir d'ébène et sur ses paupières, c'était un véritable ciel nocturne sans étoiles. Au début, Ruan ne vit que le noir – on aurait dit une tache sombre – mais il nota très vite le violet et le bleu qui apparaissaient quand son amant clignait des yeux.

— Tu sembles hypnotisé, remarqua Ivo. Tu vas bien ?

Il eût été inutile de nier la beauté d'Ivo. Ou sa férocité. Ruan se rassit sur le canapé, passant en revue les différentes émotions qui le traversaient. Ses instincts se révoltaient contre ce mélange de styles traditionnels. Il pouvait sentir un certain inconfort grimper le long de sa gorge afin d'aller plonger ses canines empoisonnées dans son cerveau. Comme s'il pouvait voir le conflit intérieur qui se jouait à l'intérieur de Ruan, Ivo alla s'asseoir en face de lui, sur la table basse, son kilt replié entre ses genoux.

— Tu sais bien que je ne vais pas changer, dit-il doucement. Mais je veux bien qu'on parle de tout ça pour dédramatiser. Sinon, tu peux toujours rester ici.

— On sait tous les deux que, si je reste chez moi, tu ne reviendras jamais ici et je serai l'idiot qui aura perdu la meilleure chose – la meilleure personne – qui lui soit arrivée dans la vie, admit Ruan. Je vais prendre le temps de comprendre pourquoi ça me dérange, parce que ça n'a aucun sens. Cette manière de t'habiller n'a aucune importance. Je veux dire par là que tu es splendide. Ça crève les yeux.

— Nous avons le temps, répondit Ivo. Dis-moi ce qui te passe par la tête. Pourquoi est-ce que t'es en train de bugger ? Je peux le voir sur ton visage. Ou plutôt, je ne vois plus rien. Tu t'es refermé. Tu viens de mettre ton masque de policier.

Quelque chose était en train d'empoisonner Ruan. Ça murmurait sans fin dans le noir de son crâne, comme de la honte qui enfonçait ses aiguilles dans ses pensées afin de les crever. C'était certainement une bonne idée de parler. Ou du moins, cela lui laisserait assez de temps pour régler son compte à ce *quelque chose*.

Après avoir pris une profonde inspiration, il déclara :

— J'essaye. Vraiment. Je crois que ça a à voir avec toutes ces années que j'ai passées à cacher que j'étais attiré par les hommes. Le fait d'être gay me faisait peur et m'angoissait. Je ne crois pas m'être débarrassé de tout ça.

— Je vois, répondit Ivo en prenant appui sur ses mains. Tu as tort si tu crois que je couperai les ponts avec toi, parce que tu ne veux pas venir avec moi, alors que je suis habillé comme ça. Tu as peut-être besoin de temps. Et il faut que je t'en accorde, dans la limite du raisonnable. Tout est une question de contexte. Je sais qu'il faut parfois que je me comporte de manière plus appropriée. Je n'irais pas au tribunal habillé comme ça, mais ce n'est pas pour autant que je ne porterais pas des talons.

Les cheveux d'Ivo, qui encadraient son visage, étaient un peu en bataille. À le voir, avec ses longues jambes musclées, son t-shirt qui épousait son abdomen parfait, il était divinement baisable. Sa manière d'exprimer sa masculinité était un défi lancé au monde, Ruan le savait bien, mais Ivo affichait qui il était sans le moindre effort. Ruan devait l'accepter, car aimer Ivo revenait à tout aimer de lui, sans exception ; peu importait sa manière de s'habiller tel ou tel jour, car l'homme qu'il était à l'intérieur ne changeait pas. Son apparence était le reflet de ce qu'il ressentait et servait parfois d'armure pour le protéger, les jours où il en avait le plus besoin.

182

— Alors… il faut que je te pose la question. Est-ce que tu t'habilles comme ça aujourd'hui parce que ça te fait du bien ? se risqua Ruan en plaçant ses mains sur les genoux nus d'Ivo. Car, pour moi, dans le passé, un homme qui s'habillait comme ça pour attirer l'attention finissait habituellement par le regretter, à cause des réactions violentes des autres hommes. Je sais que ce que je dis n'a pas tellement de sens. J'essaye de trouver les bons mots.

— Voyons si je peux t'aider.

Ivo se pencha en avant et caressa les mains de Ruan.

— Je crois qu'une partie de ce que tu ressens – si ce n'est pas la totalité – peut s'expliquer par le fait que tu as peur qu'un gars me casse la gueule si je m'habille comme ça. N'est-ce pas ?

— Oui. En partie. Une grosse partie. Il y a aussi beaucoup de… d'aversion. Quand j'étais gosse, j'entendais que ça. Fais pas ta gonzesse ou les gens vont croire que t'es une pédale. Ce genre de commentaires a laissé des traces.

Ruan essaya de faire le tri dans les émotions qui l'envahissaient. Beaucoup de souvenirs étaient attachés à celles-ci, à commencer par l'image d'Ivo assis sur le capot d'une voiture de police, les mains ensanglantées après avoir cogné un autre homme.

— Ma grand-mère me disait toujours d'être un dur. Fallait que personne ne pense que je puisse être une chochotte. Peut-être qu'elle savait que j'aimais les hommes et voulait me protéger à sa manière ? J'en sais rien. Elle n'a jamais rien dit à ce sujet, et je me suis gardé de lui avouer ma sexualité. C'était une femme qui avait une forte personnalité. Elle a servi son pays, puis quand sa fille est morte, elle n'a pas eu d'autre choix que de m'élever. Elle a fait de son mieux, mais…

— Ton éducation a été celle d'un autre temps, termina Ivo, les lèvres pincées. Celui de Cranson, par exemple. Les choses étaient différentes pour eux, elles le sont encore d'ailleurs. C'est dur de changer sa manière de penser parfois.

— Tout le temps même. On a toujours agi de la même manière, donc on se fiche de savoir s'il peut en exister une de meilleure, plaisanta Ruan, non sans amertume. Et oui, t'as raison, elle ressemblait à Cranson. Aucune pitié. Fallait toujours rester vigilant, ne montrer aucune faiblesse. Je l'aimais à mourir, mais quand on n'était pas d'accord, c'était comme se battre contre une tempête de sable. Du coup, je ne lui ai jamais rien dit. Et tu vois, je le regrette maintenant. Elle était une pionnière dans sa carrière, mais pour le reste… c'était pas toujours le cas. Elle m'a appris énormément, mais tout n'était pas bon à garder. Je n'ai pas terminé de faire le tri.

— Il me faut oublier toutes ces conneries au sujet des hommes qui ne doivent pas porter des talons ou du maquillage. Je le sais très bien. T'imagines pas le nombre de formations psychosociales que je me suis tapé pour le boulot. Ça m'aide beaucoup quand je suis sur le terrain… Sauf que je n'ai jamais dû gérer ça sur le plan personnel, avec quelqu'un… que j'aime bien. Donc, ouais, va peut-être me falloir du temps pour purger mon cerveau, mais je ne déteste pas le fait de te voir comme ça.

Ruan prit une inspiration profonde, tout en espérant qu'Ivo serait assez patient avec lui pour lui laisser le temps de mettre des mots sur tout ce qui lui traversait l'esprit.

— Ça m'excite à bien des égards, car tu es à la fois dur et doux. Mais en dessous de tout ça, je crois que j'ai été conditionné à craindre la réaction des autres. Je sais à quel point les gens sont violents et haineux. Du coup, j'ai une réaction viscérale quand je te vois comme ça. Et d'une certaine manière, ça doit vouloir dire que je ne te fais pas assez confiance. T'es capable de prendre soin de toi, je le sais. Évidemment, parfois, ça t'arrive d'attaquer des gars armés jusqu'aux dents avec une simple batte de baseball dans les mains, mais j'imagine que tu sais vraiment comment t'en servir.

L'expression sur le visage d'Ivo s'adoucit, et l'ombre d'un sourire étira ses lèvres.

— Je peux t'assurer que j'ai utilisé ma batte pour casser la gueule à des cons bien plus souvent que je ne l'ai utilisée pour jouer au baseball. Notre salon se trouve sur les quais. C'est un aimant à connards et à ivrognes.

— Tu vois, c'est le genre de choses qu'un flic n'est pas censé savoir, plaisanta Ruan, tout en caressant la peau nue des cuisses d'Ivo. Okay, maintenant, c'est le moment de poser des questions stupides, vu que je n'ai aucune idée de comment ça marche.

— Vas-y, je t'écoute.

— Quelle différence y a-t-il entre ce que tu fais et le travestissement ? Est-ce que c'est un truc… au milieu ? Aide-moi à comprendre. J'essaye de…

— Mettre les choses dans des cases pour t'aider à mieux les gérer ?

Ivo se mit à rire, un éclat chaleureux que Ruan ressentit jusque dans ses os.

— J'essaye de comprendre, clarifia-t-il. Je suis moi-même dans une case. Une dans laquelle on trouve des badges, des menottes et des salopards qui font souffrir les bonnes gens… et parfois même les gens moins sympas. Pourquoi les jupes ? Pourquoi les talons ?

— Oh punaise, soupira Ivo. Okay. Laisse-moi réfléchir.

Ivo se pencha en avant, se rapprochant de Ruan, puis il regarda ailleurs, son regard se faisant distant. L'inspecteur, pendant quelques secondes, pensa qu'il ne recevrait pas de réponse, mais Ivo répondit :

— Ce n'est pas du travestissement. Se travestir demande beaucoup de travail et n'a pas la même signification. C'est une culture à part entière. Ou une communauté. C'est dur à définir, mais elle a ses propres normes et son propre langage. On considère qu'il existe une "autre" identité. Le but est de faire émerger cette autre personne qui vit à l'intérieur de soi et qui a besoin de sortir ou de simplement… exister.

— Ce n'est pas le cas pour moi. Ta question reste valide, évidemment, car tu ne peux pas le savoir, ajouta-t-il avec sérieux. Et si tu ne demandes pas, tu ne le sauras jamais. Il vaut mieux m'interroger plutôt que de décider de la réponse sans me consulter. Pourquoi est-ce que je porte ça ? Parce que ça correspond à mon humeur du moment. Il y a des fois où je veux que mon look soit d'une certaine manière. Certains jours, c'est du mascara ; d'autres, des rangers. Ce sont juste des accessoires, juste des vêtements, juste des chaussures. Parfois, quand je sens que ma confiance chancelle, je veux porter quelque chose qui me donnera l'impression que je peux botter le cul de tout le monde.

— Comme aujourd'hui, murmura Ruan, tout en regardant ce qu'Ivo portait. On dirait que tu vas exterminer la race humaine.

— Ouais. C'est parce que je sais où je vais. Il va y avoir des gens pour colporter des ragots dans mon dos, et certains le feront même devant moi.

I haussa les épaules.

— Je suis prétentieux, et beaucoup de gens pensent que je suis un connard fini ou que, si je travaille au salon, c'est parce que je suis le petit frère de Bear et de Gus. Pour beaucoup d'artistes, je suis un putain de gamin, qui ne sait pas ce qu'il fait ou qui n'a aucun talent. Mais je vais devoir mettre de l'eau dans mon vin aujourd'hui, car je représente les intérêts du salon, et pas seulement les miens. Je vais donc devoir avaler des couleuvres et la fermer. Sinon, ouais, je me suis habillé comme si j'allais botter des fesses, parce que je dois bien me comporter et rester professionnel. Du coup, tu vas m'accompagner ou tu préfères rester avec le chat ?

— Je t'accompagne, évidemment, répondit Ruan d'un ton ferme, avant d'embrasser Ivo. De toute manière, t'es de bien meilleure compagnie que Spot.


— C'EST UN endroit de fous, murmura Ruan alors qu'il essayait de suivre les enjambées d'Ivo. Et c'est pour les tatouages.

Le jeune tatoueur semblait savoir instinctivement quand la foule autour d'eux était sur le point de s'ouvrir, leur laissant assez de place pour avancer. C'était un don que Ruan n'avait pas reçu à la naissance, car à chaque fois que les gens s'écartaient, ils semblaient aussitôt refermer leurs rangs, ce qui le laissait quelques mètres derrière celui qui était la cause de nombreux bavardages.

Ce rassemblement de tatoueurs et de tatoués au centre des congrès de San Jose était bien trop grand pour être appelé une simple expo. Il occupait les trois halls principaux, transformés en un labyrinthe de tables, de cabines et de haut-parleurs, qui crachaient de la musique suffisamment forte pour retourner un passant comme une crêpe s'il ne faisait pas attention.

L'endroit était rempli d'une foule bruyante et agitée. Ruan essayait de prêter attention à tout ce qui l'entourait, mais dès qu'il faisait un pas, tout changeait si vite qu'il n'y arrivait pas. Les artistes indépendants avaient été placés le long des tables, près des murs extérieurs. Tous montraient leurs portfolios, mais certains faisaient même des tatouages de manière impromptue, pendant que les gens autour d'eux regardaient. Les stands plus importants étaient réservés aux salons qui employaient plusieurs artistes, mais aussi aux différents fournisseurs de matériels. Certains kiosques vendaient des vêtements en cuir, d'autres des peluches. Il y avait même une femme pour vendre des corsets faits sur mesure – ses seins menaçaient de déborder à tout moment de son bustier bordeaux.

Ruan avait travaillé dans de nombreux festivals quand il était encore un policier en uniforme. De la Pride au Nouvel An chinois, il n'y avait rien qu'il n'eût déjà vu, mais la foule de cette convention recouvrait un très large spectre : il y avait, d'un côté, ceux qui ressemblaient à des profs de maths à la retraite, leurs manches repliées pour montrer leurs tatouages, et de l'autre, ceux qui, certainement encore à la fac, s'habillaient de manière extravagante et effaçaient sans le moindre remord les distinctions traditionnelles entre garçon et fille. Une jeune femme dans une robe blanche moulante leur passa devant. Elle avait une coupe au carré de couleur orange fluo et des bottes de la même couleur qui lui remontaient jusqu'aux cuisses. Elle mesura Ivo du regard, humectant ses lèvres et murmurant quelque chose que Ruan n'entendit pas.

Il ne pouvait pas lui en vouloir de regarder. Le kilt d'Ivo, qui s'arrêtait au-dessus de ses genoux, aurait mérité d'être un petit peu plus long. Quand il marchait, les plis se balançaient et révélaient l'intérieur de ses cuisses. Ruan ne savait pas s'il devait l'admirer ou le ramener de force à la voiture pour lui faire l'amour dans la pénombre relative du garage où ils avaient laissé le SUV.

Le badge pour les professionnels, qui pendait autour de son cou, leur donnait apparemment accès à toute la convention, ainsi qu'au foyer des artistes, qui était fermé au public. Il y avait eu une discussion animée quand Ivo était venu récupérer les pass, mais Ruan avait été trop éloigné pour entendre ce qui se disait. Occupé par la foule qui l'entourait, il n'avait pas prêté attention aux employés qui gardaient l'entrée réservée aux professionnels. Quoi que fût le problème, Ivo était parvenu à récupérer les deux badges et l'avait rejoint en secouant la tête.

— Mets ça autour de ton cou. Peux pas dire que tu vas ouvrir la Mer Rouge comme Moïse, mais au moins, tu auras droit à un café dans la salle de repos, lui dit Ivo, tout en lui remettant son badge personnalisé. Allons voir s'il y a des gens qui valent le coup que Bear s'entretienne avec eux.

Comme il s'y était attendu, sa bonne éducation catholique fut choquée par les gens qui étaient présents. Les exposants étaient de tout âge, et les plus vieux semblaient instinctivement deviner son métier, à en juger par les regards suspicieux auxquels il avait droit. Un géant recouvert de tatouages, qui tenait un chihuahua sous le bras, le salua d'un hochement de tête, puis s'arrêta quand Ivo fit un petit claquement de langue contre son palais pour attirer l'attention du chien. Ils s'arrêtèrent pour qu'Ivo puisse caresser cette saucisse sur pattes aux yeux globuleux, dont la queue fouettait l'air avec enthousiasme.

— Ouais, j'ai eu de la chance, déclara l'homme, avant d'envoyer des baisers à son chien. Tu sais, d'habitude, ils sont à moitié effrayés et à moitié en colère, à pisser partout, mais Coco est un amour.

Ruan fut d'avis qu'il avait bien fait de laisser son arme dans le coffre-fort de son appartement. Il semblait que la consigne du jour était de se bousculer le plus possible, même si personne ne semblait particulièrement agressif ou pugnace. S'écartant du flot, Ruan se retrouva à côté d'une petite femme, d'origine asiatique, avec davantage de piercings dans le nez et sur le visage que son SUV n'avait de chrome, mais elle lui adressa un large sourire et un clin d'œil amusé quand il dut s'écarter pour laisser passer des gens.

— C'est la folie ici, dit-elle après avoir rigolé. Attendez une autre heure, et ce sera pire. Là, c'est juste un avant-goût.

— Mince, j'ai du mal à l'imaginer, répondit-il en secouant la tête.

Il avait déjà perdu Ivo, mais ce n'était pas difficile de le retrouver, puisque celui-ci se trouvait devant l'un des exposants, sa tête penchée au-dessus d'une pile de classeurs.

— Bonne chance.

— Revenez me voir ! lui lança la jeune femme. Pour vous et votre petit ami, je vous ferai un tatouage chacun pour moitié prix. Une promo 2-pour-1.

Ivo était déjà passé à l'exposant suivant quand Ruan le rattrapa, mais des images de pinups attirèrent son attention. Posé sur un coin de la table, le livre montrait une sirène, assise sur un rocher, en train d'essayer des lunettes d'aviateur. L'artiste avait ajouté d'autres animaux marins dans l'image. Près de sa queue, il y avait un crabe bleu qui tenait un avion en modèle réduit pendant qu'une étoile de mer rose escaladait un badge d'aviateur recouvert d'algues. Fasciné par le dessin, Ruan se permit de jeter un coup d'œil en direction d'Ivo, qui discutait avec l'artiste, un homme blond qui aurait dû travailler sur un terrain de rugby plutôt que dans un salon de tatouage.

— Il ne faut pas se fier aux apparences, Nicholls, se rappela-t-il. Elles ne donnent aucun indice sur ce qui se trouve à l'intérieur. Je suis venu ici pour en faire l'expérience et ne pas l'oublier.

Les vieilles habitudes avaient la vie dure. Il ne pouvait pas s'empêcher de balayer du regard la foule pour détecter tout signe d'agitation. Cela faisait trop longtemps qu'il était flic. Il était habitué à ces situations où un changement dans l'air entraînait des problèmes. Cette habitude était trop enracinée pour qu'il puisse facilement s'en débarrasser quand il le désirait. S'il voulait se détendre, il fallait qu'il arrête d'être aux aguets, mais sa vigilance n'était jamais loin sous la surface. Il ne pouvait ignorer totalement l'inquiétude qu'il éprouvait pour Ivo et face à ce monde qui changeait constamment.

— Je vais rester ici un moment, *chéri*.

Remarquant la manière qu'eut Ivo de prononcer ce dernier mot, Ruan fut certain qu'on le taquinait.

— Tu peux continuer si tu veux, je te rattraperai, ajouta-t-il.

— Non, c'est bon. Je vais t'attendre. Prends ton temps.

Tout en parcourant le classeur, Ruan jeta un coup d'œil au gars qui se trouvait de l'autre côté de la table. Celui-ci avait l'air nerveux. Il passait sa main dans ses cheveux épais pendant qu'Ivo étudiait quelque chose dans le portfolio qui se trouvait devant lui.

La première double page du classeur était recouverte d'une esquisse qui représentait une scène sous-marine. Elle était dessinée sur le même papier transparent qu'Ivo utilisait au salon. Face au dessin se trouvait une photo du tatouage, certainement prise juste après l'avoir terminé. Les couleurs étaient brillantes, se démarquant de la peau olive-or du client. Absorbé par la comparaison qu'il faisait entre l'esquisse et la photo, Ruan ne prêta pas vraiment attention aux hommes à l'autre table, qui se rapprochaient d'eux.

Ils étaient au nombre de trois, le plus jeune et le plus vieux de l'autre côté de la table, tandis que le troisième, d'âge moyen, se tenait à quelques centimètres à peine de l'épaule gauche de Ruan. Le plus âgé, le visage buriné par le soleil et les cigarettes, semblait davantage intéressé par le tatoueur qui parlait avec Ivo, mais les deux autres comparses discutaient entre eux à voix basse. Ruan ne comprit ce dont ils parlaient que lorsque le gamin, à peine sorti de l'adolescence, parla assez fort pour qu'il l'entende.

— Non, c'est l'autre. Le plus jeune.

Une barbe hirsute semblait allonger le visage du plus vieux. Ses cheveux d'un blond grisonnant contrastaient avec les poils roux de son menton.

— Ivo. Pas Gus. Un gros connard, voilà c'qu'il est. Pense qu'il est le meilleur. Tout le monde sait que c'est un parasite. Il utilise la réput' de ses frères pour avoir des clients. Ses tatouages, c'est d'la merde. Véritable arnaque. Tu crois que tu y vas pour avoir un vrai artiste, mais tu te retrouves coincé avec ce loser.

— T'es juste agacé qu'il ne se soit pas arrêté pour te parler, articula silencieusement le plus jeune. Mais t'as raison. C'est Ivo, pas Gus. Et c'est certainement pas Bear. Bizarre qu'il soit ici, vu qu'ils ont pas de stand, mais p't-être qu'il cherche à débaucher. J'ai entendu dire que 415 a un poste vacant.

— Débaucher ?

L'homme d'âge moyen ressemblait à un prof d'histoire que Ruan avait eu au lycée. Il portait l'uniforme des pères de banlieue : un polo rouge et un pantalon kaki, des cheveux bruns, au-dessus d'un front haut, à peine plus longs qu'une coupe en brosse, ramenés en arrière à l'aide d'une cire coiffante. On aurait pu croire qu'il était manager d'un grand magasin ou qu'il s'apprêtait à donner une conférence sur la Révolution américaine, mais Ruan remarqua un tatouage sur son avant-bras – un pin stylisé, d'environ sept centimètres, composé d'une série de points noirs de différentes tailles.

Baissant la voix le plus possible, il demanda :

— Qu'est-ce que débaucher veut dire ?

— Il regarde le portfolio des gens pour voir s'ils sont assez bons pour travailler dans son salon, Papa.

Le gamin regarda en direction d'Ivo, qui se trouvait de l'autre côté des tables. Grâce à l'éclairage, Ruan remarqua la ressemblance entre les deux hommes. Ils avaient tous deux cet arbre stylisé sur l'avant-bras.

— Et n'écoute pas Barry. Il ne sait pas de quoi il parle.

— Je sais reconnaître un tatouage de merde quand j'en vois un. Aucun des siens n'est bon, grommela l'autre homme, qui devait s'appeler Barry.

Il se gratta le menton, si bien que les poils de sa barbe partirent dans tous les sens.

— Barrett Jackson est bon, si t'aimes le style Old School, et Gus se débrouille pas trop mal pour les trucs japonais ou de la nouvelle école… et encore… Mais ce que fait cet Ivo, c'est de la merde. Les traits sont trop épais, les perspectives dégueu. Vraiment un travail de salaud.

— Est-ce qu'il s'est arrêté pour te parler ? demanda le clone du prof.

Ruan dut reconnaître que le père venait d'ignorer l'intervention du fameux Barry et prêtait davantage attention à son fils qu'à la grande gueule qui se tenait non loin d'eux.

— Tu voudrais changer de salon ?

— Pour travailler pour 415 Ink ? Oh putain, ouais. Sans hésiter une seconde, mais jamais ils me prendront.

Le gamin parcourut les pages de son book, avant de s'arrêter au milieu pour frapper la page en plastique de sa main.

— Je suis pas assez bon. Pas encore. Suis trop jeune. J'aurais de la chance s'ils me demandent de faire un tatouage pour leur catalogue.

— Je sais pas. Il m'a pas l'air bien plus vieux que toi, remarqua le père.

— Papa ! Ivo Rogers a probablement fait son premier tatouage avant d'apprendre sa première table de multiplication. J'ai commencé il y a quatre ans à peine, répondit le jeune homme d'un ton moqueur. Un jour, peut-être. Un but à atteindre. Beaucoup de gens qui ont travaillé là-bas finissent par monter leur propre salon ou par être invité par d'autres endroits prestigieux, comme Hizoku ou Tanner's. Pour le moment, faut que je me concentre sur mon boulot afin de payer mes factures.

— Et merde ! Comme si cette pédale paye ses factures. Il doit sucer gratis ses clients quand il a fini de leur faire un tatouage. Seul moyen qu'il a trouvé pour pas qu'ils se plaignent, cracha Barry.

Ruan leva la tête et rencontra son regard acéré.

— Qu'est-ce que tu veux, toi ?

— Que vous vous excusiez, répondit l'inspecteur à voix basse, le plus calmement possible, tout en redressant ses épaules pour faire face à Barry. Car vous parlez de mon petit ami.

# XX

La voix délicieusement grave de Ruan lui parvint à travers le bruit de la foule. Elle pénétra dans sa poitrine et vint trouver son cœur. Que ses frères le défendent ? Cela arrivait tous les jours. Mais qu'un homme à qui il avait confié ses secrets prenne sa défense en public ? Il sentit un tourbillon d'émotions prendre possession de lui. Se concentrer sur James Rockwell et son art était déjà difficile quand Ruan se trouvait près de lui. Son corps picotait encore suite à ce qu'ils avaient fait sous les draps quelques heures plus tôt. Ses hanches avaient des bleues là où les doigts puissants de Ruan s'étaient enfoncés. Ivo avait lui aussi laissé des traces sur son amant, une série de morsures le long de son dos, des suçons qu'il avait adoré renouveler à chaque fois qu'ils disparaissaient.

— Est-ce que t'as besoin d'aide, Ruan ? demanda-t-il calmement, assez fort pour que son amant l'entende.

Il ne voulait surtout pas se prendre la tête avec un autre artiste. Il avait déjà la réputation d'être quelqu'un de difficile. Il devait garder à l'esprit que la réputation du salon était en jeu à chaque fois qu'il ouvrait la bouche. Bear lui avait demandé de maintenir des relations cordiales avec la communauté.

Mais quand même... *son petit ami*. Une première. Le pas d'une danse qu'Ivo n'était pas certain de maîtriser. Le monde était vieux jeu et avait encore cette conception rigide de ce qui différenciait un homme d'une femme. Ivo ne savait pas s'il pouvait rentrer dans une des cases que lui imposait la société, mais il apprécia l'usage du mot *petit ami*, même s'il ne lui était pas familier. Il eut l'impression de faire partie de la vie de Ruan.

— Non, c'est bon.

L'inspecteur ne regarda pas en direction d'Ivo. Il maintint son attention sur les autres hommes.

— Barry et moi allons avoir une petite discussion.

La tension autour d'eux monta d'un cran quand le comportement de Ruan indiqua clairement qu'il était flic. Ivo se contenta de retourner au book de James, se forçant à se concentrer sur le tigre dessiné spécialement pour orner le dos nu d'une femme. Il compara le dessin à la photo qui se trouvait sur la page opposée. James avait pris quelques libertés avec l'ombrage, ce qui était une bonne décision, car cela permettait de mieux mettre en avant les caractéristiques du tigre, tout en gardant sa férocité. Les couleurs étaient excellentes – un mélange de marron, d'orange et d'or avec assez d'espace pour laisser l'encre respirer. En plus, il avait utilisé la peau dorée du client pour accentuer sa palette.

James méritait toute son attention, mais la voix de Ruan se fit aussi basse qu'un murmure, et du coin de l'œil, Ivo vit Barry se raidir. James regarda dans cette direction et fronça les sourcils.

— Je peux aller parler à Barry et lui dire de se calmer, dit-il à mi-voix.

— Nan, Ruan est flic. Il est inspecteur à San Francisco.

Ivo, relevant sa tête, espéra que son large sourire rassurerait James. Celui-ci se balançait nerveusement sur ses pieds.

— Vous allez bien ?

— Oui, bien sûr. C'est assez stressant de voir mon travail être examiné par un chasseur de têtes, avoua James avant de rire brièvement. Ivo Rogers, n'est-ce pas ? De 415 Ink ?

— Ouais, répondit Ivo, tout en serrant la main que James avait tendue. Chasseur de têtes, c'est un peu fort. Plutôt… en mission de reconnaissance. Ça fait longtemps que je ne suis pas venu à un rassemblement de ce type.

— Je vous ai vu il y a deux ans, à Las Vegas. Vous étiez venu avec deux de vos frères.

James se mit à fouiller dans une boîte, qui était posée sur la chaise à côté de lui, et sortit finalement un classeur plus petit. Après l'avoir ouvert, il le mit sur la table pour montrer à Ivo un voilier et des hirondelles, qui étaient encadrés par des cordes sur lesquelles avaient poussé des roses.

— J'ai été invité à travailler chez Rolling Dice. J'ai fait principalement du Old School.

Un autre coup d'œil vers Ruan, et Ivo constata que Barry était parti, laissant derrière lui les deux hommes qui devaient avoir un lien de famille. La tension demeurait un peu dans l'air, mais Ruan n'avait rien perdu de son attitude sérieuse, certainement un travers de son métier dont il n'arrivait pas à se débarrasser. Même s'il était concentré sur l'art de James, Ivo grava dans sa mémoire l'image d'un Ruan impassible à quelques pas de lui afin de pouvoir la mettre sur papier plus tard. Il voulait immortaliser cette scène pour pouvoir réexaminer ce qu'il avait ressenti sur le moment. Il était heureux de l'avoir dans sa vie. Il ne voulait pas le perdre. Au contraire, chaque moment qu'ils partageaient devait être capturé par son art, sans lequel il aurait été incapable d'interagir avec le monde.

— Vous avez des questions ? Envie d'en savoir plus ?

La voix de James ramena Ivo à la réalité. Les mains dans les poches, il se balançait sur ses talons, les épaules bien droites.

Il y avait quelque chose de tranchant dans sa voix, un timbre d'autorité qu'Ivo avait entendu chez Ruan. Il releva la tête, surpris par ce caractère d'acier qui semblait être en désaccord avec cette attitude décontractée. Dissociant l'artiste de l'homme, Ivo étudia ce qu'il pourrait apporter à 415 Ink et se demanda si James s'intégrerait bien à l'équipe. Tout comme Ruan, James n'avait pas un égo surdimensionné, mais simplement de l'assurance. Un éclat dur brillait dans ses yeux marron, même si James se montrait volontiers amical. Cette dureté était bien présente. C'était le genre de personnes auquel Ivo aurait fait confiance durant un combat. Cela n'avait rien à voir avec les muscles que son t-shirt blanc soulignait. James Rockwell semblait être le type de personnes qui savait se débrouiller. En remarquant l'échange houleux entre Ruan et les trois hommes, il avait marqué des points auprès d'Ivo.

Quoi qu'il en était, toute son attention était sur Ivo et ce que dernier pouvait lui apporter. Comme il n'avait pas de stand, le représentant de 415 Ink était libre de se balader. Il était peu probable qu'il cherchât à se faire tatouer à nouveau. Les questions qu'il posait étaient précises et avaient pour but d'éclairer le travail de l'artiste. James aurait été le dernier des imbéciles de ne pas comprendre qu'Ivo était venu recruter un nouvel employé. James marqua des points supplémentaires en gardant son calme.

— Que pensez-vous des clients qui viennent sans rendez-vous ?

On ne pouvait pas faire de question plus directe. Ivo se montrait clair sur ses intentions, posant des questions auxquelles James aurait pu s'attendre durant un entretien d'embauche.

— Dites-moi comment vous géreriez un groupe de femmes qui vient pour un petit tatouage ?

— Petit comment ? répondit James, les mains toujours dans les poches et le reste de son corps détendu. Un tatouage prêt-à-emporter ou du sur-mesure ?

— Quelque chose tiré du catalogue, mais disons qu'une ou deux voudraient personnaliser son tatouage en changeant la couleur ou en altérant certaines lignes, par exemple.

Ivo reporta son attention sur le tigre, examinant la photo pour trouver les imperfections.

— Quelque chose de petit. Des fleurs, deux cœurs entrelacés. Rien d'aussi important que ce tigre.

— À mes yeux, chacun se fait tatouer pour une raison différente. Parfois, ce n'est pas le tatouage qui importe, mais la raison qu'ils ont de le faire. Ce groupe de femmes devrait recevoir le même service que quelqu'un qui a pris rendez-vous pour un tatouage sur mesure.

James regarda par-dessus l'épaule d'Ivo, son regard se faisant distant. Puis le moment passa, et James adressa un sourire en coin à Ivo.

— Arrêtons de faire semblant, ici. Tous ceux qui ont été dans le milieu depuis plus de dix minutes savent qui vous êtes. Et les trois quarts pensent que vous êtes un connard. La moitié affirme que vous êtes nul. Mais permettez que je vous caresse dans le sens du poil : nous savons tous les deux que vous êtes capable de leur en remontrer. Quoi qu'il en soit, aucun ici n'affirmera que vous jouez de mauvais tours. Vous ne vous vantez pas. Vous connaissez juste beaucoup de monde et avez fait vos armes auprès de légendes vivantes.

— Vous avez quelque chose que je n'ai pas. Pas le salon — même si j'aimerais bien en avoir un – ni le talent, car vous et moi tatouons différemment. Nous sommes à différents niveaux. Est-ce que j'aimerais regarder quelque chose et le modifier comme vous le faites ? Évidemment. Mais je peux voir ce que font d'autres artistes et dire aussi que j'aimerais faire pareil. Ça ne veut pas dire que je suis nul pour autant. C'est simplement que je ne suis pas à votre niveau, et ça me convient tout à fait, poursuivit-il. Mais ce que vous avez, ce sont des contacts. Vous avez accès à ceux qui vous ont formé, et travailler à 415 Ink veut dire que j'aurais une chance de rencontrer ces gens. Des artistes qui sont meilleurs que moi et qui me permettraient de m'améliorer. J'ai besoin d'un endroit où je peux apprendre toutes les astuces du métier et être entouré des meilleurs. Si je dois tatouer des milliers de petits cœurs sur des milliers de chevilles pour y arriver, je peux vous dire que je le ferai. Est-ce que c'est ce que vous vouliez entendre ?

— Comment est-ce que vous réagissez à la critique ?

Ivo recadra la conversation sur James, ignorant son petit discours afin de le pousser dans ses retranchements.

— Nous avons un poste pour un artiste, mais ce n'est pas permanent. Est-ce que vous comprenez ? Personne n'a son nom sur le mur à moins d'avoir travaillé dur pour le mériter. Ni moi ni Gus. Bear avait fait ses preuves avant que nous ouvrions le salon. C'est la raison pour laquelle c'est son nom qui apparaît en premier. Au salon, on critiquera vos esquisses, puis on examinera vos tatouages quand ils seront terminés. Est-ce que ça vous ira ?

— Tout dépendra des critiques, répondit James. Est-ce que vous écouterez ce que j'aurai à dire en retour ? Si c'est simplement pour se comporter en connard, ça ne m'ira pas. Mais si c'est pour me montrer mon erreur ou pour m'aider à faire mieux, dans ce cas, oui. C'est même ce que je souhaite.

— Entendu.

Ivo retourna au début du portfolio, laissant derrière lui le tigre avec son bel ombrage et ses lignes précises. Il porta son attention sur un loup que James avait apparemment fait deux mois plus tôt. La résolution de la photo était meilleure que celle du tigre. On pouvait voir chaque pore de la peau du client.

— Si vous m'aviez montré l'esquisse de celui-là avant de commencer, je vous aurais dit qu'il fallait une autre perspective plutôt que de le dessiner de face. L'ombrage est correct. Vu la taille du loup, vous avez assez de détails pour qu'il soit reconnaissable, mais comme il n'a que des nuances de bleu et de noir, vous n'auriez pas dû placer les pins derrière. Le loup, pareillement, manque de dimension. Même si vous cherchiez à obtenir un rendu en filigrane, un peu de profondeur était nécessaire pour le rendre plus intéressant. La plupart des lignes sont bonnes. Pour celles des arbres, je dirais que certaines sont un peu trop épaisses. Vous n'avez pas utilisé le noir aussi bien que vous l'auriez dû. Du coup, avec le temps, le loup va s'estomper et les arbres vont dominer le tatouage. Vous pourrez toujours retoucher le noir, mais le reste, c'est impossible.

James fit pivoter le classeur et regarda fixement l'image comme s'il ne l'avait jamais vue auparavant. Il attrapa le carnet de dessins sur lequel il travaillait avant l'arrivée d'Ivo et le plaça à côté de sa composition originale.

— Montrez-moi ce que vous voulez dire au sujet de la perspective et de la profondeur.

— Passez-moi le crayon.

Ivo s'accroupit, poussant les classeurs pour avoir de la place. Ses molets protestèrent, car sa position était inconfortable et ses bottes sciaient sa peau. Mais il préféra ignorer tout cela. Il n'avait pas le choix, car il préférait travailler assis. Du coup, à moins qu'il ne passe par-dessus la table pour aller prendre une chaise, ses jambes allaient devoir endurer la douleur. Il prit le crayon à papier, trouva une page blanche et étudia l'esquisse originelle.

— Ce que je vais faire n'est pas une version finale, mais vous verrez ce que je veux dire.

— Assieds-toi, intervint Ruan en amenant une chaise pliante qu'il avait trouvée plus loin. Te voir dans cette position, ça me fait mal aux genoux.

— Merci.

Quand Ivo s'assit sur la chaise, ses jambes poussèrent un soupir de soulagement. Il se pencha au-dessus du carnet. Sa main se mit à courir sur le papier.

La foule s'effaça à mesure qu'Ivo se concentrait. Ruan resta à ses côtés, de même que la table sur laquelle il dessinait, mais le reste sembla disparaître. Son monde entier était concentré sur ce morceau de papier blanc. Le dessin de James avait de nombreux défauts. Il n'était pas mauvais en soi, mais simplement pas assez bon. Évidemment, Ivo savait que l'art était subjectif. Les tableaux qu'il aimait déplaisaient aux autres. Il n'avait jamais compris la fascination générale pour le postmodernisme. Il pouvait apprécier le style Old School, en comprendre les règles et savoir ce qui différenciait une composition géniale d'un tatouage insipide, mais ce n'était pas son style préféré. Il ne faisait même pas partie des dix premiers. Ivo n'aimait pas se retrouver contraint dans la vie, et encore moins dans sa pratique artistique. Il voulait du mouvement et de la vitalité dans les couleurs, même quand il faisait du monochrome. Une œuvre d'art à même la peau devait être capable de capturer l'âme de son propriétaire. C'était lorsqu'on lui permettait de travailler sur une toile sans aucune limite, si ce n'était celle imposée par son imagination, qu'Ivo se sentait le plus libre.

Le loup avait besoin d'être vu sous un angle différent. L'arrière-plan devait aussi être plus doux. C'était un peu difficile de travailler sans modèle, mais on se fichait des détails pour le moment. La position de la créature était plus importante. Il s'agissait de cette posture d'attaque qu'avait eue Ruan quand il avait tenu tête à Barry ou lorsque James avait senti la tension monter d'un cran à la table d'à côté. Le loup devait dominer le paysage et refuser qu'on puisse lui piquer la première place sur la peau du client.

Ivo n'eut aucune idée du temps qui passa – peut-être quelques minutes à peine. Le siège était encore un petit peu froid, mais il y avait comme de la chaleur dans son dos, le murmure des conversations semblant s'être intensifié depuis qu'il s'était assis. Le torse de son loup n'était pas dessiné convenablement, mais il parvint à corriger son erreur avec quelques coups de crayon. Il épaissit certains trains pour leur donner davantage d'importance.

Quand il fut satisfait de son esquisse, Ivo fit pivoter le classeur pour que James puisse y jeter un coup d'œil.

— Regardez, voilà de quoi je parle, murmura Ivo en se penchant en avant pour parler à James, ses genoux recouverts par son kilt. C'est juste un déplacement sur le côté. Quelques degrés à peine, mais ça change la perspective…

— Vous avez raison. Là, je dois avouer que je vous déteste, l'interrompit James avec un air renfrogné.

Il n'était pas en colère – Ivo le voyait bien – mais il était déçu. Irrité même.

— C'est *ça* dont j'ai besoin. J'ai la technique, mais faut que j'améliore mon œil. Je peux voir la différence, mais je dois la voir avant de commencer mon esquisse et non une fois que le tatouage est terminé.

— Je demanderai à Bear de vous appeler. Donnez-moi une de vos cartes de visite. Il vous contactera ce week-end, déclara-t-il en se levant et en se frictionnant les cuisses. Si vous venez travailler chez nous, je vous déconseille de tatouer avec des talons. Notre sol est en ciment et ça vous bousille les genoux en moins de vingt minutes.


— Je suis crevé.

Ivo se posa sur le canapé. Quand Spot sauta sur son estomac, il laissa échapper un grognement.

— Bon sang, le chat. Tu pèses une tonne. Et ton haleine, c'est pire que du poisson pourri. Je t'ai donné du poulet à manger. Comment est-ce que tu peux puer le saumon ?

Ruan rigola silencieusement et déplaça le chat.

— Assieds-toi, dit-il à Ivo. Je vais t'aider à enlever tes bottes.

— Mais qu'est-ce que vous avez, toi et Bear, avec mes chaussures ? grommela Ivo, tout en se relevant. Ça ne me dérange pas que tu me les enlèves, évidemment. Est-ce que ça tuerait quelqu'un de mettre du rembourrage sous le tapis industriel ? Je ne sais pas ce qui me fait le plus mal, mes genoux ou ma colonne vertébrale.

— Est-ce que tu pourrais éviter de me mettre dans la même phrase que Bear ? J'envisage de ne pas m'arrêter à tes chaussures et de continuer à te déshabiller, le taquina-t-il en s'asseyant au bout du canapé. Tourne-toi et donne-moi tes pieds.

La journée avait été longue, mais instructive. Ivo avait retrouvé quelques connaissances. Il avait serré la main de certains artistes, pris d'autres dans ses bras. Il y en avait même eu deux ou trois, comme Barry, qui avaient marmonné dans leur barbe quand il était passé à proximité. Rien n'aurait pu préparer Ruan à cette animosité, mais il avait pris plaisir à voir son amant échanger d'égal à égal avec des pointures du secteur. Ils avaient écouté avec attention ce qu'il avait à dire au sujet de leur art, de leurs styles et du développement de leur carrière.

— T'as raison. On ne mentionne plus Bear.

Ivo se tourna et, avec un long gémissement, il releva ses jambes et posa ses pieds sur les genoux de Ruan.

— Quel sol de merde ! Je n'avais pas prévu qu'on y resterait aussi longtemps. Deux heures, tout au plus, mais pas la journée entière. T'as pas peur que mes pieds puent ? Ça pourrait être des bombes atomiques. Un peu comme l'haleine de ton chat.

— Je fais confiance à ton corps pour ne pas me trahir.

Ruan lutta brièvement avec la fermeture Éclair, mais parvint à l'ouvrir. Quelques secondes plus tard, il découvrit que les boucles ne servaient pas seulement à décorer. Il mit un moment pour les desserrer. Il finit par retirer la botte sans trop de difficulté.

— Okay, passons maintenant à la seconde.

Il renouvela l'opération, plus rapidement cette fois-ci. Pendant ce temps, Ivo bougeait ses doigts de pieds pour le divertir. Lui retirer ses chaussettes s'avéra être aussi difficile, d'autant plus que Spot décida d'intervenir. Quand Ruan eut fini de faire une boule de ces chaussettes récalcitrantes, il la jeta en direction de la cuisine. Spot partit immédiatement à sa poursuite, heureux de jouer au foot en solitaire. L'inspecteur, pendant ce temps, caressa les voutes plantaires de son amant, qu'il fit gémir de plaisir comme il se devait. Il poursuivit son jeu et fit courir ses pouces le long des chevilles d'Ivo.

— Continue ainsi et je vais devoir t'épouser, ronronna Ivo, étirant ses jambes le plus loin possible. Pardon, je m'effraie moi-même. Oublie ce que je viens de dire. C'était les endorphines qui parlaient. Je suis soulagé que mes pieds puissent respirer. Ignore-moi.

— Je ne sais pas. C'est une manière comme une autre de me motiver.

Ruan fit semblant de réfléchir à cette idée, mais quelque chose en lui fit… tilt.

— Je rentre chez moi et je trouve des vêtements propres, de la nourriture et un chat heureux. En échange, ça ne me dérangerait pas de te masser aussi souvent que tu le désires.

— Je... Vivre avec moi, c'est pas facile.

Ivo vint s'installer sur Ruan. Il posa ses mains sur les épaules de son amant et l'obligea à se coucher sur le canapé. Le kilt vint chatouiller l'estomac du policier, mais le poids de ce corps chaud sur lui lui procura une sensation plaisante.

— Il faudrait que tu viennes vivre avec Bear et moi, poursuivit Ivo. Ton appart est trop petit. Je ne voudrais pas laisser mon frère tout seul. Earl adore les chats. Il en est dingue. Il essaye de jouer avec la chatte de la voisine, mais c'est une vraie garce. La chatte. Pas la voisine. Elle refuse qu'il l'approche. Spot et lui pourraient jouer à la balle ensemble.

— On dirait que tu as déjà tout prévu. T'es sûr que ce n'est pas ton plan depuis le début ?

C'était difficile de parler avec une boule dans la gorge. Il avait beau essayer, Ruan ne parvenait pas à dissiper ces images de bonheur domestique, où il se réveillerait à côté d'Ivo tous les matins.

— Faudrait peut-être que je rencontre ta famille d'abord ? Du genre, officiellement. Et pas seulement après m'être bagarré avec des connards qui voulaient te braquer.

— On peut arranger ça. Mace et Rob ont un match de baseball demain. Y aura certainement toute la famille, indiqua Ivo en relâchant Ruan. Rencontre en territoire neutre. On fera certainement un barbecue, et ils se vanteront que les pompiers sont mieux que les flics. Tu sais, ce genre de trucs.

— Ça fait très... famille. Allons-y. Maintenant, parlons de quelque chose qui n'inclut pas l'arrivée de l'apocalypse, voire ma mort entre les mains de tes frères.

Ruan fut incapable de se concentrer sur les dangers qu'il rencontrerait le lendemain quand il verrait le reste de la famille et devrait éviter les questions épineuses qu'ils ne manqueraient pas de poser. Le kilt d'Ivo remonta le long de ses cuisses quand il bougea, ce qui exposa sa peau magnifique et le galbe de ses muscles. Ruan ne put résister à l'envie de caresser les jambes de son amant. Avec ses pouces, il suivit le contour de ces lignes sculptées.

— T'es en train de profiter de moi. C'est vraiment pas juste. Tu me parles de tout ça pendant que t'es assis sur moi et que tu portes ces vêtements.

— J'ai même encore mieux pour te distraire. Est-ce que tu savais que ce kilt a des poches ?

Ivo plongea sa main dans un des replis du tissu au niveau de sa hanche. Il en sortit un préservatif – sur l'emballage, on avait imprimé un crâne enflammé en train de hurler.

— Regarde ce que le studio Ratchet distribuait aux gens. J'en ai pris quelques-uns. Ils sont déjà lubrifiés. Et apparemment, sur le latex, ils ont mis leurs tatouages. Certains d'entre eux brillent même dans l'obscurité.

— Mais qui distribue des capotes pour faire sa promotion ?

Ruan prit l'emballage pour l'examiner. C'était brillamment fait. Il y avait le logo du studio sur le devant et l'adresse du salon et son site internet au dos. Un message rappelait l'importance d'avoir des rapports sexuels protégés et de se faire tatouer.

— Bon, c'est vrai que ça attire l'attention des passants. Mais est-ce que t'as envie d'associer le sexe à la douleur des aiguilles quand elles pénètrent la peau ?

— Hé ! Parfois, tu peux avoir mal après une bonne partie de jambes en l'air. C'est comme quand t'as fait du sport pendant six heures d'affilée, répondit Ivo, tout en jouant avec l'emballage. Du coup, tu veux voir à quoi ressemble ta queue avec des crânes sur toute sa longueur ? À moins que tu ne préfères parler de mes frères un peu plus longtemps ?

Aspirant l'air entre ses dents, Ruan se mit à explorer ce qui se cachait sous le kilt d'Ivo. Il fut assez déçu de découvrir que ce dernier portait un boxer. Tout en secouant la tête, il fit semblant de réfléchir à la proposition qui lui avait été faite.

— Je crois que les crânes l'emportent, lui dit-il enfin avec un clin d'œil salace.


— EST-CE QUE t'as déjà fait l'amour sur le canapé ? demanda Ivo, tout en explorant la bouche de son amant avec des petits coups de langue. Bonne idée d'occuper le chat en lui redonnant de la nourriture. Ça nous donne au moins une ou deux minutes tranquilles pour faire ce qu'on veut ici.

— Il est dans la salle de bain, lui rappela Ruan, tout essayant de récupérer sa respiration quand les longs doigts d'Ivo s'enroulèrent avec talent autour de son érection. T'es le seul avec qui j'ai couché dans cet appart. Explique-moi pourquoi… *putain*.

Il se faisait trop vieux pour des galipettes impromptues. Ou du moins, c'était ce qu'il avait pensé, mais il avait suffi de quelques baisers et des dents d'Ivo sur sa braguette pour que son érection soit aussitôt en état d'alerte. Il avait enfermé Spot dans la salle de bain en l'appâtant avec du thon, puis il était retourné en clopinant sur le canapé – il avait essayé de ne pas trébucher sur ses vêtements pendant qu'il retenait son pantalon avec son poing. Cela faisait des années qu'il n'avait pas peloté quelqu'un sur un sofa. Il se rappelait vaguement avoir fait ses armes en la matière avec un certain Jimmy, dans une pièce au sous-sol d'une maison parentale pendant une fête à l'université.

C'était une célébration tout aussi scandaleuse que délicieuse, après avoir passé une journée ensemble, mais surtout, c'était assez puéril pour faire disparaître les inhibitions de Ruan.

Tout ça à cause d'un préservatif avec des crânes enflammés imprimés sur du latex.

Il trouva son érection ridicule avec ces têtes de mort souriantes qui la recouvraient, mais cette pensée le déserta aussitôt qu'Ivo le prit dans sa bouche et le suça avec passion. À partir de ce moment-là, il aurait accepté de mettre n'importe quoi autour de son sexe, tant que cela faisait plaisir à Ivo et qu'ils avaient tous deux un sourire sur le visage.

Sauf qu'il se retrouvait maintenant affalé sur un coin du canapé, son jean ouvert et son t-shirt passé derrière sa nuque. Ses tétons étaient humides après avoir été léchés par son amant et sa queue, libérée des entraves du boxer, portait le préservatif du studio Ratchet. Le t-shirt d'Ivo était quelque part sur le sol, peut-être même avait-il été déchiré quand Ruan l'avait enlevé sans ménagement, son envie d'Ivo chassant toute précaution qu'il aurait pu avoir pour leurs vêtements.

Le fabricant que le salon de tatouage avait utilisé pour ses préservatifs aurait dû mettre moins de lubrifiant. Ruan n'aurait jamais cru avoir ce type de pensées un jour. Après qu'Ivo eut essayé de dérouler le latex à trois reprises, ils enlevèrent autant de gel parfumé à la vanille que possible. Ils le mirent sur les doigts de Ruan. Ces derniers finirent par glisser entre les jambes d'Ivo et vinrent lubrifier l'entrée de son intimité. Cette fois-ci, l'exploration fut brève, abrégée par le désir intense qui avait pris possession des deux amants.

— Merde, c'est un préservatif chauffant ? demanda Ruan à bout de souffle.

Se relevant, il faillit faire tomber Ivo, mais il le rattrapa en le saisissant par les hanches.

— En fait, non, c'est juste... moi qui veux être à l'intérieur de toi.

— Je peux t'aider, si tu veux.

Les doigts d'Ivo refirent leur apparition, un toucher doux, mais non moins insistant. Tout en guidant l'érection de Ruan jusqu'à l'entrée de son intimité, il le fixa du regard, observant attentivement ses réactions alors qu'il s'enfonçait sur son bâton de chair.

— Pu... Faut que je ralentisse, lui dit-il. Je ne veux pas, mais... *Bon sang.*

Ce moment était parfait. Les lumières étaient tamisées, mais c'était suffisant pour que Ruan voie chacune des émotions qui prenaient possession du visage de son amant. Chaque ligne de son corps était soulignée par les ombres autour d'eux. Elles semblaient jouer avec les tatouages sur sa peau. La vie entière d'Ivo avait été immortalisée sous son derme, de l'étoile nautique mal faite qu'il portait en signe de dévotion pour ses frères, jusqu'au lion sauvage et magnifique qui sautait par-dessus ses côtes, véritable hommage à l'âme féroce d'Ivo. Il y en avait d'autres dispersés sur son corps, ainsi que quelques cicatrices, dont Ruan voulait entendre l'histoire. L'inspecteur savait que chacun de ses souvenirs traumatiques serait encré à même la peau pour qu'Ivo ne les oublie jamais.

Ruan ne bougea pas quand ce dernier se pencha au-dessus de lui, arquant son dos et abaissant ses hanches. Les cheveux noirs d'Ivo recouvrirent leurs visages, bloquant la lumière quand il l'embrassa. L'insoutenable glissement d'Ivo autour de l'érection de Ruan empêcha ce dernier de respirer. Son cœur sembla manquer un battement quand le jeune tatoueur contracta son anneau et fit onduler ses hanches.

Les mains du policier explorèrent ce corps musclé, mémorisant chaque ligne. Ruan voulait se perdre dans son amant, plonger dans sa chaleur tout entier et la savourer. La douce senteur du lubrifiant fut balayée par le musc sauvage de leurs corps travaillant dur pour atteindre la jouissance. Une fine pellicule de sueur faisait brillait le torse d'Ivo. Son kilt avait été relevé de sorte que Ruan aurait presque pu lécher son gland luisant.

Le martèlement des fesses d'Ivo sur ses hanches fit perdre toute retenue à Ruan. Il se mit à aller à sa rencontre. Coup pour coup dans un rythme effréné. Il se sentait *en vie*. Il avait été libéré des prisons d'une vie ennuyeuse, où seul le travail importait. Cet esprit sauvage, à peine domestiqué, l'avait sauvé d'une existence où il ne rencontrait le monde qu'armé d'un pistolet et d'un badge. Ivo l'avait forcé à sortir de sa cachette et à rire quand une pluie torrentielle s'abattait des cieux. Ruan l'avait même défendu contre les critiques.

— J'aime ça, murmura Ivo, avant de prendre le visage de son amant entre ses mains et de l'embrasser avec passion. Et je sais que c'est idiot, mais merde… je t'aime aussi. Toi et ton fichu chat. Je ne veux pas que ça s'arrête.

— Aucune raison qu'on arrête là, lui promit Ruan.

Sa jouissance était sur le point d'éclater. Il attrapa l'érection de son amant, passant la paume de sa main au-dessus du gland. Il utilisa le liquide qu'il y trouva pour faciliter les mouvements de ses doigts. Il masturba Ivo avec art jusqu'à ce que ce dernier laisse tomber sa tête en arrière, tremblant tout entier.

— Garde-moi auprès de toi. Quoi que tu fasses, Ivo… Ne me quitte jamais, car je m'accrocherai à toi pour toujours.

La jouissance les percuta au même moment, ou du moins, ce fut l'impression que Ruan en eut quand son corps fut pris de spasmes et qu'il sentit la chaleur d'Ivo se répandre sur son estomac. Son amant continua à le chevaucher lentement jusqu'à ce que l'inspecteur lui demande grâce, son sexe devenu trop sensible pour continuer. Il immobilisa les hanches d'Ivo tendrement, puis l'étreignit contre son torse, sans se soucier du liquide visqueux qu'il avait sur lui.

— Je t'aime aussi, lui dit-il d'une voix douce.

Il embrassa les cheveux humides de sueur d'Ivo et souffla sur certaines mèches pour qu'il puisse mieux voir son visage.

— J'étais sincère, poursuivit-il. Je ne sais pas ce que serait ma vie sans toi. Maintenant que tu es là, je ne peux pas revenir à une existence où tu n'existerais pas.

— Ne t'inquiète pas, répondit Ivo, avant de mordiller la lèvre inférieure de Ruan. Bon, respirez un bon coup, mon cher inspecteur, car il me reste pas mal de préservatifs dans les poches, et nous n'avons pas encore fait l'amour dans toutes les pièces de l'appartement.

# XXI

Ivo AIMAIT le baseball. Dans la limite du raisonnable.

En réalité, il préférait regarder les hommes dans des pantalons serrés, assis à côté de ses frères quand ils se rassemblaient autour du téléviseur pour regarder un match. Ils finissaient toujours par avoir la voix éraillée à force de trop crier, soit qu'ils se fussent plaints au sujet du match, soit qu'ils eussent lancés des ordres à celui qui allait chercher des boissons dans le frigo ou de la nourriture dans leur garde-manger. Quand les services sociaux l'avaient déposé devant la porte de sa nouvelle maison, Ivo avait menti sans la moindre hésitation. Il ne voulait pas que ses frères le rejettent. Il avait essayé de se mettre dans chaque case imaginable, de faire siennes les préférences des autres, de devenir ce que sa famille voulait qu'il soit… au lieu d'être lui-même.

Même s'il connaissait les règles du jeu plutôt bien, il n'était pas aussi passionné que les autres, mais s'il en jugeait par les bruits autour de lui, Ruan aurait pu facilement prendre sa place sur le canapé.

Dès que l'équipe de Mace fit son apparition sur le terrain, ses cris furent aussi puissants que ceux de Bear.

— Mais qu'est-ce que t'as vu, Ducon ? hurla Ruan à l'arbitre. C'était bien au-delà de la ligne de jeu !

— T'as de la merde dans les yeux ? T'as besoin que je vienne les nettoyer ? ajouta Rob en marchant le long des gradins.

Ce dernier portait un maillot usé de Mace, dont les plis volumineux semblaient l'avaler tout entier à chaque fois qu'il faisait demi-tour. Même s'il était plus petit que Mace, qui devait facilement peser plus de vingt kilos que lui, Rob manifestait sa présence de manière incontournable sur les marches. Il utilisait ses mains autour de sa bouche comme un haut-parleur, afin que l'équipe de Mace entende ses encouragements.

— Allez, Rey. Bouge tes fesses. Tu joues au champ centre, bon sang ! T'es pas assis pépère dans ta voiture !

— Pourquoi est-ce que tonton Rob crie sur tonton Rey ? cria Chris dans l'oreille d'Ivo. C'est très méchant.

— Ouais, ne t'inquiète pas. Tonton Rob est devenu fou, le rassura Ivo. Attention, retiens ta respiration. Tu as de la moutarde partout sur le visage. Je vais te nettoyer avec la lingette.

— Est-ce que Ruan est ton petit copain ? demanda-t-il en prononçant mal le prénom de l'inspecteur.

— Tout à fait, répondit Ivo. Ferme ta bouche.

— Faut que je l'appelle tonton aussi ? marmonna-t-il, les lèvres serrées.

— Qu'est-ce tu as fou… fichu ? Tu as planté ta tête dans le hot-dog ? Comment est-ce que t'as réussi à t'en mettre jusque dans l'oreille ?

Enlever le condiment fut plus difficile qu'il ne l'avait prévu. Chris en avait mis sur sa joue, dans son oreille et dans ses cheveux blonds, les rendant jaune vif.

— Et non, t'es pas obligé de l'appeler tonton. Tu ne le fais que si t'as envie.

— Pareil pour Rob et Rey ?

— Oui, même eux. Va falloir que notre famille arrête de sortir avec des gars dont le prénom commence par la lettre *R*. Si tu les appelles tonton, c'est que tu les aimes bien et que tu leur fais confiance. Donc n'appelle personne comme ça, simplement parce qu'on te le dit.

Ivo étudia le visage de son neveu, qui lui ressemblait beaucoup trop.

— Tu sais, c'est comme les câlins. On ne prend dans ses bras que ceux qu'on aime. Pareil pour les tatas et les tontons. Voilà, c'est fini. Pour le prochain hot-dog, essaye d'utiliser ta bouche plutôt que ton front pour le manger.

— Est-ce que je peux crier sur tonton Rey aussi ?

Chris se mit à se tortiller sur son siège et donna un coup de pied dans le siège devant lui, salissant ses Converses, qui étaient déjà dans un piteux état.

— Je peux descendre tout seul. J'ai pas besoin d'aide, annonça-t-il.

— Ouais, tu fais vraiment partie du clan Scott. Têtu comme une bourrique. Je t'en prie, va te bousiller la voix, mais quand tu descends là-bas, tu connais les règles, n'est-ce pas ?

— Je dois attraper la main ou la ceinture de Papa, récita-t-il. Je sais. Je suis pas un bébé. C'est seulement quatre marches.

— Hé, petit. Va doucement.

Bear venait d'arriver au bas des escaliers, les bras remplis de cannettes de soda et d'une bouteille d'eau pour son neveu. Il remit l'eau à Chris et attendit que celui-ci ait rejoint Gus avant de remonter les gradins. Il arriva au niveau d'Ivo et lui ordonna de se décaler d'un geste du menton.

— Bouge. Quand je veux passer par-dessus tes jambes, j'ai l'impression de vouloir sauter au-dessus d'un lama bourré.

— Ouais, c'est ça. Va te faire voir chez les Grecs. C'est pas ma faute si t'es un nain de jardin, grommela Ivo, avant de récupérer le Coca light que Bear lui tendait. Il a fallu que je dé-moutarde le petit. Je croyais qu'on devait manger seulement après le match. T'as laissé de la viande mariner dans le coffre de la voiture.

— Quand les gamins ont faim, faut les nourrir. C'est une règle fondamentale dans la vie. Si tu ne le fais pas, ils deviennent ronchons très vite.

Bear sortit de l'intérieur de son manteau un cornet de frites épicées. Ivo se mit aussitôt à saliver. Son frère les posa sur ses genoux et lui dit :

— Mange-les discrètement. Faut pas que Chris te voie, sinon t'auras plus que des miettes. Je ne sais pas ce que Julie a mangé quand elle était enceinte, mais Chris a une bouche en téflon. Je l'ai surpris avec son père l'autre jour en train de manger des piments frais quand ils faisaient le jardin. J'ai mal au ventre rien que d'y penser.

— Ils sont malades, ces deux-là, dut reconnaître Ivo, tout en ouvrant discrètement le cornet avant de le placer entre eux et de le cacher avec sa jambe. J'aime quand c'est pimenté, mais il y a des limites.

— Luke n'en a aucune, répondit Bear, avant de rire silencieusement quand leur frère, qui devait avoir des yeux et des oreilles à l'arrière de sa tête, se retourna dans leur direction pour les regarder. Et je te parie qu'il a entendu tout ce qu'on a dit.

— C'est ce qui arrive quand on travaille avec des gamins.

Ivo mit la frite dans sa bouche et profita du goût épicé avant de l'avaler.

— On doit développer des superpouvoirs. Luke peut entendre le pet d'un moucheron à des lieus à la ronde en pleine tempête. Pareil pour Ruan. Ils ont une ouïe ultrasonique.

— Puisqu'on parle de ton flic…

Bear eut un rire silencieux quand Ivo se raidit à ses côtés.

— Ne réagis pas comme ça, poursuivit-il. Je l'aime bien. Il te correspond bien. J'étais inquiet au début, mais c'est un bon choix. Vous vous entendez bien. Pareil avec les autres.

— Luke se comporte comme un con avec lui, mais c'est certainement parce que Ruan fait partie de la police.

Quand Ivo avala une autre frite, sa bouche prit feu.

— Tu sais comment il se comporte dès qu'il voit un badge, remarqua-t-il.

— Il fait des efforts à ce sujet. Il gère un peu mieux maintenant. Son travail aide beaucoup. Il est en contact avec des bons flics au lieu de…

— Son connard de père ? termina Ivo à sa place. N'essaye pas d'embellir la situation. Luke a de sérieux problèmes, et je ne veux pas qu'il s'en prenne à Ruan.

— Donne-lui du temps. Tu le connais.

Bear sortit une frite du cornet et la fourra dans sa bouche, avant que les autres ne le voient. C'était un jeu auquel ils avaient déjà joué auparavant. Bear avait l'habitude de lui apporter en douce de la guimauve au chocolat quand ils regardaient les étoiles à l'arrière de la maison.

— D'une certainement manière, vous vous ressemblez beaucoup. Quand vous mordez, vous refusez de lâcher. Ça fait de vous des survivants. Vous vous êtes battus jusqu'au bout pour obtenir ce que vous vouliez.

— On ne devrait pas avoir à survivre à son enfance, Bear, mais, oui, c'est ce que nous avons fait. Nous tous. Évidemment, nos chaussures sont un peu abîmées après avoir tant lutté, mais nous ne nous en sortons pas trop mal. C'est aussi le cas de Ruan.

Il regarda en direction de Ruan, qui se trouvait au milieu de sa famille en contrebas. Il le vit se baisser pour attraper Chris et l'aider à s'asseoir sur la rambarde qui se trouvait devant les gradins.

— Je l'aime, ajouta-t-il. Il est trop tôt pour dire que nous voulons davantage que passer du temps ensemble, mais mon instinct me dit qu'il est le bon. Oui, tu as bien entendu. Évidemment, je ne suis pas prêt à changer ma vie. J'ai encore plein de choses à faire. Il faut que je prenne soin de toi – soin du salon aussi. Je ne peux pas faire ce que je veux… Je dois… Merde, je ne peux pas te laisser tout seul dans cette maison. Je…

— Mon petit… Pourquoi ne pas simplement profiter du moment présent ? Quand la situation se clarifiera, on regardera la direction qu'il faut prendre, suggéra Bear, de sa voix réconfortante et profonde. Chacun vit sa vie comme il l'entend. Nous ne sommes pas une famille normale. Qui a dit qu'il fallait qu'on fasse les choses comme les autres ? Bâtis une vie avec lui. Elle doit être à votre image et répondre à vos besoins. Vous devez y être à l'aise. La maison… la famille… on sera toujours là pour toi. Et si c'est l'homme de ta vie, eh bien, on sera là pour lui aussi.

Ivo acquiesça, absorbant lentement le message de Bear.

— J'aime… planifier, répondit-il.

— Je sais. Les gens ne le soupçonnent pas, mais tu es du genre à vouloir que tout soit bien réfléchi à l'avance et à maintenir le cap coûte que coûte, déclara Bear avec un sourire amusé. Écoute-moi bien. Ne te prends pas la tête à son sujet. Tu auras tout ce dont tu as besoin. Tu n'as pas à gérer la situation. Tu n'as pas à tout forcer pour que ça marche. Tu finiras là où tu dois finir. Aucun intérêt de se rendre dingue pour ça. Ruan est un bon choix. On dirait qu'il sait qui tu es et que vous vous respectez mutuellement. Tu sauras quand il faudra passer à l'étape supérieure. Ton instinct ne t'a jamais failli. Fais-toi confiance, mais plus important encore, fais confiance à ton cœur. Tu es le seul que je connaisse qui aime aussi passionnément. Si tu penses que Ruan a une place dans ton énorme cœur, sache qu'il fait déjà partie de notre famille, même s'il ne le sait pas encore.



— ÇA FAIT bizarre d'encourager des pompiers, croassa Ruan, avant de boire du thé glacé pour adoucir sa voix éraillée. En général, ce sont les flics contre les pompiers. Si tu dis à quelqu'un que je suis venu ici, je n'aurai pas d'autre choix que de le nier. Je te préviens.

— Je comprends. Faudrait surtout pas qu'on puisse croire que tu les encourages. Qu'est-ce qu'on penserait de toi ? Si ça continue, tu vas finir par aider les vieilles dames dans la rue ou te jeter à l'eau pour sauver un chiot qui se noie, répondit Ivo en levant les yeux au ciel. Je vais voir si Bear a besoin d'aide pour le barbecue. T'as envie de quoi ? Des côtes ? Du poulet ?

— Apporte ce que tu veux. La première chose qu'on apprend dans notre métier, c'est de manger tout ce qui se trouve devant nous à chaque opportunité, car on ne sait jamais si on aura une seconde chance.

Depuis les gradins, Ruan observa les gens qui se trouvaient sur le terrain. Il repéra même quelques visages familiers.

— J'ai passé un bon moment, aujourd'hui, poursuivit-il. Ma voix ne s'en remettra certainement jamais, mais c'était sympa.

Les frères avaient choisi un très bon emplacement. Ils avaient amené avec eux trois tables pliables de pique-nique et un énorme barbecue au gaz. Ils les avaient placés à l'ombre d'arbres vénérables afin de se protéger du soleil éclatant. Et comme si le match de baseball n'avait pas suffi, quelqu'un semblait avoir organisé un petit match de foot à quelques mètres de leur barbecue. D'énormes glacières contenaient une sélection variée de boissons et de nourriture froide. Ruan avait passé une dizaine de minutes à recouvrir les tables de nappes en plastique, scotchant les bords avec du chatterton noir. Apparemment, Ivo et ses frères organisaient leurs loisirs avec autant de sérieux qu'ils travaillaient. Le tout était fait avec une précision militaire, mais dans la joie et la bonne humeur. Les blagues et les moqueries fusaient et les égos étaient remis à leur place.

Il existait entre les cinq hommes un sentiment de camaraderie évident. Cela se voyait dans la manière qu'ils avaient de se parler, de se toucher et de s'assurer que rien n'était pris trop au sérieux lors d'un jour comme celui-ci. Ruan avait longuement parlé avec Mace, Gus et Bear, mais Luke se tenait en dehors des conversations – il était présent, mais ne s'investissait pas. L'inspecteur avait repéré son regard sombre à plusieurs reprises durant le match et avait vu son expression passer de la méfiance à la perplexité quand Chris avait demandé à Ruan de l'aider à s'asseoir sur la rambarde afin de mieux voir.

— J'ai une question pour toi, indiqua Ruan en chuchotant dans l'oreille d'Ivo. Est-ce que je fais le premier pas ou est-ce que je laisse Luke venir à moi ?

— Vu qu'il a menacé de te casser la figure, je dirais qu'il vaut mieux attendre qu'il vienne, répondit Ivo d'un air détaché. Luke est juste très protecteur. Il a de bonnes raisons de ne pas aimer les flics. Il est très sympa quand tu le connais. C'est certainement le meilleur d'entre nous. Après Bear, évidemment. Personne n'est mieux que Bear, mais Luke s'en approche. Je n'ai jamais ramené quelqu'un à la maison auparavant, donc ils savent que c'est sérieux. Il m'aime et veut le meilleur pour moi. S'il s'avère que c'est ce que tu es, il sera ton plus grand allié.

— Et si je ne le suis pas, plaisanta Ruan avec un sourire, qu'est-ce qui va se passer ?

— Ma foi, il va t'écorcher vif, te faire mariner dans une cuve d'eau salée, te saupoudrer de piment, puis recouvrir de sel rose de l'Himalaya ce qui restera de ce tas de chair misérable et tremblant que tu seras.

Ivo lui sourit en retour, ressemblant davantage à un ange déchu qu'à l'amant qui lui avait fait atteindre le paroxysme de la jouissance quelques heures auparavant.

— Quand il aura terminé ces étapes, il commencera à te torturer.

— Bon à savoir. C'est bien d'être préparé à toutes les occasions dans la vie, marmonna Ruan, tout en secouant sa tête. Tu m'effraies un peu, mon cœur. La plupart des gens ne réfléchissent pas longuement à se venger de la sorte.

— Réfléchir longuement ?

Ivo arqua ses sourcils élégants et se mit à rire doucement.

— Ça m'a juste traversé l'esprit. Attends de voir ce que nous sommes capables de faire quand nous sommes vraiment déterminés. En attendant, va jouer au gentil beau-frère avec ma famille pendant que j'aide Bear à cuisiner. Son poulet est toujours trop sec si on ne le surveille pas.

Il partit en direction du match de foot, ce qui le fit quitter l'ombre des arbres, mais le soleil et les rires autour de lui étaient plaisants. Ruan avait la sensation d'être en paix. Il se sentait bien, ce qui lui arrivait rarement dans son boulot. Il s'assit sur l'un des nombreux bancs éparpillés dans le parc, puis se mit à siroter son thé glacé et à encourager les deux équipes. Comme il regardait Chris se battre avec acharnement contre un autre petit garçon, une ombre apparut dans son champ de vision. Le frère d'Ivo, Luke, le rejoignit.

— Est-ce que je peux m'asseoir ?

Luke montra un paquet transparent qui contenait des raviolis *wonton* frits saupoudrés de graines de sésame et d'algues.

— On peut partager, précisa-t-il.

— C'est comestible ? Ou plus important, qu'est-ce que c'est exactement ?

Ruan se décala pour lui laisser une place. Luke ouvrit le sachet. L'arôme qui s'en échappa fut suffisant pour faire saliver Ruan.

— En fait, je me fiche de savoir ce que c'est. Ça sent super bon.

— Ce sont des chips au *furikake*. C'est à la fois salé et sucré, mais ce paquet est un peu différent, indiqua Luke en l'invitant à se servir. Je pourrais en manger jusqu'à m'en faire éclater la panse. Une fois qu'on a commencé, c'est dur d'arrêter.

— C'est aussi ce que je pense de ton frère, dit Ruan sans réfléchir, puis il fit une grimace quand il comprit ce qu'il venait de dire. Pardonne-moi, je sais qu'Ivo est un sujet délicat à aborder en ta présence. Enfin… avec vous tous.

— C'est la raison pour laquelle je suis venu te voir. Bear m'a fait remarquer que mon comportement à ton égard n'avait pas été très juste.

Luke inclina sa tête, plissant les yeux quand le soleil apparut de derrière les nuages et baigna le parc d'une lumière vive.

— Je m'excuserais bien, mais je pense que nous savons tous les deux que ça ne serait pas sincère. Je ne suis pas désolé de le protéger, mais je suis désolé si ça a pu te donner l'impression que tu n'étais pas le bienvenu. En général, je me comporte mieux que ça. Je dis toujours aux gamins qu'il faut réfléchir avant de parler, et c'est exactement ce que je n'ai pas fait avec toi. Je suis donc désolé. J'aurais dû faire confiance au jugement d'Ivo et te donner une vraie chance.

— Ma foi, ce qui est dans le passé reste dans le passé, répondit Ruan. Je dois avouer que je ne suis pas parfait moi-même. J'ai des problèmes avec le fait qu'Ivo porte des talons en public, mais ce sont mes problèmes, pas les siens. La raison principale, c'est que j'ai dû cacher pendant des années que j'étais gay, car c'était la chose la moins risquée à faire. Nous sommes toi et moi dans une situation similaire. Tu as eu une mauvaise expérience avec les flics et tu veux qu'Ivo soit en sécurité. Tu es donc intervenu et tu as dit ce que tu avais à dire. Je peux le comprendre.

— Une mauvaise expérience ? C'est l'euphémisme du siècle.

Luke prit quelques chips du paquet, puis replaça ce dernier entre eux pour ne pas qu'il tombe par terre. On voyait sur les traits élégants de son visage qu'il était perturbé. Son regard sombre trahissait son inquiétude. Il regarda le match comme s'il pouvait y trouver des réponses à ses questions.

— Ivo s'est battu comme un forcené pour être avec nous. Il a sacrifié une grande partie de sa personnalité, parce qu'il pensait que nous voulions… que nous voulions un parfait petit frère qui faisait tout ce qu'on lui disait et qui était le meilleur dans tout ce qu'il entreprenait. C'est comme ça qu'il s'est comporté dans chaque famille d'accueil. Il croyait que, s'il était ce parfait petit garçon, il pourrait rester et devenir un membre de leur famille à part entière.

— Mais toi et moi savons que ce n'est pas comme ça que les services sociaux fonctionnent. Il a grandi en croyant que personne au monde ne voulait de lui. Pour avoir une famille, il était prêt à vivre dans la plus grande des détresses. Les hommes avec qui il est sorti ensuite n'étaient pas les bons pour la même raison.

Un rire amer s'échappa des lèvres serrées de Luke.

— Ça, c'était quand il était plus jeune, quand il pensait qu'Ivo Rogers devait ressembler aux autres en tout point. Maintenant, il est à l'aise avec l'idée de changer constamment et d'essayer différentes choses parce qu'il le peut, mais voilà que tu viens de montrer le bout de ton nez. Je sais très bien comment sont les flics. Dans quel monde tu évolues. Je sais que beaucoup de gens vous considèrent comme des ennemis quand vous essayez juste de les protéger. J'ai simplement peur que tu rentres à la maison et que tu ramènes ça avec toi.

— Je vais te poser une question, mais j'espère que tu ne me planteras pas un couteau dans le dos pour avoir osé, déclara Ruan, gardant son ton léger à dessein. Est-ce que ta peur n'est pas comme la mienne ? T'es effrayé à l'idée qu'on puisse faire du mal à Ivo.

— Oui, absolument, répondit Luke, amusé malgré lui. C'est la raison pour laquelle Gus dit que je suis hypocrite et qu'Ivo m'a dit d'arrêter de faire le con. Tu vas vite voir comment fonctionne notre famille. Les autres laissent rarement ton égo devenir démesuré. Je me suis renseigné à ton sujet. C'est l'avantage de travailler dans le système. Je peux poser toutes les questions que je veux sur les gens, et personne n'y trouve à redire.

— Eh bien, si tu avais demandé à mon chef, je suis sûr que Morgan t'aurait dit que je suis têtu et que je ne suis pas du genre à travailler en équipe, répondit Ruan, tout en piochant de nouveau dans les chips. Ma partenaire, Maite, ne serait pas d'accord, mais c'est simplement parce que je l'invite à manger régulièrement et que j'ai sauvé son frère. On lui a tiré dessus, et j'ai pris une balle pour le mettre à couvert. Disons qu'elle peut difficilement être neutre.

— On m'a dit que tu es têtu, mais rien du tout au sujet du travail en équipe. La plupart des gens affirment que tu es motivé et que tu n'hésites pas à creuser pour trouver la vérité. Et que tu ne monteras certainement pas les échelons, parce que tu aimes trop être inspecteur.

Luke sourit quand Ruan eut un petit ricanement.

— Tu m'as l'air d'être un gars gentil et juste. Voilà ce que je retire de ce que j'ai entendu. Tu écoutes et tu ne tires pas de conclusions hâtives. Ivo a besoin d'un homme comme toi dans sa vie, dans son cœur. Car il est du genre à mordre et à ne pas lâcher. Mais s'il t'aime, ses sentiments dureront pour toujours. C'est ce qu'il m'a appris. Quand on aime une personne, on doit rester à ses côtés quoi qu'il arrive. Peu importe ce qu'elle dit ou ce qu'elle peut nous faire. Parfois, elle essaye à tout prix de se débarrasser de nous pour éviter qu'on soit les premiers à lui faire du mal.

— Tu as l'air de parler par expérience, déclara Ruan, tout en retirant l'étiquette de sa bouteille. Je sais à quel point il vous aime. Il serait capable d'endurer le pire pour l'un d'entre vous. Et je suis stupéfait qu'il puisse m'aimer aussi. C'est même intimidant. Je n'ai jamais eu quelqu'un qui m'aime comme ça. Maintenant que c'est le cas, qu'il m'a fait un tel cadeau, je ne le laisserai jamais partir. Je vais faire de mon mieux pour empêcher le monde de lui faire du mal ou de le forcer à changer.

— Fais juste en sorte qu'il ne sache pas ce que tu fais pour lui, l'avertit Luke avec un large sourire espiègle. Ça va le gonfler, et il va se venger. Fais-moi confiance quand je te dis qu'il est très imaginatif en matière de vengeance.

— Ne m'en parle pas.

Ruan laissa échapper un long soupir, puis il mit une des chips dans sa bouche. Il en savoura la saveur salée mais douce.

Il se tourna ensuite vers Luke et lui demanda :

— Est-ce que t'as déjà entendu parler de son projet d'écorcher vif quelqu'un et de l'assaisonner ensuite ? Je peux t'assurer que je ne vais pas dormir sur mes deux oreilles en sa présence. Ton frère ? C'est un vrai psychopathe.

# XXII

— ÇA FAIT combien de repas familiaux déjà ?

Ruan enlaça la taille d'Ivo, puis le pressa contre sa poitrine.

— Aucune idée. Je n'ai pas compté.

Ivo lâcha la rambarde de la terrasse et se laissa aller en arrière contre le large torse de Ruan. Il adorait la sensation de ses bras musclés autour de lui, ainsi que l'odeur citronnée du savon que l'inspecteur utilisait au quotidien. À chaque fois qu'Ivo respirait, elle venait lui chatouiller le nez.

— Et arrête de me prendre la tête à ce sujet. J'ai même perdu le compte de nos baisers. Alors si tu crois que je suis capable de me souvenir du nombre de fois où on a mangé avec ma famille… Va te faire voir. J'ai été trop occupé à essayer de faire venir le nouvel employé au salon. Il lui a fallu six mois pour qu'il parvienne à quitter son ancien employeur. Demain, on va enfin pouvoir voir ce qu'il a dans le ventre.

Il s'agissait de l'un des nombreux dimanches qu'ils avaient déjà passés ensemble, un repas familial en début de soirée après quelques heures de travail au salon ou, dans le cas de Ruan, dans la rue à chasser les vilains. Mace et Rey n'étaient pas de service. La maison sentait le poulet rôti, les patates douces et le gâteau au chocolat – un avant-goût prometteur du repas qui les attendait. À l'arrière de la maison, dans le jardin, Gus, Luke et Chris jouaient à lancer des fers à cheval sur des cibles faites maison. Ils se marraient tous, car Gus était incapable de viser correctement. Des bourdons plongeaient dans la lavande et en direction des fleurs qui poussaient en bordure de la terrasse. Durant l'après-midi, quand Ivo et Bear avaient passé en revue les rangées du potager à la recherche de haricots verts et de tomates pour le repas du soir, ils en avaient profité pour arracher les mauvaises herbes.

La maison produisait toujours des craquements, oscillant sur ses vieux os, mais elle semblait heureuse, comme si elle poussait des soupirs heureux en voyant cette famille qui l'avait adoptée. Après de nombreuses disputes et de longues négociations, on avait enfin enlevé l'horrible papier peint du salon, mais Ivo avait dû passer de nombreux dimanches après-midi à écouter Mace, Bear et Ruan se quereller au sujet des étagères en bois et de la vieille cheminée. Au final, le beau manteau de cette dernière avait retrouvé sa gloire d'antan. À la place des briques du foyer, ils avaient collé du carrelage recouvert de belles arabesques. Ils avaient aussi installé un tuyau de gaz pour éviter qu'ils ne mettent le feu à la maison.

Exactement comme Ivo le désirait.

C'était une pièce très confortable, si bien que Ruan y trouvait souvent son petit ami, lové dans un des larges fauteuils, les jambes repliées, le nez dans un bouquin, le chat sur ses genoux et le chien ronflant à ses pieds. Ils avaient passé de nombreuses nuits à la maison familiale. Ivo amenait à chaque fois Spot, qui était toujours heureux d'explorer un plus large territoire et de faire des câlins à un chien qui était clairement terrifié, mais qui semblait être lui aussi tombé amoureux de ce monstre félin. Le retour à l'appartement ne manquait jamais d'être doux-amer depuis que Cranson était allé vivre avec sa sœur à San Jose. Ruan avait réalisé un peu trop tard qu'il s'était habitué à rentrer chez lui le soir et à trouver le vieil homme ou Ivo, en train de l'attendre. Le jeune tatoueur avait écouté le chagrin de son petit ami, qui ne semblait pas se remettre d'avoir perdu la présence quotidienne de Cranson. Un soir, alors qu'ils se racontaient leur journée, enlacés dans les bras l'un de l'autre, Ruan lui avait avoué, non sans hésitation, ce qu'il ressentait.

— Va pas croire que tu ne m'excites pas, mais Bear a déjà arrosé Gus et Rey quand ils se pelotaient sur la terrasse. J'ai pété un câble quand j'ai vu ça, car c'est moi qui ai recapitonné ces fichus canapés d'extérieur, pesta Ivo. Évidemment, ils sont imperméables, mais quand même ! Alors n'essaye même pas, sinon, ce soir, le chat sera le seul à dormir avec moi.

— J'ai envie de te faire l'amour quand tu joues au petit chef.

Le murmure de Ruan à son oreille produisit un délicieux frisson dans le bas de ses reins.

— Je ne peux jamais m'empêcher de te faire fondre quand tu es de mauvaise humeur.

— Hé oh ! On est sur la terrasse. Luke, Gus et le petit sont juste là. Spot et Earl sont en train de dormir sur le canapé. Bear est dans la cuisine. Il prépare le poulet. Quant aux autres, ils sont dans le salon en train de hurler devant le téléviseur.

Ivo leva les yeux au ciel, agacé que ses frères puissent regarder un match de bowling un dimanche après-midi.

— Viens pas commencer quelque chose que tu ne pourras pas terminer.

Ruan éclata de rire, puis embrassa Ivo sur la joue avant de lui dire :

— Je dirais bien que t'es un rabat-joie, mais ça serait mentir.

L'odeur de la rue s'accrochait à Ruan. C'était le parfum étrange d'une journée passée dans une voiture de patrouille à combattre les maux de la société. Il était venu directement du travail, laissant son arme dans une boîte verrouillée dans le coffre du véhicule avant d'entrer dans la maison. Et même si Ivo lui en était reconnaissant, cela ne faisait que lui rappeler qu'il avait quelque chose à lui dire.

Il se tourna pour lui faire face. Il s'appuya contre la rambarde de la terrasse, plaça ses jambes entre celles de Ruan pour qu'ils soient tous les deux au même niveau et plongea son regard dans le sien.

— Tu es superbe, murmura l'inspecteur, puis il embrassa la bouche d'Ivo avant que ce dernier ne puisse répondre.

Resserrant son étreinte, il se rapprocha de lui. Ils en oublièrent l'air frisquet qui les entourait.

— Et je t'aime. Si je ne te l'ai pas encore dit aujourd'hui.

— Je crois que tu me l'as dit. Ce matin. Tu me l'as montré, en tout cas, répondit Ivo avec un sourire satisfait, quand Ruan se mit à rougir. Regarde-moi ce gars de la criminelle qui est rouge comme une tomate. J'adore te mettre mal à l'aise de cette manière.

— Oui, t'es le seul capable de me faire perdre mes moyens, reconnut-il, tout en jetant un regard au-dessus de son épaule, comme s'il s'attendait à voir débarquer Bear à tout instant avec un tuyau d'arrosage. Et c'est toi qui as dit qu'il fallait bien se comporter en présence du gamin. Ne commence pas à me rappeler ce que je ne serai pas capable de te faire avant que tout le monde ne soit rentré chez soi. À moins que nous ne passions la nuit à mon appart. Si c'est le cas, dès que le repas est terminé, on prend le chat et on s'en va.

— C'est justement ce dont je voulais te parler, commença Ivo, l'air de rien.

Il était sur le point de faire un grand pas en avant, sachant très bien que Ruan pourrait trébucher derrière lui. Mais le temps passait et leurs vies devenaient de plus en plus imbriquées. Le lien qui existait entre eux se faisait plus solide chaque jour.

— Écoute tout ce que j'ai à dire avant de me répondre. Entendu ? J'ai déjà tout mon discours de prêt dans la tête, mais si tu me distrais, je vais devoir recommencer du début.

— Entendu. Je t'écoute.

217

Ruan venait d'utiliser sa voix de policier, sévère et résolue, mais on pouvait deviner une touche de tendresse sous ce grondement autoritaire. Ivo pouvait l'entendre, c'était comme une lueur sur le métal sombre. Il remarqua l'ombre d'un sourire sur les lèvres de Ruan, assez pour qu'une fossette apparaisse sur sa joue.

— Mais t'as intérêt à ne pas vouloir un autre chat, car cette bourrique orange que j'ai trouvée abandonnée sur le pont en vaut au moins cinq.

— Hé ! Spot est mon bébé. T'as pas intérêt à critiquer ce petit monstre. C'est le chat le plus adorable au monde, l'avertit Ivo.

Il fit semblant de le menacer en empoignant sa chemise.

C'était bien de rire, mais c'était encore mieux de partager sa joie avec un homme qui le comprenait. Ruan savait quand Ivo avait besoin d'être seul pour dessiner ou de compagnie pour regarder des films d'horreur.

— Je ne veux pas parler du chat, poursuivit le jeune tatoueur. Je veux te parler de notre emménagement ici. Vivons dans cette maison. Tous les deux. J'ai déjà parlé à Bear…

— C'est quand même sa maison, n'est-ce pas ? répondit Ruan avec prudence, ses mains toujours posées dans le dos de son amant.

Il ne s'était pas écarté, ce qui était un bon signe, de l'avis d'Ivo.

— Je comprends que tu veuilles terminer ce que tu as à dire, mais je dois vérifier qu'il est bien d'accord. C'est beaucoup lui demander.

— C'est lui qui est venu m'en parler le premier, avoua Ivo. Avant même que je puisse dire quoi que ce soit, il m'a fait asseoir et m'a dit que je devrais te demander d'emménager. Avec nous. Avec moi. Et c'est la partie que tu dois écouter avec attention, car nous tous – je veux dire nous cinq – sommes du même avis. Nous avons eu une réunion de famille…

— Oh mon Dieu, j'ai des palpitations à chaque fois que vous vous réunissez. On dirait un rassemblement de Borgias avec bières et bretzels, grommela Ruan en exagérant ses gémissements. Dis-moi. Qu'avez-vous donc décidé ?

— Tu peux te moquer. Tu feras moins le malin quand tu devras y assister. On se querelle toujours et on s'envoie balader avec panache. Pourquoi crois-tu que Rob et Rey ont d'autres trucs à faire quand nous devons prendre une décision en famille ? demanda Ivo en pinçant Ruan entre les côtes. Ferme-la une seconde. J'essaye de créer un moment digne d'un film, où tu vas t'effondrer en pleurant dans mes bras, mais t'es en train de tout gâcher.

— Désolé, répondit Ruan sans le moindre sérieux, mais Ivo dut bien accepter cette excuse. Continue, je t'en prie. Termine ton monologue mièvre. Je t'écoute. Je me tais jusqu'à ce que tu m'autorises à l'ouvrir.

— Comme si t'allais tenir parole ! Bon… En fait, je veux me réveiller à tes côtés chaque matin. Ne t'emballe pas ; sois patient. Non, ça ne me dérange pas de me réveiller à trois heures du matin quand tu dois aller sur une scène de crime. Et c'est important à mes yeux que tu saches que tu as une famille qui t'attend quand tu as terminé ton boulot. Voilà ce qu'est cette maison. Et, pour le moment, toi et moi, c'est ce dont on a besoin. On a tous les deux besoin d'un endroit où on peut s'effondrer à la fin de la journée, où il y a un repas du dimanche avec des gens qui sont trop bruyants et qui hurlent comme des malades en regardant un sport que personne ne comprend à la télé. Parce que c'est ce que nous faisons depuis le début de toute manière.

— Je veux que tu nous aides à décorer l'arbre de Noël et que tu accroches une chaussette à ton nom au manteau de la cheminée. C'est peut-être idiot et un peu kitsch, mais ça nous correspond assez bien parfois. Ça fait partie de ma vie, et je veux que tu sois là. Que nous partagions tout ça. Car je crois que tu en as aussi besoin, que tu as besoin d'en faire l'expérience. Quand il sera temps pour nous de fonder notre propre foyer, nous pourrons prendre ces souvenirs avec nous, murmura-t-il, avant d'inspirer profondément. Je t'aime. Et tout m'ira. Peu m'importe si tu préfères rester à ton appart ou venir t'installer ici. Ce qui m'importe, c'est toi, pas l'endroit où je passe la nuit. Mais j'aimerais partager ma famille avec toi, Ruan. Je veux que tu saches ce que ça fait de vivre au milieu de cette bande de tarés qui t'aiment. Car ils t'aiment. Tous. Même le chien.

Pendant un long moment, Ruan garda le silence. Puis, quand Ivo eut l'estomac noué pour la dixième fois d'affilée, lui donnant l'impression qu'il était sur le point de rendre l'âme, Ruan acquiesça. Dans un soupir, Ivo se mordit la lèvre avant de déglutir. Il chercha en vain quelque chose à dire :

— Écoute, si tu veux…

Ivo ferma la bouche ; Ruan venait de secouer sa tête.

— Non, affirma ce dernier. C'est mon tour maintenant. Puisque je n'ai pas eu le temps de préparer tout un discours ou de belles phrases… Comme j'ai passé la journée au boulot, je vais un peu pédaler dans la semoule. Laisse-moi mettre des mots sur ce que je ressens.

Le jeu avait pris fin dans le jardin. Chris monta les marches de la terrasse deux à deux, la faisant trembler sur son passage. Une seconde plus tard, la porte arrière grinça, puis se referma, avant que Gus et Luke ne puissent entrer à leur tour. Gus laissa tomber le tapis et les cibles qu'ils avaient utilisés dans les corbeilles qui contenaient le filet de volley et les équipements qu'ils installaient de temps en temps à l'extérieur pour les autres activités sportives. Il interrogea Ivo du regard.

— Tout va bien ?

Son frère indiqua d'un signe de tête la maison, là où Luke était en train de garder la porte ouverte.

— Bear vous appellera dans quelques minutes. Je dois lui dire d'attendre ?

— Qu'il patiente une minute, cria Ivo. On parle d'un truc important.

— OK. Si vous avez besoin de davantage de temps, vous nous le dites, répondit Gus en se dirigeant vers la porte avant de contourner Luke, qui se tenait en plein milieu. Bouge tes fesses, Luke, et va t'assurer que mon gamin se nettoie bien les mains. Il finit toujours par se mettre du piment dans l'œil, parce que vous les mangez comme si c'était des cerises. Je te préviens, c'est toi qui expliqueras à Julia pourquoi son fils hurle comme un taré.

— Ils sont partis ? demanda Ruan quand la porte se referma. Car, ouais, je veux que tu m'écoutes avec attention. Sans personne autour.

— Oui, nous sommes seuls. Il n'y a personne à la fenêtre. Je ne vois même pas Bear dans la cuisine, indiqua Ivo en plissant les yeux par-dessus l'épaule de Ruan. On dirait que le four est allumé, par contre. Je peux voir les lumières à travers la fenêtre, donc j'imagine qu'il a déjà enfourné les rouleaux de printemps. Nous avons certainement quinze minutes avant que quelqu'un ne vienne nous chercher.

— Je n'ai pas besoin d'autant, car je veux simplement te dire que je serai heureux de vivre avec toi. Dans cette maison. Pour autant de temps que nécessaire, chuchota Ruan, front contre celui d'Ivo, si bien que leurs nez et leurs lèvres se touchaient presque quand il parlait. J'aime beaucoup venir ici. J'aime le bordel qui y règne, le fait qu'on n'y soit jamais tranquilles et que je te retrouve toujours dans le seul coin calme. Je n'ai jamais connu ça auparavant. Et ça m'effraie quand je réalise à quel point j'en ai besoin. Besoin de toi. Donc, ouais, je suis ici. Avec toi. Avec mon chat. Avec ta famille de dingues. Parce qu'il n'y a pas d'autre endroit où je souhaiterais être.

— T'es sûr ? Parce que…

Ivo s'était attendu à ce baiser, mais pas à sa férocité. Il eut l'impression que Ruan le pénétrait tout entier, jusqu'aux endroits les plus sombres de son âme, amenant avec lui une aube soyeuse et prometteuse. Soupirant d'aise, il se mit à boire à la bouche de Ruan jusqu'à ce qu'il se sente soûl, la tête lui tournant tant il éprouvait d'affection pour lui. Quand il s'écarta, il eut un petit rire et lui dit :

— Je t'aime. Certainement depuis la première nuit où nous nous sommes rencontrés. C'est peut-être idiot, mais j'ai eu l'impression de te reconnaître et, depuis ce moment-là, je n'ai fait que chercher quelqu'un qui te ressemble. Je suis ravi que ce soit toi que j'aie trouvé au final. Personne ne me rend aussi heureux.

— Moi aussi, murmura Ruan au moment où un énorme miaulement se faisait entendre par-dessus les bruits de la ville.

Quelqu'un à l'intérieur fit taire Spot, puis lui promit de le nourrir afin de l'écarter de la porte de derrière.

— Et si tu répondais à une de mes questions maintenant ? Si j'intègre ta famille, ça veut dire que tu dois intégrer la mienne. Ça te dit de devenir le mari d'un flic ? Ou est-ce que c'est trop tradi pour toi ?

Mariage. Certainement pas quelque chose auquel Ivo avait déjà pensé. Ni même rêvé. C'était une idée vague, un petit cottage recouvert de lierre et entouré d'une clôture blanche, des arbres le long des rues, des enfants qui jouaient dans le jardin pendant que leur père grillait des steaks une après-midi d'été. Ce n'était pas quelque chose qu'il s'était attendu à trouver, mais c'était une vie qu'il avait déjà commencé à bâtir avec ses frères.

Et Ruan désirait poursuivre ce rêve avec lui. Il embrassait toute l'étrangeté et les perplexités qu'Ivo contenait en lui, sachant que sa clôture blanche serait certainement recouverte de paillettes et de cuir au bout d'une semaine. Et au final, Ruan non seulement s'en fichait, mais il l'encourageait même à explorer qui il était autant que possible, car il serait là pour le rattraper si jamais Ivo échouait.

— Oui. Je pense que je devrais pouvoir gérer. Une vie entière à tes côtés, c'est le rêve, déclara Ivo avant d'éclater de rire. Tant que je peux porter des talons au Bal de la Police, évidemment. T'es d'accord ?

— Mon chéri, c'est même moi qui vais les acheter, répondit Ruan, tout en le rapprochant de lui pour l'embrasser. Mais ne va pas te fouler la cheville. Notre première danse ne sera pas simple si t'es sur des béquilles. Et ne mentionnons même pas à quel point ça gâchera notre lune de miel. Rappelle-moi de te trouver un anneau, au fait.

— T'es sûr que tu ne veux pas être tatoué à la place ?

La réaction de Ruan ne se fit pas attendre – un mélange de fascination et d'effroi.

— Entendu, on achètera des anneaux, le rassura Ivo.

— T'es certain ? Parce que, si on se marie, c'est pour toujours, déclara Ruan avec sérieux, ses bras toujours autour d'Ivo. Je t'aime. Énormément. Je veux passer le reste de ma vie avec celui qui me rend chèvre et qui est déterminé à réaliser chacun de ses rêves. Ça te va ?

— Bien évidemment. Il n'y a pas de meilleure manière de vivre que de passer ma vie avec toi, avoua Ivo, ses bras autour du cou de son amant. Bon sang, maintenant, je veux vivre pour l'éternité.

Il se souviendrait de la douceur des lèvres de Ruan jusqu'à la fin de ses jours. La barbe d'un jour de ce dernier chatouilla le menton d'Ivo quand il se pencha et l'embrassa. Ce policier l'avait accueilli dans sa vie et lui avait donné toute la liberté dont il avait besoin. Leurs langues s'agacèrent et s'enlacèrent, leurs baisers se firent taquins. Ivo murmura de plaisir quand les mains de Ruan remontèrent le long de ses côtes, sous son t-shirt. Les doigts de son amant caressèrent ce lion en flammes qui incarnait son âme à même sa peau. Ivo sentit son entrejambe se réveiller et se pressa davantage contre Ruan. Il aurait voulu qu'ils puissent sauter le repas et aller directement à la mansarde qu'ils avaient faite leur.

Quand l'eau les percuta de plein fouet, ils se rappelèrent que cette famille n'était qu'une bande d'enfoirés. Les rires moqueurs qui se firent aussitôt entendre obligèrent Ivo à s'écarter, furieux, crachant l'eau qui avait pénétré dans sa bouche, mais en même temps, il ne put s'empêcher de sourire devant cette situation absurde – il venait de se faire arroser durant ses fiançailles. Il entendit Gus avec certitude, peut-être même Mace, mais Chris était aussi là, un petit gremlin qui tenait le tuyau d'arrosage et le secouait dans l'espoir que davantage d'eau en sorte, même si quelqu'un avait déjà fermé le robinet.

Secouant la tête pour se débarrasser de l'eau dans ses cheveux, Ruan enleva une de ses mains de sous le t-shirt d'Ivo afin d'essuyer les gouttes sur son visage. Il poussa un long soupir.

— Rappelle-moi pourquoi je veux emménager ici ?

— C'est parce que tu nous aimes, répondit Ivo, avant de l'embrasser de nouveau, ses lèvres glissant sur la bouche mouillée de son fiancé. Et que nous sommes ta famille.


QUAND LUKE remarqua la présence d'une ombre à l'intérieur de son bureau, il fit une pause sur le seuil de la porte. Il ne s'attendait pas à tomber sur quelqu'un. Puisque la réception n'ouvrirait pas avant une autre demi-heure, il n'aurait dû y avoir personne dans le bâtiment. Ou, du moins, personne dans cette partie-là. Il avait entendu des bruits de conversations provenir de la salle d'attente. Il devait s'agit des éclats de rire de l'une des infirmières venue préparer la campagne de vaccination qui aurait lieu plus tard dans la matinée. Il avait aussi reconnu la voix grave de Morris, l'agent de sécurité qui jouait souvent à la marelle avec les gamins. Sa carrure d'ancien joueur de football américain ne manquait jamais de projeter une ombre imposante sur les lignes peintes à même le sol dans la cour principale.

L'heure était trop matinale pour que ce fût une nouvelle admission ou même un assistant social venu le supplier de réexaminer un dossier pour le tribunal. Il s'était lassé d'apparaître devant le juge et de le supplier pour que l'enfant soit adopté ou transféré dans une autre famille d'accueil. De toute manière, dès qu'il partait, tout s'effondrait. Durant les semaines qui s'étaient écoulées, il y avait eu trop de trahisons et d'enfants anéantis.

Cette ombre n'annonçait rien de bon pour le reste de la semaine. Surtout s'il se basait sur ses expériences passées.

Ouvrant la porte, Luke pénétra dans ce qu'il considérait comme son sanctuaire. C'était la pièce dans laquelle il rencontrait les gamins et parfois même ses frères pour résoudre les problèmes qu'ils avaient. Il lui arrivait aussi de s'asseoir et d'être une oreille compatissante pendant qu'ils avouaient leurs désirs et leurs rêves.

Il trouva là un homme qu'il avait espéré ne jamais revoir de sa vie. Celui qu'il avait aimé avec passion et qui lui avait brisé le cœur, avant de détruire jusqu'à son âme et de l'abandonner sans un remords.

Luke fut immédiatement agacé de constater que James Rockwell avait l'air d'être en pleine forme. Ses cheveux bruns étaient plus longs qu'auparavant, ce qui lui donnait un air plus décontracté. Le hâle doré de sa peau pâle cachait presque les taches de rousseur qu'il avait sur les joues et faisait ressortir la blancheur de ses dents trop droites. Habillé d'un t-shirt vert sombre, d'un jean d'un bleu délavé et de chaussures de randonnées marron, il apparaissait telle une ombre chinoise devant la fenêtre qui donnait sur le terrain de jeu. Il faisait face à la porte, le nez plongé dans un des livres de psychologie de Luke, tournant les pages comme s'il souhaitait en vérifier le contenu.

Il était toujours beau. On aurait pu croire qu'il était capable d'affronter une armée de Mongols. La courbe de son nez aristocratique donnait à son visage un air d'humilité, une imperfection, comme un avant-goût de sa

223

personnalité, qui était capable de charmer les hommes comme les femmes. Tous auraient voulu embrasser ce nez et lui promettre que tout irait bien. Ils ne soupçonneraient jamais qu'il était un véritable serpent. À moins qu'ils ne tombent amoureux de lui, comme cela avait été le cas de Luke. Ce dernier retint le grognement qui grossissait dans sa gorge, refusant de donner à James cette satisfaction. Il était hors de question que ce dernier puisse penser qu'il était encore capable d'affecter Luke.

James releva la tête. Il s'agissait certainement d'un sixième sens qu'il avait développé à force de trahir les gens autour de lui. Il devait pouvoir sentir l'arrivée d'une personne, même quand celle-ci ne faisait aucun bruit. Au lieu d'une expression hautaine, Luke eut droit à un sourire chaleureux, presque sensuel. Il fut soulagé de n'avoir pas pénétré plus avant dans la pièce. Ses genoux l'auraient trahi si cela avait été le cas.

— Mon Dieu, tu es toujours aussi…, commença James avant de fermer le livre, les yeux fixés sur Luke. Remarquable. Ça fait combien ? Deux ? Trois ans ?

— Pas assez de temps, si tu veux mon avis, répondit Luke avec froideur.

La présence de James avait suffi à faire disparaître toute trace de professionnalisme chez Luke, cette distance qu'il mettait naturellement dès qu'il venait au boulot. Il se sentit immédiatement nu, comme exposé au monde entier par la seule présence de cet homme qu'il n'aurait jamais voulu revoir.

— Qu'est-ce que tu fiches ici ?

— Je voulais te parler avant… Eh bien, je ne peux pas vraiment te le cacher.

Il posa le livre sur le canapé qu'utilisait Luke lors de ses consultations.

— J'ai quitté l'agence, fit-il doucement. Je suis un tatoueur à temps plein maintenant. Tes frères m'ont embauché pour travailler au salon. *Ton* salon. C'est une opportunité que je ne pouvais vraiment pas refuser. Je voulais juste que tu sois au courant, afin d'éviter que tu sois choqué la prochaine fois que tu y iras.

— Est-ce qu'ils savent ? Qui tu es ? Qui nous étions ?

Il releva son menton, essayant de faire fonctionner ses poumons, mais Luke eut l'impression qu'il ne parvenait plus à respirer. La pression sur sa poitrine s'était faite trop importante.

— Je n'ai rien dit, admit James en haussant ses épaules. J'ai pensé que tu en aurais parlé, si tu avais voulu qu'ils soient au courant. Leur en as-tu touché un mot ? De... Las Vegas ? Ou de nous ?

— Pourquoi aurais-je parlé à mes frères du connard qui a été payé pour tomber amoureux de moi ? Et qui a ensuite essayé de me faire arrêter pour trafic d'enfants et prostitution enfantine ?

Luke fit enfin un pas en avant, se rapprochant de James, même s'il n'était pas certain d'être capable de se retenir. Il voulait cogner ce visage qu'il avait embrassé et tenu entre ses mains.

— La seule chose qu'ils savent au sujet de Las Vegas, c'est qu'on m'a soupçonné d'avoir tué le vrai criminel et que je me suis retrouvé dans la merde quand tu t'es cassé et m'as laissé pourrir dans une cellule de prison. C'est tout ce qu'ils savent, James. Et ils n'apprendront jamais le reste.

RHYS FORD est une autrice dont les romans mettent en scène des personnages LGBT+. Elle écrit dans de nombreux genres : policier, thriller, paranormal et fantasy urbaine. Elle a été finaliste à deux reprises du prix LAMBDA pour sa série *Meurtre et complications*. Elle a reçu en 2017 une médaille d'or et d'argent aux *Florida Authors and Publishers President's Book Awards* pour ses deux romans : *Cavaliers de l'Apocalypse* et *Hanging the Stars*. Elle est publiée chez Dreamspinner Press et DSP Publications.

Elle partage sa maison avec Harley, une chatte grise et blanche avec une fleur sur la frimousse, Badger, un chat de gouttière mécontent qui préfère les grands espaces, et Gus, un terrier roux qui possède l'âme d'un terroriste. Elle a vendu son âme à une Pontiac Firebird de 1979 et prend beaucoup de plaisir à assassiner des personnages de fiction.

Vous pouvez retrouver Rhys :
Sur son blog : www.rhysford.com
Sur Facebook : www.facebook.com/rhys.ford.author
Sur Twitter : @Rhys_Ford

Par Rhys Ford

## 415 INK
Rebelle
La sauveteur
Fauteur de troubles

## MEURTRE ET COMPLICATIONS
Meurtre et complications
Amants et voleurs
Flics et Comics

## SINNERS
Sinner's Gin
Whiskey and Wry
Tequila Mockingbird
Slow Ride
Absinthe of Malice

Publié par Dreamspinner Press
www.dreamspinner-fr.com

SÉRIE 415 ☆ INK • TOME 1

# Rebelle

## RHYS FORD

Série 415 Ink, Tome 1

La chose la plus difficile à faire pour un rebelle n'est pas de se battre pour une cause, mais de se battre pour lui-même.

La vie prend un malin plaisir à poignarder Gus Scott dans le dos lorsqu'il s'y attend le moins. Après avoir passé des années à fuir son passé, son présent et le sombre avenir que lui avait prédit les assistantes sociales, le karma lui fournit la seule chose à laquelle il ne pourra – ne voudra – jamais tourner le dos : un fils né d'une nuit passée avec une femme quelques années auparavant après une rupture dévastatrice.

Retourner à San Francisco et au 415 Ink, le salon de tatouage familial, lui a fourni un abri idéal pour combattre ses démons personnels et se reconstruire… jusqu'à ce que le pompier qui l'avait brisé revienne dans sa vie.

Pour Rey Montenegro, le tatoueur Gus Scott était une récompense insaisissable, un prix étincelant qu'il n'avait pas eu la force de retenir. Mettre un terme à sa relation avec le tatoueur versatile avait été douloureux, mais Gus n'avait pas voulu de la vie de famille dont lui rêvait, le laissant avec une âme meurtrie.

Lorsque la vie et le monde de Gus commencent à s'effondrer, Rey l'aide à rassembler les morceaux, et Gus se demande si l'histoire d'amour éternel à laquelle aspire Rey peut vraiment exister.

# www.dreamspinner-fr.com

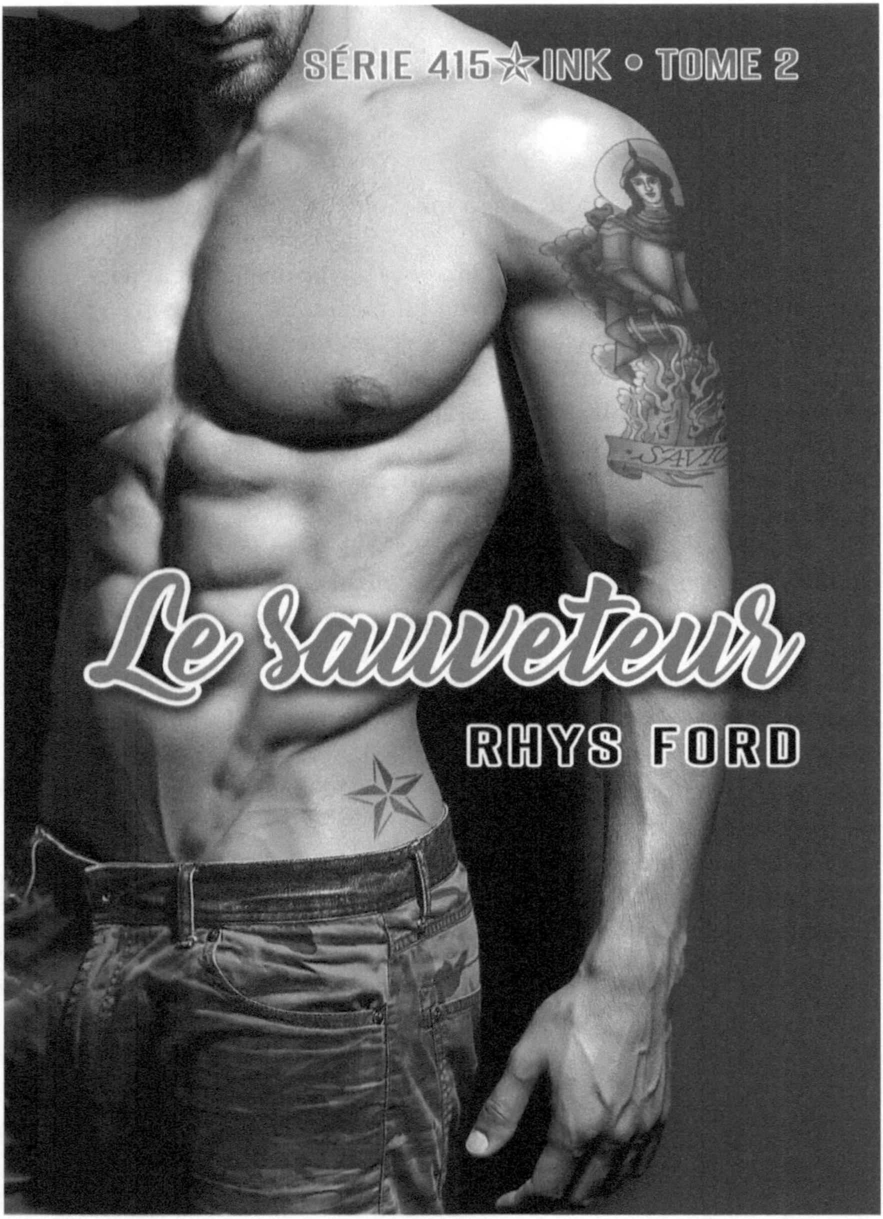
SÉRIE 415 INK • TOME 2
Le sauveteur
RHYS FORD

Série 415 Ink, Tome 2

Dans tout homme bon, il y a un sauveteur, mais parfois, c'est l'amour qui réveille l'homme dans le sauveteur.

Mace Crawford, sapeur-pompier de San Francisco, a connu une enfance difficile. Enlevé par nécessité à son épouvantable père, il a été élevé dans le système fédéral, froid et indifférent. Devenu adulte, il consacre sa vie à sauver les autres, y compris les frères qu'il s'est choisis. Second de sa brigade, Mace guide ceux qui sont sous ses ordres ; à 415 Ink, le salon de tatouage familial, il apporte son aide, mais par-dessus tout, il protège sa famille de son secret le plus sombre.

Alors qu'il s'est juré de ne jamais aimer, un gros problème apparaît dans sa vie solitaire : Rob Claussen, un des tatoueurs de 415 Ink, l'obsède de plus en plus.

Mace a édifié de strictes frontières pour protéger son univers contrôlé – et son cœur, mieux barricadé encore. Il ne peut y faire entrer Rob, il ne peut céder à son désir sans risquer d'abattre les fondations mêmes de l'existence qu'il s'est bâtie.

Un jour pourtant, un démon du passé refait surface et Mace est alors confronté à un choix : s'accrocher à ses mensonges ou sauver celui qu'il a si peur d'aimer.

# www.dreamspinner-fr.com

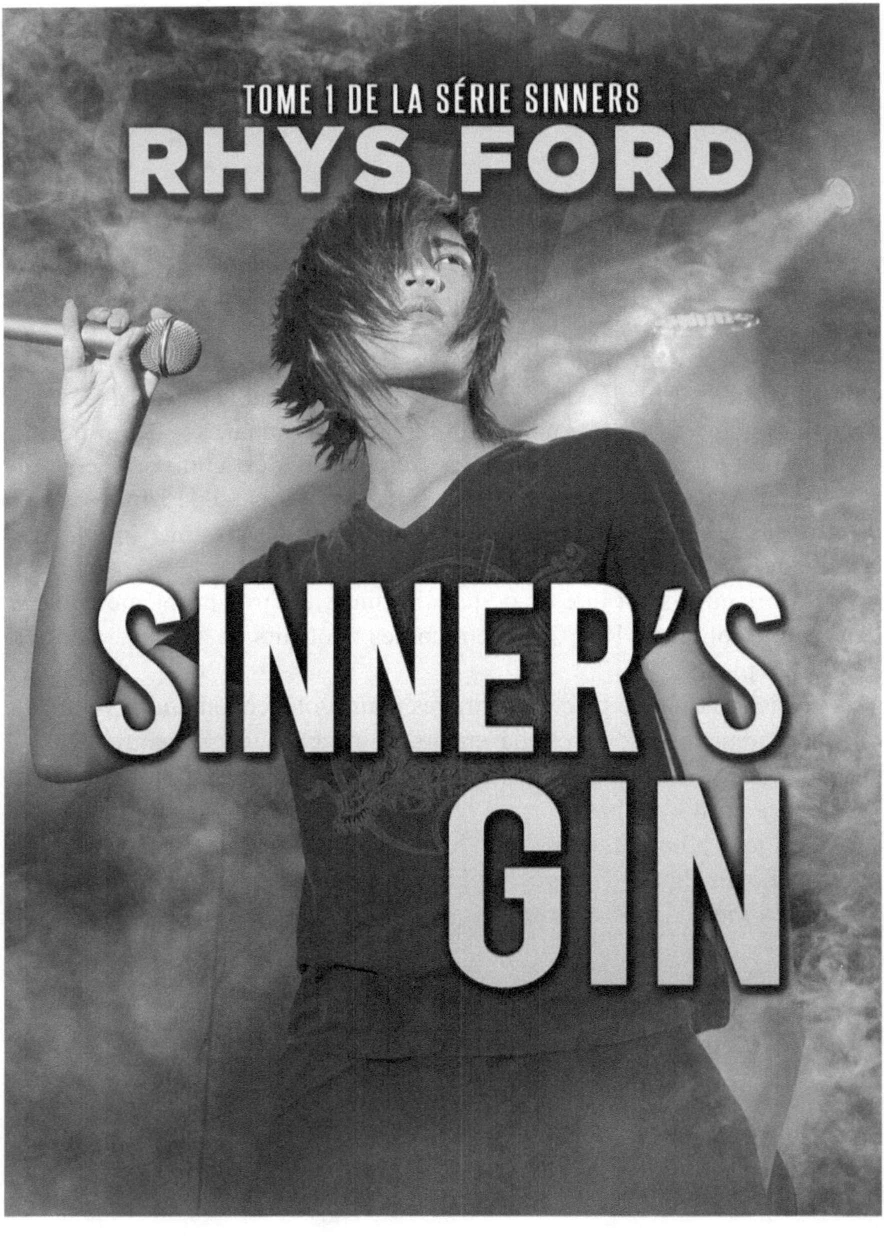
TOME 1 DE LA SÉRIE SINNERS
RHYS FORD
SINNER'S
GIN

Série Sinners, Tome 1

Il y a un homme mort dans la Pontiac GTO Vintage de Miki St John et ce dernier n'a aucune idée de la manière dont il a pu arriver là.

Après avoir survécu au tragique accident qui a tué son meilleur ami et les autres membres de leur groupe Sinner's Gin, tout ce que Miki veut, c'est se cacher du monde dans l'entrepôt rénové qu'il a acheté avant leur dernière tournée. Mais quand l'homme qui l'a agressé sexuellement dans son enfance est tué, et que son corps est retrouvé dans sa voiture, il redoute que la mort n'en ait pas encore fini avec lui.

Kane Morgan, un inspecteur de la police départementale de San Francisco qui loue un atelier à la coopérative d'art à côté, suspecte tout d'abord Miki d'être impliqué dans l'assassinat, mais il se rend vite compte que ce dernier est autant une victime que l'homme écorché vif à l'intérieur de la GTO. Alors que le nombre de corps imputable à l'assassin augmente, l'attirance entre Miki et Kane s'enflamme. Aucun d'eux ne sait si une relation entre eux a la moindre chance de réussir, mais en dépit des traumatismes émotionnels de Miki, Kane est déterminé à lui apprendre à aimer et à être aimé… à condition, bien sûr, que Kane puisse attraper le tueur avant que Miki ne devienne sa prochaine victime.

# www.dreamspinner-fr.com

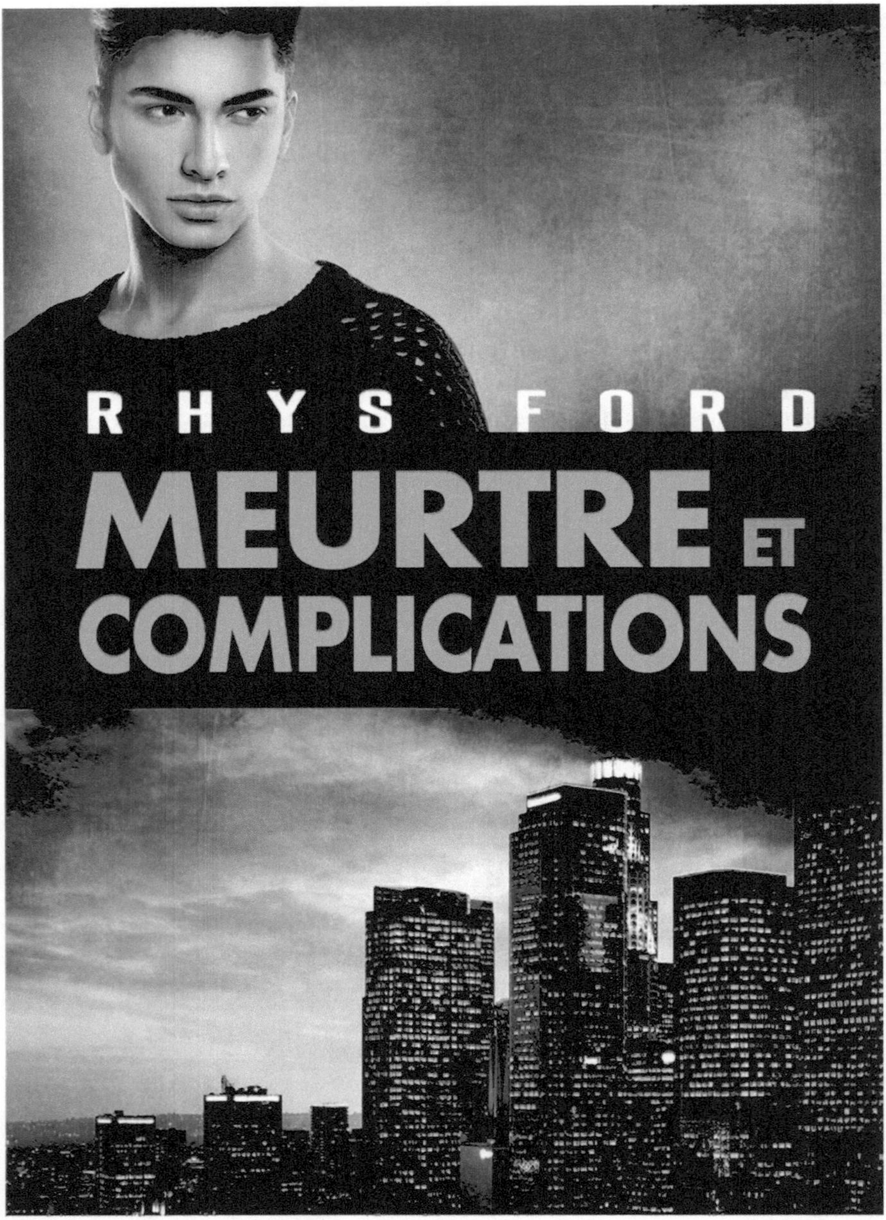

Meurtre et complications, tome 1

Seuls les cadavres ne parlent pas.

Cambrioleur réformé, Rook Stevens a jadis volé d'innombrables objets de valeur inestimable, mais jamais il n'avait encore été accusé de meurtre – jusqu'à aujourd'hui. Déjà surpris de découvrir une de ses anciennes complices à Potter's Field, sa boutique dédiée aux collectionneurs et fans du cinéma, Rook l'est encore plus de constater qu'elle a été assassinée.

L'inspecteur Dante Montoya pensait ne jamais revoir Rook Stevens – surtout après une douteuse affaire de falsification de preuve commise par son ancien partenaire pour piéger le voleur. Aussi, quand il intercepte un suspect couvert de sang fuyant la scène d'un crime, est-il choqué de reconnaître celui qu'il avait tant voulu mettre en prison quelques années plus tôt. Et comme autrefois, Rook Stevens lui enflamme le sang.

Rook, malgré son attirance inexplicable pour l'inspecteur cubano-mexicain qui vient de l'arrêter, est déterminé à se disculper. Malheureusement, les cadavres ne cessent de s'accumuler autour de lui. Quand sa vie est menacée, Rook est obligé d'accepter l'aide d'un flic qu'il n'aurait jamais cru capable de croire à son innocence : Dante, le seul homme qu'il ait dans la peau.

# www.dreamspinner-fr.com

RHYS FORD

# AMANTS ET VOLEURS

MEURTRE ET COMPLICATIONS
TOME 2

Meurtre et complications, tome 2

Celui qui a prétendu le sang plus épais que l'eau n'a jamais, de toute évidence, eu l'occasion de voir une mare d'hémoglobine.

En renonçant à sa carrière de cambrioleur spécialisé dans les bijoux, Rook Stevens pensait avoir découvert le moyen infaillible de rester du bon côté de la loi. En principe, le seul policier acharné à le poursuivre aurait dû être son… disons son flic, Dante Montoya, inspecteur de Los Angeles. Malheureusement, la vie n'est pas si simple – celle de Rook en tout cas. D'abord, il tombe sur le cadavre de son cousin, ensuite, il est accusé de son meurtre sous prétexte qu'il… aurait eu une liaison avec la femme du défunt.

Quant à Dante, sa vie est devenue chaotique depuis qu'il aime un voleur réformé, d'autant plus que Rook semble attirer les ennuis où qu'il passe. Quand Rook est suspecté par un inspecteur de West LA particulièrement étroit d'esprit, Dante doit intervenir pour tirer son amant des problèmes dans lesquels il s'est fourré.

L'enquête est compliquée et les morts se multiplient. Les deux hommes font front commun, car le temps leur est compté : s'ils ne mettent pas très vite la main sur le tueur, Dante devra rendre visite à Rook en prison – ou au cimetière.

# www.dreamspinner-fr.com